강준희 장편소설

누가 하늘이 있다하는가

새미

강준희 장편소설

누가 하늘이 있다하는가

새미

작가의 말

째마리[1] 요동시(遼東豕)[2]의 아포리즘[3]

나는 이 글을 쓰는 동안 내내 안타까운 심정이었다. 열쭝이[4] 부등 깃[5]의 주인공들이 너무 애젖하고[6] 자닝스러워[7] 사뭇 마음이 편치 않았기 때문이다.

그러나 어쩌겠는가.

이게 그들의 운명이라면 가슴 아파도 애줄 없는[8] 것을. 그러니 작가가 오지랖 넓게 언죽번죽[9] 용훼하며 이리위 저리위[10] 할 수는 없지 않은가.

일찍이 진(秦)나라 말의 군웅(群雄)의 한 사람으로 초(楚)나라 왕을 지낸 진 승(陳勝)은 '왕후장상(王侯將相)에 씨가 없다'는 유명한 말을 남긴 바 있다. 이럼에도 조선왕조는 5백여 년간(1392-1910) 왕후장상은 물론 칠반천인(七般賤人)[11]까지 씨가 따로 있어 이게 마치 하늘로부터 내려진 천부인(天符印)[12]인 양 자자손손 세습화로 계계승승 해왔다.

'사람 위에 사람 없고 사람 밑에 사람 없다'는 천부인권의 자연권은 그러므로 홉스나 로크 같은 계몽사상가들이 '모든 사람은 태어나면서부터 하늘이 준 자연의 권리, 즉 자유롭고 평등하며 행복을 추구할 수 있는 권리를 가졌다'라고 주장했을 터이다. 그래서 이는 또 미국의 독립 선언이나 프랑스의 인권 선언의 사상적 배경이 되었을 것이다.

사랑이 메마르고 동화가 사라지고 가슴이 닫혀지고 인성이 모지락스러워져 부라퀴[13]처럼 돼 버린 이 정떨어지는 세상에 우리는 이제 사랑을 찾고, 동화를 만들고, 가슴을 열고, 인성을 바로 길러 사람스럽게 살아야 한다.

나는 이 졸저 '누가 하늘이 있다하는가'를 읽고 감동을 받는 독자가 있다면 더 바랄 게 없겠다. 그러나 내 이를 어찌 감히 바라리. 그저 독자 여러분이 할개눈[14]으로 치지도외 않기만을 바랄뿐이다.

요령부리고 수단부리며 발밭고[15] 애바르게[16] 수작질하며 간사위[17]로 너름새[18] 좋게 얼렁수[19] 쓰면서 상 타고 감투 뒤집어쓰는 작태가 문단에 상존하는 한 문단은 시정의 거간꾼 보다 하등 나을 게 없는 스노비즘[20]이다.

글 쓰는 이를 일러 문사라 한다. 글월문 자 선비사 자의 문사(文士) 말이다.

문사란 본시 백두한사(白頭寒士)여야 하고 포의한사(布衣寒士)여야

하며 산림처사(山林處士)여야 한다.

백두한사란 머리에 탕건(감투)을 쓰지 않은 맨머리의 가난한 선비라는 뜻이요, 포의한사란 베옷을 입고 어렵사리 살면서도 벼슬을 하지 않은 채 의연히 사는 선비를 말함이다. 그리고 산림처사란 벼슬(감투)을 마다하고 세속을 떠나 산골에 파묻혀 살며 글 읽고 공부하는 선비를 일컬음이다.

거추꾼[21] 노릇으로 벗바리[22] 하고 노랑수건[23] 노릇으로 짬짜미[24] 해 상 타고 감투 뒤집어쓰는 반(反)문사적 추태는 이제 문단에서 사라져야 한다. 그래야 명실 공히 문사요 문단이라 할 수 있다.

여기저기서 보내오는 문사들의 저서(작품집)를 보면 웬 상을 그리 많이 타고 감투는 어찌 또 그리 많이 뒤집어썼는지 경탄을 금치 못할 때가 있다. 그런데도 왠지 불쾌하고 부아가 나 책을 동댕이치고 싶어진다.

그러나 이와 반대되는 문사, 곧 속기(俗氣) 없고 탐욕 없어 나대지 않는 초연한 문사의 작품집을 받으면 그렇게 기쁘고 반가울 수가 없어 냄새 고약한 시궁창에서 맑고 깨끗한 청계 옥수를 만난 것 같아 기분이 장히 상쾌하다.

문사란 선비여야 한다. 그러므로 문사는 속기가 없고 탐욕이 없어 조대(措大)[25]하고 경개(耿介)[26]하고 고고하고 초연해야 한다. 그래서 고절(高節)하고 고절(苦節)하고 고절(孤節)해 협잡, 외수(外數)[27], 술수, 꼼수[28], 암수 따위를 몰라야 한다. 왜냐하면 문사는 문사다워야(정신과 자세) 문사이기 때문이다. 글줄이나 쓴다고 어찌 다 문사이며 책권이나 읽었다고 어찌 다 문사이겠는가. 문사다운 문사라야 문사이지.

이는 임금은 임금다워야 하고 신하는 신하다워야 하고 애비는 애비다워야 하고 자식은 자식다워야 한다는 저 논어의 '군군 신신 부부 자자(君君臣臣父父子子)'가 잘 말해주고 있다.

셰익스피어가 말한 대로 문사는 먹이를 구하기 위해 혼을 팔아서는 안 된다. 어째서 그러냐 하면 혼은 넋이요 얼이요 정신이기 때문이다.

망언다사(妄言多謝).

2006년 9월

어초재(漁樵齋)[29] 몽함실(夢含室)[30]
서소(書巢)[31]에서
姜 晙熙 적바림[32]

차례

깊은 밤 명부를 찾아

걸자의 분노[1]

"오냐, 그래, 내가 간다. 내가 간단 말이다! 오늘이 오기를, 오늘이 있기를 내가 얼마나 일구월심 기다렸는지 아느냐? 내가 얼마나 노심초사 기다린 줄 아느냐? 이 천하에 능지할 놈, 이 천하에 참시할 놈……"

사내는 이렇게 뇌까리며 명부를 향해 한 발 한 발 다가갔다. 사내의 손에는 삽과 함께 날이 시퍼렇게 선 도끼가 들려 있고 얼굴은 눈만 빠끔할 뿐 형체를 알아볼 수 없는 흑가면이 씌워져 있었다.

달도 없는 밤이었다. 별도 없는 밤이었다. 아니 달도 있고 별도 있으나 먹장구름이 하늘을 뒤덮고 있어 사방은 온통 깜깜한 옻빛이었다.

"됐어! 안성맞춤의 밤이야!"

사내는 히물히물 웃으며 제절 앞에서 우뚝 걸음을 멈추고 사방을 둘러봤다. 주위는 아무것도 보이지 않았다. 다만 고요가, 무덤 속처럼 적요한 고요만이 죽은 듯 엎디어 있었다. 밤이 깊어서인지 풀벌레 소리도 들리지 않았다.

지금 시각이 얼마쯤 되었을까.

사내는 시각을 어름으로 따져봤다. 모르긴 해도 아마 자시 말(子時

末)²⁾은 되었을 터이다. 아까 두어 식경 전 하늘에 먹구름이 안 끼었을 때 벌써 개밥바라기³⁾가 사위기 시작했으니까.

사내는 허리끈을 바짝 조여 매고 들메끈⁴⁾을 단단히 고쳐 매 가든 그렸다.⁵⁾

"자아, 그럼 이제....."

사내는 손바닥에 침을 타악 뱉어 문지르고는 삽을 들고 봉분으로 올라가 봉분 정수리에 삽을 꽂았다. 그런 다음 삽을 힘껏 내리밟았다. 삽은 별 저항 없이 잘 들어갔다. 사내는 깊이 한숨을 한 번 내쉬고 흙을 봉분 밑 제절로 밀어 내렸다. 한 삽 두 삽 세 삽.

봉분은 생땅이 아니어서 그런지 푹푹 쉽게 파여졌다. 봉분은 능처럼 커 집채만 했으나 객토로 만들어져 허물기가 수월했다. 그런데도 광중을 향해 파내려가는 산역은 어렵고 힘들었다. 상두꾼들이 켜켜로 다져댄 회다짐 때문이었다.

"젠장할!"

사내는 삽질에 힘을 가하며 투덜거렸다. 회다짐을 어찌나 단단히 했는지 광중을 향해 내려갈수록 점점 더 힘이 들었다. 땀이 뒤발하다시피 이마로부터 목덜미를 타고 도랑물처럼 흘러내렸다. 그런데도 사내는 가면을 벗지 않았다. 사내는 이따금 삽질을 멈추고 귀를 기울였다. 그러면서 사방을 쏘아봤다. 잠을 설친 들쥐들이 교미라도 하는지 풀숲에서 찌익 찍 묘한 기성을 발할 뿐 사위는 계속 죽은 듯 적요해 무덤 같았다. 사내는 도랑물 흐르듯 하는 땀을 손으로 훔쳐 뿌리며 삽질을 계속했다.

이러기를 얼마나 했을까. 아마 좋이 서너 식경은 했으리라. 집채 같은 봉분을 헐고 지표로부터 한 길 가량 파내려가자 횡대가 나타났다.

"옳거니!"

사내는 쾌재를 부르며 소리죽여 웃었다. 횡대는 모두 일곱 개였다. 횡대는 생나무여서 무척이나 무거웠다. 광중은 횡대를 들어내자 이내 그 형체가 드러났다. 그러나 광중은 격회로 싸발라져 그 안이 안 보였다. 그런데다 먹장구름까지 낀 칠칠흑야여서 한 치 앞을 볼 수가 없었다. 사내는 손으로 격회를 만져봤다. 격회는 꾸덕꾸덕한 채 아직 완전히 굳어 있지 않았다.

"으흐흐흐!"

사내는 히물히물 웃으며 격회를 떼어내기 시작했다. 그런데 바로 이때 먹장구름으로 뒤덮여 있던 하늘이 거짓말처럼 훌훌 벗겨지며 그 벗겨진 구름 사이로 비수 같은 하현달이 얼굴을 새파랗게 내밀었다.

"옳거니. 천우신조로다. 하늘도 내 편이구나!"

사내는 경황에도 무릎을 쳤다. 하늘에 돌개바람이라도 일어 구름을 걷어가는 모양이었다. 안 그러고야 먹장구름이 쫓기듯 저리 쉬 걷힐 리 만무였다. 봉분을 파헤치고 겹겹이 다져진 회다짐 땅을 팔 때는 한 치 앞을 못 봐도 손짐작으로 일머리를 알 수 있었는데 횡대를 들어내고 관이 나오자 손대중으로는 도무지 일을 할 수가 없었다. 눈앞의 것이 하나도 안 보이니 관을 어떻게 들어내고 또 어떻게 바숴야 할지 몰라서였다. 그랬는데 거짓말처럼 먹장구름이 걷히고 하현달이 별빛을 데리고 얼굴을 쏘옥 내미니 어찌 천우신조가 아닐 수 있는가.

"그래, 천우신조로다! 하늘도 내 편이 돼 도우시는구나!"

사내는 다시 한 번 무릎을 치고 광중 양쪽 둔덕에 양 발을 벌려 뻗디뎠다. 그런 다음 아랫배에 힘을 주고 관을 번쩍 들어올려 제절바닥으로 굴렸다.

"썅놈의 송장, 똥을 안 싸고 뒈졌나 왜 이리 무거워!"

관은 예상 외로 무거웠다. 사내는 흙무더기의 제절바닥에 둔중하게 굴러 떨어진 관을 보고 침을 퉤퉤 뱉었다. 관은 오른쪽 용미 끝자락에 시커멓게 누워있었다. 사내는 어금니를 으깨 물고 관을 한참 쏘아보다 도끼를 집어 들었다. 사내는 깊은 한숨을 토하며 관 위쪽으로 짐작되는 모서리 틈새로 도끼날을 끼워 넣고 옆으로 힘껏 비틀었다.

'삐그덕 삐익!'

관은 은혈못6) 빠지는 소리로 천지가 요란했다. 그 소리가 어찌나 크고 끔찍한 지 소름이 끼쳤다. 조용하던 산은 일순 은혈못 빠지는 소리로 드잡이를 하는 것 같았다.

'빌어먹을!'

사내는 도끼날을 좀더 깊이 박고 발을 들어 도끼머리를 내리눌렀다. 이런 자세로 얼마를 용을 쓰다 관머리를 두 발로 뻗디딘 채 도끼자루 끝부분을 잡고 비틀었다.

'뻐억!'

'뻐억!'

드디어 여러 군데의 은정이 견디다 못해 빠져나왔다. 아까보다 훨씬 적은 소리인데도 산이 쩌렁쩌렁 울려 밤새가 숲에서 놀라 후다닥 날아올랐다.

"옘병할!"

사내는 관에 박힌 은정7)이 다 빠지자 두 손으로 관을 굴렸다. 시신을 꺼내기 위해서였다. 시신은 칠성판에 꼿꼿이 묶인 채 요지부동 누워 있었다.

"으음!"

사내는 신음 같은 한숨을 토하고 칠성판에 묶인 시신을 떼어냈다. 그런 사내의 목에서 비지땀이 뚝뚝 떨어졌다. 순간 사내의 눈이 이상한 빛을 발하며 번쩍 빛났다. 그와 함께 안면 근육이 실룩여지며 바르르 경련을 일으켰다. 사내는 다시 한 번 신음 같은 한숨을 토하고 어금니를 으깨 물었다.

"약해지지 말자! 약해지면 안 된다! 오늘이 오기를 얼마나 학수고대 기다렸는가. 얼마나 오매불망 기다렸는가. 약해지지 말자. 약해지면 안 된다! 안 된다!"

사내는 안 된다는 말에 힘을 주어 주문 외듯 몇 번을 외고는 도끼를 머리 위로 높이 쳐들었다. 그리고는 장작 패듯 시신의 목을 내리쳤다.

"퍼억!"

도끼는 뭉클한 감촉과 함께 시신의 목에 내리꽂혔다. 사내는 모진 야차처럼 두 번째의 도끼를 을러멨다.

"퍼억!"

도끼가 내려찍힐 때마다 시신의 목에서 둔탁한 음향이 일며 살점이 가을 논의 메뚜기처럼 툭툭 튀어 올랐다. 살점은 사방으로 튀어갔고 사내의 얼굴에도 날아와 묻었다. 그러나 사내는 개의치 않고 장작 패듯 계속 목을 내리찍었다. 이런 사내는 피에 굶주린 이리 같았다. 목은 힘줄과 목뼈 때문인지 한두 번으로 매기단하게[8] 잘려지질 않았다. 사내는 손바닥에 퉤퉤 침을 뱉어 문지르고는 다시 목을 내리쳤다. 그때서야 목은 힘없이 댕강 떨어졌다.

"망할 놈의 늙은이. 쇠 힘줄을 가졌나 왜 이리 질겨 그래!

사내는 허리춤에 차고 온 보자기로 시신의 목을 싸기 시작했다. 목은 쿵큼한 냄새로 코를 찔렀다. 어두워서 잘은 안 보였지만 목은 흉측하게 망가져 진조밥처럼 으깨져 있었다. 사내는 숨을 멎고 얼굴을 돌린 채 상투 끝의 동곳을 잡아 올려 그 위에다 보자기를 덮어씌웠다. 그러자 문득 오한 같은 떨림이 온 몸을 엄습해왔다. 사내는 부르르 한 번 진저리를 치고 삽과 도끼를 멀리 집어던졌다. 그런 다음 보따리를 집어 들고 만뢰가 잠든 산을 표표히 내려 어딘가로 연기처럼 사라졌다.

장치기와 호미씻이

장대처럼 긴 봄 해가 갈뫼봉에 뉘엿거릴 무렵, 한 무리의 떠꺼머리 총각들이 갈묏골 초입 널찍한 묏둥지 한터[9]에서 장치기를 하고 있었다. 떠꺼머리총각들은 여남은 명 쯤으로 거의가 남의 집 머슴들이었고 나이는 스물 한두 살의 팔팔한 청년들이었다. 이들은 지금 쇠꼴을 베어오다 이곳 한터에 모여 장치기를 하는 중이었다. 머슴들은 대개 저녁나절 새참 때가 되면 쇠꼴을 베러 갈뫼봉으로 향했고, 난든집[10]의 솜씨로 쇠꼴을 한 짐 후딱 베면 약속이나 한 듯 한터에 모여 편을 짠 다음 해가 설핏해 어슴막이 내릴 때까지 장치기를 했다. 장치기는 본시 한 편이 여남은 명씩 두 편 합해 스무남은 명이 돼야 하는데, 이는 동네가 날을 받아 장치기를 제대로 하는 경우고 대개는 오늘처럼 사람이 적어 두 편을 합해야 여남은 명 될까말까 했다.

장치기는 여럿이 즐기는 놀이로 소나무의 옹이가 있는 단단한 부분이나 대추나무 또는 박달나무처럼 야물고 단단한 나무를 공처럼 둥글게 깎아서 석 자쯤 되는 끝이 구부러지게 만든 나무채로 공을 쳐서 구덩이에 집어넣는 놀이인데, 요즘으로 말하면 하키와 비슷한 경기라 할 수 있다. 격장(擊場)은 주로 넓은 풀밭이나 한터를 이용하며 격장의 길이는 보통 백이십 자(약40m) 내지 백오십 자(약50m)로 너비는 구십 자(약30m) 내지 백이십 자(약40m) 정도가 보통이다. 그리고 격장의 한가운데 공이 들어갈 만한 구덩이를 하나 파놓고 그 구덩이에 공을 쳐 넣는다. 격장엔 축구장처럼 골문이 없고 다만 축구처럼 중앙선 가운데서 공을 쳐 상대방의 골라인을 많이 넘기는 편이 이기는 놀이다.

이 장치기 놀이는 세 가지 방식이 있는데 첫째 방식은 아래짱이라고 해 중앙선 가운데 파놓은 구멍에 공을 놓고 양편이 동시에 공을 치는 것을 말함이요, 둘째 방식은 웃짱이라고 해 공을 공중으로 던진 다음 떨어지는 공을 서로 치는 것을 말함이며, 마지막 방식 소래기(또는 소래기치기)는 이긴 편이 공을 공중으로 던지면 양편이 한 바퀴 돌면서 떨어지는 공을 치는 방식을 말함이다. 이 놀이는 또 반칙과 벌칙이 있는데 공이 몸의 일부에 닿거나 상대편의 공채를 몸으로 막는 행위, 공을 격장의 선 밖으로 처내는 행위 등은 반칙에 속한다. 벌칙으로는 물레공 즉 몸을 한 바퀴 돌려서 공을 치는 행위와, 공을 굴려주는 굴려공 그리고 구멍 공치기 등은 벌칙에 속하기 때문에 해서는 안 되는 금기사항이다.

이 장치기 놀이는 주로 동네 머슴들이 쇠꼴을 베어오거나 나무를 해오다 편편하고 널찍한 한터에 꼴짐과 나뭇짐을 받쳐놓고 편을 짜두어 식경 노는 놀이로, 이때는 아무리 바쁜 농사철일지라도 주인들이 모른 척 눈감아준다. 그러므로 비록 사박스럽기[11] 짝이 없는 주인이라도 머슴들이 장치기하다 날이 저물면 크게 야단치거나 나무라지 않고 모른 척 넘어갔다. 더러 심보 고약한 주인은 다음 날 머슴에게 센 일을 시킨 후 매나니밥[12]이 아니면 쥐코밥상[13]을 차려줘 분풀이

18

를 하기도 하지만 그러나 이런 주인도 백중날만은 머슴들을 말쑥한 옷으로 갈아입히고 용돈도 넉넉히 주어 맘껏 놀게 했다. 때문에 이날만은 머슴들의 대접이 그렇게 융숭할 수가 없어 고량자제[14]가 안 부러웠다. 여기다 내로라하는 씨름꾼이 상씨름 판에서 붙는 족족 메다꽂는 판막이 장사가 돼 황소 한 마리 떡하니 타보라지. 그 인기와 위세는 가위 하늘을 찌를듯해 개선장군이 부럽질 않았다.

생각해 보라.

아기씨름 판막음도 대단하고 중씨름 판막음도 엄청난데 항차나 씨름 중의 최고라는 상씨름의 판막음으로 장사가 됐으니 그 인기가 얼마나 대단할 것인가. 이 때의 상씨름 판막이 장사는 마치 과거(科擧)의 알성시에 장원으로 급제해 임금이 내린 어사화를 쓰고 삼현 육각을 잡힌 채 사흘 간 시가행진을 벌이며 시험관, 선배, 급제자, 친척 등을 찾아보며 여봐란 듯 뽐내면서 유가(遊街)하던 그런 기분으로 황소를 몰고 백중판을 돌아쳤다. 이때는 상씨름꾼 장사가 비록 신분이 천한 노복이나 하례배일지라도 여인들의 가슴을 설레게 했고 내외법이 지엄한 사대부가의 규수나 안방마님까지도 상씨름꾼 장사의 늠름한 모습을 보기 위해 눈과 코만 내놓고 몸 전체를 가린 장옷[15]이나 쓰개치마[16] 차림으로 집을 나서기도 했다.

머슴들의 잔치라 할 수 있는 백중놀이는 씨름만이 아니었다. 장치기와 풍물놀이도 빠져서는 안 될 잔치놀이었다. 어찌 또 장치기와 풍물놀이 뿐이겠는가. 호미씻이도 당연히 한 몫을 해 백중놀이 축제를 고조시켰다. 사람들은 아침부터 밤까지 먹고 마시고 춤추고 노래하며 함포고복[17]으로 들떠진[18] 몸을 추스렸다. 이날은 머슴들이 주정을 하거나 개차반 같이 게걸거려도 주인은 모른 척 눈감아 늠늠[19]한 만수

받이[20]로 푸접[21]을 했다.

머슴들만이 아니었다. 이날은 하인배를 비롯해 노복, 영인(伶人)[22], 교군(轎軍)[23], 혜장(鞋匠)[24], 상두꾼[25], 백정 같은 천민에게도 특전이 주어져 웬만한 실수나 잘못은 용서가 됐다. 그래서 동네는 이날만은 반상의 구별 없이 한 타령으로 혼연일체가 됐다. 처음에는 주종관계가 철저하고 상하 귀천이 엄격해 도저히 한 타령이 될 것 같지 않다가도 호미씻이 판에서 거나하게 술을 마시고 신명난 풍물판에서 우쭐우쭐 흥을 돋워 어깨춤을 덩실덩실 추면 동네는 부지불식간에 한 타령이 돼 대동화락을 이뤘다.

호미씻이란 본시 농민들 축제이자 머슴들 잔치여서 동네가 하루 날을 받아 춤추고 노래하고 풍물 치며 질탕히 먹고 마시는데, 날을 따로 받아 놀기도 하지만 대개는 칠월 보름 백중날을 호미씻이 날로 정해 동네 앞 숲거리나 개울가 버들방천에서 호미씻이를 먹었다. 호미씻이란 순 우리말로 호미걸이, 풋굿 또는 머슴날, 농부날이라고도 불리는 잔치놀이인데 좀 유식하게 말하면 초연(草宴) 세서연(洗鋤宴)이라 하기도 한다. 이는 문자 그대로 '풀잔치' '호미를 씻는 잔치'라는 뜻이다. 봄부터 여름까지 허리 휘게 농사 지어 애벌[26]과 이듬[27], 그리고 만물[28]의 논과 밭매기가 끝나 논둑 밭둑 다 접은 어정칠월이면 동네는 날을 받아(앞에서도 말했지만 십중팔구 칠월 보름 백중날) 마을 앞 느티나무 숲이나 개울가 버들방천 숲에서 잔치를 벌여 하루를 즐기는데, 이날은 동네가 집집마다 음식 추렴을 해 질탕하게 노는 것이다. 그래서 누구네는 술을 빚고 누구네는 전을 부치고 누구네는 국수를 말아내고 누구네는 감자와 옥수수를 쪄내고 한다. 봄부터 여름내 뼈빠지게 농사지었으니 이날 하루만이라도 시름 잊고 온 동네가 모여 화기애애하게 한 번 놀아보자는 호미씻이.

이날은 농사 잔치로 남녀노소 모두 나와 풍물에 맞춰 혹은 노래하고 혹은 춤추며 흥겹게 노는 것이다. 더욱이 머슴들은 호미씻이가 유정한 날이어서 이날 하루가 장가가는 날만큼이나 기쁘고 즐거웠다. 여기에 또 동네는 농사가 제일 잘 된 집의 머슴을 뽑아 그 머슴을 소에 태우고 마치 알성급제자가 유가하듯 동네를 도는 장원례(壯元禮)를 행하는데 이는 호미씻이의 백미였고 그 머슴은 동네의 총아로 동경과 선망의 대상이었다. 그래서 어른은 어른들대로 즐거웠고 젊은이는 젊은이들대로 즐거웠다.

어찌 또 어른과 젊은이들뿐이겠는가. 부녀자는 부녀자들대로 아이들은 아이들대로 즐거워 마음껏 흥을 풀며 놀았다. 풍물소리에 신명이 절로 나 어깨춤이 으썩으썩 추어지고 노랫소리에 짓이 나 엉덩춤이 실룩실룩 추어졌다. 노인들은 무릎장단을 탁탁 치며 "만고강산 유람할 제 삼신산이 어디메뇨"를 찾았고 젊은이들은 어깨동무를 한 채 지신 밟듯 주위를 빙빙 돌며 선소리꾼의 가락에 따라 쾌지나를 불렀다. 그 소리가 어찌나 구성지고 신명나 듣기가 좋은 지 내외를 하고 수줍음 잘 타는 처녀들은 아낙들의 뒤에 숨어 옷고름을 잘근잘근 씹으며 숨을 죽였다.

한도 끝도 없이 이어지는 쾌지나 소리가 장중한 코러스가 돼 산과 들로 퍼져 가면 호미씻이는 바야흐로 절정에 이르러 동네가 둥둥 떠다녔다. 그러면 모두는 한 타령으로 어우러져 하나의 거대한 덩어리가 된 채 으썩으썩 어깨춤을 추었다. 완전한 대동(大同)이요 완전한 혼연이다.

호미씻이는 긴 여름해가 서산에 이울고 대지에 어슴막이 내릴 때까지 계속되는데, 사람들은 그래도 아쉬워 자리를 뜨지 않고 여흥을 풀었다. 그러다 주위가 컴컴하고 하늘의 별무리가 금가루를 뿌려놓은 듯 반짝거려야 곰비임비[29] 다가올 가을걷이 잘 하고 내년 농사 잘 짓자는 약속과 함께 술잔을 높이 들어 비운 후 헤어진다. 그러나 젊은 머슴들은 헤어지기가 못내 아쉬워 개밥바라기가 사월 때까지 따로 남아 마시고 춤추며 여흥을 풀었다.

묘구도적(墓丘盜賊)

"해는 지고 저무신 날에
옷갓을 하고서 어딜 가오
첩의 집에 가시려거든
나 죽는 꼴이나 보고 가소"

갈뫼봉에 저녁 해가 이울 무렵, 쑥대머리에 방망이수건을 질끈 동여맨 박 초시댁 달머슴[30] 춘삼이가 쇠꼴을 한 아름 안아 지게에 지우며 구성진 가락을 뽑았다. 목청 하나는 천구성[31]으로 타고난 춘삼이는 소리꾼 저리 가라로 소리를 잘해 쇠꼴을 베러왔다 하면 으레 가락을 뽑았다.

"첩의 집은 꽃밭이요
나의 집은 연못이라
꽃밭의 나비는 봄 한 철이지만
연못의 금붕어는 사시사철"

낭랑한 목소리는 청청한 솔밭을 불어 내리는 재넘이[32]와 함께 갈뫼봉 골짜기를 메아리처럼 퍼져 나아갔다.

"얼씨구 좋다 지화자 좋네

아니 놀지는 못하리라"

춘삼이는 소리를 마치자 지게를 일으켜 세워 알구지33)로 지게를 괴었다. 이때 쇠꼴을 베어오다 쉼터 돈들막 한터에 앉아 땀을 들이던 안 참봉댁 머슴 덕보와 최 부잣집 머슴 노마가 건넛산 자락 한녘의 춘삼이를 보고 한 마디씩 했다.

"니미랄 퍽도 좋겠다. 지나 내나 나이 서른 줄에 장개(장가)도 못 가고 경상도에서 여기꺼정 머슴살이 온 주제에 얼씨구 좋다 지화자 좋다가 다 머꼬!"

덕보가 뇌꼴스러운지 비아냥조로 말했다.

"누가 아니라냐. 나도 전라도에서 타관 땅으로 머슴 살러 왔웅께. 저 잡것 소리 허는 깜냥으로 봐선 장가 열 번 가고도 남았을 턴디 워째 계집 하나 없으까잉?"

노마가 맞장구치며 잇새로 침을 찌익 뱉었다.

"하긴 우리도 서른 줄이 마빡에 붙어도 장갤 못 간 편발 주제니 누구 말을 하겠노만...."

덕보가 한숨을 토하며 지게 밑으로 비스듬히 몸을 뉘였다. 그러다 불에 데기라도 한 듯 화들짝 놀라 눈을 화등잔만 하게 떴다. 춘삼이가 하는 양이 장히 수상쩍어서였다.

"춘샘이 점마 지금 무신 짓거릴 할라카노 어이?"

덕보가 턱으로 건넛산을 가리키며 몸을 벌떡 일켰다. 조금 전 춘삼이가 주위를 둘레둘레 살피며 꽁무니를 까내린 채 지게 뒤 풀밭으로 들어갔기 때문이었다.

"어야, 저 잡것이 시방 뒤가 겁나게 급한갑네잉"

춘삼이가 꽁무니를 까고 지게 뒤 풀밭으로 들어가자 노마가 덕보를 보고 말했다.

"저 문디이자슥 시방 뒤가 급한 기 아이고 파정³⁴⁾이 급한 기라"

덕보가 바짝 쪼그려 앉으며 침을 꼴깍 삼켰다.

"파정이 급하다니. 그게 무슨 소리라냐?"

노마도 덩달아 쪼그려 앉으며 덕보를 쳐다봤다.

"니는 여태 파정도 모르나. 숙맥맨치로"

덕보가 뭐 이런 맹추가 다 있나 싶은 지 노마를 흡떠봤다.

"긍께 고거이 머시냐 허면....."

노마가 덕보의 눈치를 슬슬 보며 시르죽은³⁵⁾ 소리로 말끝을 흐렸다."

"머는 머꼬. 씨물³⁶⁾이지!"

"씨물?

"그래. 니는 또 씨물도 모르나? 사나자슥 나이 스물 하고도 두 살이나 처묵은 눔이 씨물을 모르다이. 그럼 니 호르몽은 아나? 용두질³⁷⁾ 칠 때 나오는 호르몽 말이라"

"으매, 그러고봉께 그런갑네잉. 못 처먹어 비루먹은 당나구꼴이어도 고거는 마디마디 꼴리제. 젊은 놈잉께"

노마는 그제서야 알았다는 듯 고개를 주억거렸다.

"그나저나 저 문디이자슥 눈깔이 까뒤비져 우릴 못 본 기구마. 그러이까네 햇구멍도 안 민 버얼건 대낮부터 저지랄이제"

덕보는 똥마려운 강아지 나대듯 괜히 몸이 달아 안절부절 못했다. 노마는 이런 덕보를 따라 덩달아 바장이었다. 이때 지게 뒤로 들어간 춘삼이는 풀밭에 모로 누워 눈을 질끈 감은 채 참나무 작대기처럼 빳빳한 양물을 움켜쥐고 마구 흔들어댔다. 그러며 끙끙 앓는 소리를 했다.

"으이구, 안 되겠다 씨발. 노마야, 우리도 한 번 치자. 니기미!"

춘삼이가 건넛산 자락 풀숲에서 양물을 움켜쥐고 용쓰는 모습이 언뜻언뜻 비치자 덕보가 더는 못 참겠는지 사추리를 두 손으로 움켜쥐고 풀숲으로 뛰어갔다. 그러자 노마도 예라 모르겠다 하고 덕보의 뒤를 따랐다.

"으이구 죽겠네 니미랄!"

"으매 환장허겠구만이라!"

풀숲으로 들어간 덕보와 노마한테서는 잠시 후 이런 소리가 들려왔다. 그 소리는 흡사 흐느끼는 것 같기도 했고 숨넘어가는 것 같기도 했다.

이런 일은 심심찮게 있는 풍경이어서 낯설거나 새삼스러운 게 아니었다. 힘이 작대기처럼 뻗쳐 과년한 처자만 봐도 사추리가 후끈거리고 가운데 다리가 불끈거리는 팔팔한 떠꺼머리 머슴들은 쇠꼴을 베러 가거나 여름나기 농목을 하러 산에 들면 으레 양지 바른 산자락이나 한적한 잔디밭가에 지게를 내려놓고 황소울음 같은 소리를 질러대며 씨근씨근 용두질을 쳤다.

뿐만이 아니었다.

머슴들은 또 밤이면 서로 돌려가며 비역질[38]을 했다. 머슴들은 새끼를 꼬거나 짚신을 삼다가 밤이 이슥하면 교대로 비역질을 해댔다. 상대는 물론 같은 머슴으로 오늘 밤은 이 머슴이 저 머슴의 상대가 되고 내일 밤은 저 머슴이 이 머슴의 상대가 됐다. 비역이란 다른 말로 하면 남색(男色)[39] 또는 계간(鷄姦)[40]이고 점잖은 말로 하면 단수(斷袖)[41]나 면수(面首)[42]를 일컬음인데 같은 사내가 같은 사내의 항문에 성기를 박고하는 성행위가 비역이다. 이는 여자가 없거나 여자 맛을 못 봐 육허기(肉虛飢)[43]가 진 머슴이나 노복들이 항용 벌이는 짓거리로 일종의 성욕 해결책이다. 얼마나 여자가 그립고 또 성욕이 복받쳐 환장할 지경이면 이렇게까지 해서 성욕을 발산시키겠는가. 그러나 이런 짓이 머슴이나 노복들뿐이던가. 자녀(姿女)[44]나 논다니[45] 또는 색줏집의 계명워리[46]가 아닌 한 성숙한 상노(床奴)[47]나 과년한 요강담살이[48], 그리고 책비(冊婢)[49]의 계집종들도 밤이 늦으면 으레 저희끼리 는실난실[50] 자위질을 하고 밴대질[51]을 했다. 여염의 과부나 소박데기, 심지어는 정혼한 남자가 혼인 전에 죽어 망문과부(望門寡婦)[52]가 된 여인도 열녀가 아닌 이상 밴대질을 했다.

얼마나 지났을까.

담배 한 대 피울 시각이 지났을까 싶자 덕보가 머쓱한 표정으로 풀숲을 헤치고 나왔다. 그러자 노마도 뒤따라 겸연쩍은 얼굴로 풀숲을 헤치고 나왔다. 두 사람은 풀숲을 나오자마자 건넛산 자락부터 눈을 주었다. 그러나 춘삼이는 이미 가뭇없이 사라지고 없었다. 두 사람은 괜히 열쩍어 말없이 지게로 다가와 밀삐[53]에 어깨를 디밀었다. 그리고 막 일어서려는데

"미구났다아, 미이구!"

하는 소리가 생급하게 들려왔다. 소리의 주인은 사내였다. 두 사람은 지게를 지고 일어나려다 말고 소리 나는 곳으로 눈을 주었다.

"미구 났어요, 미이구!"

사내는 갈뫼봉을 천방지축 달려 내리며 다급히 소리쳤다. 그런 사내는 가슴을 풀어헤쳤고 머리는 쑥대같이 엉겨있었다.

"동네 양반들, 미이구 났어요, 미이구!"

사내는 손나발을 만들어 큰소리로 외치며 가파른 산길을 구르듯이 달려 내렸다. 사내의 이마에는 비지 같은 땀이 둘둘둘 흘러내렸고 목줄기는 지렁이 같은 힘줄이 꿈틀꿈틀 불거져 있었다.

"크, 큰일났어요 크, 큰일요. 미이구 났어요, 미, 미이구가!"

사내는 손나발을 마을 쪽에다 대고 아까보다 더 큰소리로 외치며 헐떡헐떡 어깨로 숨을 쉬었다. 그러느라 말이 중간 중간 끊겨 흡사 반벙어리처럼 더듬거렸다.

"얼레, 저거이 뭔 소리라냐. 미이구라 안 허냐 시방?"

노마가 알구지로 지게를 괴며 몸을 일으켰다.

"글씨 말이라. 미이구라카네. 어허, 이기 또 무신 동티54)고 어이? 그라고 점마가 대체 누고? 김 진사댁 머슴 만복이 아이가?"

덕보도 밀삐에서 어깨팔을 빼며 몸을 일으켰다.

"그렇구만이라. 잡것. 아까 갈뫼봉 쪽으로 꼴 비러 가더니만. 그나저나 이번엔 또 누구 뫼를 파헤쳤을까잉?"

노마가 겁에 질려 목을 움츠렸다.

"그거사 세도가 양반 미(묘)가 아이먼 부잣집 미 아이겠나"

"거 참 요상하구만이라. 워째서 매번 세도가 양반집이 아니면 부잣집이까잉? 먼젓번 가마실에 미구났을 때도 세도가 양반집이였잖은가베"

"그랬제. 황 부잣집이라고, 세도가 양반집이었제"

"참말로 알 수 없는 일이구만이라. 대관절 누가 고로코롬 끔찍한 짓을 해쌓는지 원"

"글씨 말이라. 아매 양반 세도가나 부잣집에 무신 철천지 원한이 진 모양이제. 안 그렇고야 우째 그런 끔찍한 짓을 하겠노"

"아무리 그래도 그렇지, 사람이 인두겁을 뒤집어 쓰고서야 워찌 고로코롬 엄청난 짓을 할 것이여. 저 시퍼런 하늘이 무섭지도 않은감?"

노마가 하늘을 쳐다보며 혀를 홰홰 내둘렀다. 이때 만복이는 갈뫼봉의 지레목 마당바위를 돌아 등성마루로 올라섰다.

"니 지금 미구라캤제? 누 미에 미구가 났노. 어이?"

덕보가 마을을 향해 헐레벌떡 달려오는 만복에게 쫓아가 다그치듯 물었다. 그러나 만복이는 갈뫼봉만 가리킬 뿐 여전히 마을을 향해 헐레헐레 뛰어갔다.

"아이 그라모 혹시?"

덕보는 혼잣소리로 중얼대며 달려가는 만복이를 우두망찰 바라보다 저도 몰래

"미구났임더, 미이구!"

하고 만복의 뒤를 쫓았다. 그러자 이 광경을 지켜보고 있던 노마도

"미이구 났구만이라, 미이구!"

하며 꼴짐을 내팽개친 채 덕보를 따라 부리나케 뛰었다. 까짓 꼴짐이 대수가 아니었다. 동네에 흉악무도한 묘적(墓賊)이 생겨 언제 어떤 결과로 결판이 날지 모르는데 그깟 꼴짐 따위가 뭐 그리 대단하겠는가.

동네는 삽시에 벌집을 쑤셔놓은 듯 발칵 뒤집혔다. 그도 그럴 것이 세와 부를 겸비한 김 진사 댁에 묘구(墓寇)가 났으니 어찌 안 그렇겠

는가. 묘구란 묘적 또는 묘구 도적(墓寇盜賊)을 말하는 것으로 이는 남의 무덤을 파헤치고 무덤속의 물건을 훔쳐가는 도둑이나 또는 무덤속의 시체(송장)를 파내 감추거나 시체의 목을 잘라 그 목을 볼모로 금품을 요구하는 것을 말함인데, 김 진사네 묘구가 바로 김 진사 아버지 김 정승의 목을 잘라 그 목을 담보로 금품을 요구하는 그런 묘구였다. 이런 묘구를 사람들은 '미구'라 했고 묘가 파헤쳐지거나 시체의 목을 잘라가는 것을 '미구났다' 했다. 그런데 이 묘구는 묘구도적의 준말로 일반에서는 보통 '미구'라 불러오고 있다. 그리고 혹자는 또 이 미구를 미혹할 미(迷)자에 널 구(柩)자를 써 미구라 하기도 했다.

김 진사 아버지 김 정승 산소가 미구났다하자 사람들은 앞을 다퉈 김 진사 댁 바깥마당으로 모여들었다.

"아니 이게 대체 무슨 소리여. 대감마님 산소에 미구가 나다니"

"글쎄 말이여. 어느 쳐죽일 놈이 또 그런 끔찍한 짓을 했는지 원"

백차일[55] 치듯 모여든 사람들은 혀를 홰홰 내두르며 산소가 있는 갈뫼봉 쪽을 쳐다봤다.

"그나저나 이러고 있을 때가 아니잖여. 연장 챙겨들고 산소부터 가 봐야지"

"그래야지. 원 세상에 어제 장례 모신 어른한테 오늘 이런 몹쓸 참화가 생기다니. 어허, 이 무슨 기막힌 변괴인고"

김 진사 댁 바깥마당에 진을 치다시피 모인 사람들은 연신 산소가 있는 갈뫼봉 쪽에 눈을 주며 발을 동동굴렀다. 이때 굴건제복에 상장을 짚은 김 진사가 노복 몇 사람을 앞세우고 솟을대문을 나와 마당으로 내려섰다. 김 진사의 얼굴은 흙빛이었다. 사람들은 허리를 굽혀 국궁을 하고 조심스레 김 진사의 뒤를 따랐다.

"세상에 이게 그래 무슨 변고래. 그 지체 높으신 대감마님께서 미구를 당하시다니"

"그러게 말이여. 하도 기가 차서 말도 안 나오는구먼"

사람들은 김 진사와 멀찍이 떨어져 걸으며 김 진사가 들을세라 조심조심 지껄였다. 그러느라 말소리가 힘이 없어 시르죽은 소리처럼 들렸다.

"낼이 삼우젠데, 삼우제 모시기 전에 이런 변이 났으니 필유곡절이라. 삼우제 끝나면 진사어른이 여막 짓고 삼 년 시묘살이 하실 걸 미리 알고 한 짓이여. 그놈이"

"암. 격회(隔灰)가 굳기 전에 하느라고 그리했을 거여. 먼젓번 가마실 황 부자네 미구났을 때는 장사 당일 밤에 그랬다잖여"

"그놈이 미구 낸 집에 무슨 깊은 원한이 아니면 돈에 포원이 진 놈일 게라. 안 그렇고야 어찌 세도가가 아니면 돈 많은 부잣집만 골라 미구질을 하나 말이여?"

"그런지도 모르지. 가마실 황 부자네도 돈 천 냥하고 맞바꿨다잖여?"

"천 냥? 난 오백 냥으로 들었는데. 좌우지간 천 냥이든 오백 냥이든 대단한 놈이구먼. 하늘이 무서워서 어찌 그런 짓을 할꼬. 그럼 그때 가마실 그놈이 이놈 아니까?"

"글쎄. 그놈인지 다른 놈인지 알 수가 있어야지. 하여간에 사람은 척지고 살지 말아야해"

사람들은 김 진사가 들을까 저어돼 목소리를 낮추어 가만가만 이야기했다. 그러나 김 진사는 노복들과 함께 저만큼 앞에서 진둥걸음56)으로 산을 급히 추어 올랐다. 그 걸음이 어찌나 빠른지 책상물림의 선비답지 않았다. 사람들은 다시 낮은 소리로 조근조근 말을 주고 받았다.

"그나저나 그 흉악한 놈을 얼른 잡아야지, 겁이 나 어디 살 수가 있나. 언제 누구 뫼에 또 미구가 날지 모르잖여"

"암, 얼른 잡아야지. 그런 흉악한 놈은 목을 쳐서 장대 끝에 매달아 까막까치 밥이 되게 해야 돼"

"헌데 그놈은 암만 생각해도 먼 데 놈은 아닌 것 같애"

"그럴지도 모르지. 먼 데 놈 같으면 진사어른 댁 장삿날을 어찌 손바닥 보듯 훤히 알 수 있겠어. 그놈은 어쩌면 가근방에 사는 인근동 놈일지도 몰러"

사람들은 김 진사를 멀찌감치 뒤따라 걸으며 제각기 한 마디씩 했다. 그러나 누가 범인인가는 아무도 말하지 않았다. 아니 말할 수가 없었다. 먼젓번 가마실 황 부자네 산소에 묘구가 났을 때도 진범을 못 잡아 관아가 가리산지리산[57] 헤매며 갈팡질팡 엉뚱한 사람만 잡아다 초달하고 보니 이번에도 또 그럴지 모른다 싶어 범인에 대해서는 함부로 말을 하지 않았던 것이다.

산처(山處)는 눈뜨고 볼 수 없는 목불인견이었다.

봉분은 웅덩이처럼 깊게 파헤쳐져 처참히 입을 벌리고 있었고 횡대[58]는 제절바닥 여기저기에 어지러이 흩어져 허연 속살을 드러내고 있었다. 격회는 광중과 그 언저리 둔덕에 뒤발[59]하듯 처발라져 버캐[60]가 앉은 것 같았고 관은 박살이 나 용미[61] 앞 제절에 볼썽사납게 널브러져 있었다.

그러나 더욱 목불인견인 것은 시신이었다. 시신은 목이 댕강 잘려

32

나간 채 나무토막처럼 팽개쳐져 있었고 그 팽개쳐진 시신 주위로 검붉은 핏자국이 짐승의 살코기 같은 벌건 살점과 함께 점점이 흩어져 있었다. 그리고 그 흩어진 살점에는 쇠파리가 벌떼처럼 윙윙거리며 새까맣게 앉아 있었다. 쇠파리는 살점뿐만 아니었다. 시신에도 쇠파리는 들끓고 있었다. 시신은 수의가 벗겨진 채 일곱 마디의 묶음이 모두 끊어져 있었고 쇠파리는 그 끊어진 마디의 사이마다 살판난 듯 엉겨 붙어 있었다. 목은 힘줄이며 뼈마디가 엉망으로 으깨져 조밥처럼 짓이겨져 있었고 모탕 없이 땅에다 대고 그냥 잘랐는지 제절바닥이 움푹 파여져 있었다.

눈뜨고 볼 수 없는 참상은 이것만이 아니었다. 시신은 여우의 짓인지 군데군데 짐승의 앙칼진 이빨자국이 나 있었고 팔과 다리는 각을 뜨다시피 해 팔은 팔대로 다리는 다리대로 떨어져 있었다.

김 진사는 부친의 이 같은 참상을 보자 한동안 멍하니 하늘을 우러르다 통곡하기 시작했다.

"아버님! 아버님! 이 불효 막급한 소자를 용서하여 주옵소서. 아버님을 편히 모시지 못하온 죄 어이 차마 용서받을 수 있사오리까!"

김 진사는 넉장거리[62]로 몸태질[63]을 하며 땅을 치고 울부짖었다. 사람들은 이런 김 진사를 향해 조상하듯 머리를 숙였다.

"아버님! 자고로 자손들은 소분(掃墳)[64]으로써 조상님을 찾아뵙는 게 더없는 광영이온데, 아버님을 이렇듯 참혹한 형상으로 뵈오니 그 죄 무엇으로 용서받을 수 있사오리까. 예? 아버님!"

김 진사의 몸태질 통곡성은 고즈넉한 갈뫼봉 골짜기를 메아리처럼 울려 퍼졌다.

"하오나 아버님! 소자, 와신상담 절치액완으로 이 원수 놈을 기필코 잡아 아버님의 존귀하신 두상을 다시 찾아 모시옵고 불구대천[65]의 철천지한[66]을 반드시 풀어드리겠사옵니다. 놈을 천참만륙[67] 효수[68]하여 원수를 갚아드리겠사옵니다. 하오니 이 불공대천지수를 소자에게 맡기시옵고.....”

김 진사는 더는 말을 잇지 못하고 여기저기 흩어진 살점을 수습하며 짐승처럼 울부짖었다. 그런 김 진사는 이미 제 정신이 아니었다.

“나으리! 이제 그만 지만하시고 일어나셔얍지요. 그리고 얼른 정신 차리시고 무슨 구체를 찾으셔얍지요”

노복 억쇠가 보다 못했는지 손등으로 눈자위를 문지르더니 김 진사의 팔소매를 잡아 흔들었다.

“나으리. 억쇠 말이 맞습니다요. 시방 이러고 계실 때가 아닙니다요. 우선 대감마님부터 모셔야합니다요. 그래놓고 관가에 발고해 묘구 도적을 잡아도 잡아야 합니다요. 나으리께서 이러시면 쇤네들은 어쩝니까요”

억쇠가 말문을 열자 노복 차돌이도 코를 훌쩍이며 말했다.

“그렇습니다요 나으리. 억쇠하고 차돌이 말이 맞습니다요. 시방 젤로 급한 건 대감마님부터 모시는 일입니다요. 그러니 정신 차리시고 일어나셔야 합니다요”

억쇠와 차돌이가 입을 열자 사람들은 비로소 힘을 얻어 김 진사를 안아 일으켰다. 그러나 김 진사는 다시 주저물러 앉아 몽니[69]부리는 아이처럼 두 다리를 뻗고 몸부림쳤다. 양반으로서의 체통이나 아랫것들에 대한 수치심 따위는 아랑곳 하지 않았다.

“나으리 안 되십니다요. 이럴 때일수록 정신차리셔야 합니다요. 상주이신 나으리께서 이러시면 쇤네들은 어떡합니까요”

억쇠가 다시 김 진사의 팔에 매달리며 징징 우는소리로 말했다.

"그렇습니다요. 대감마님부터 얼른 집으로 모시고 가서 수의 지어 입히시고 다시 염을 잡수셔야 됩니다요. 그 사이 쇤네들은 관을 준비하겠습니다요. 그러니 아무리 절통하고 원통하셔도 참으셔야 합니다요"

"맞습니다요 나으리"

"그렇습니다요 나으리"

모여섰던 사람들이 한 입처럼 말하며 김 진사를 부액했다. 김 진사는 그제서야 통곡을 그치며

"그래, 그대들 말이 옳다. 내 그대들 말 듣고 정신 차리지!"

하고 정색을 했다. 날은 어느새 어둑어둑 땅거미가 내려 주위가 컴컴해지기 시작했다.

"허면 만복이 너는 이 길로 집으로 뛰어가 홑이불을 가져오고, 억쇠와 차돌이는 홑이불이 당도하는 대로 아버님을 잘 모셔 싸서 집으로 모셔가야 한다. 그리고 자네들, 자네들은 오늘 밤 내 집에 와서 일들 좀 봐줘야겠네. 아버님 두상을 찾아 모실 때까지 아버님을 우선 앞마당에다 토롱(土壟)[70]으로 모셔야하니까"

김 진사는 동네 장정들을 보고 이렇게 말하며 몸을 부르르 떨었다.

"안 되십니다요 나으리. 그놈이 대감마님의 두상을 언제 돌려줄지 모르잖습니까요. 그리고 그놈이 성질이라도 나면 또 무슨 짓거릴 저지를지 누가 압니까요. 그러니 대감마님을 여기 그대로 모셔놓고 그놈이 하자는 대로 하는 수밖에 다른 도리가 없습니다요"

"그렇습니다요 나으리"

"맞습니다요 나으리"

김 진사의 말이 끝나자 사람들은 일제히 그게 무슨 당찮은 소리냐는 듯 펄쩍 뛰고 나섰다.

"무슨 소리들인가. 그렇다면 두상 없으신 아버님을 이대로 모시자는 겐가?"

김 진사가 버럭 고함을 치며 안면에 심한 경련을 일으켰다.

"두고 봐. 놈이 곧 흥정을 해 올 터이니. 아버님의 두상을 담보로 거액의 돈을 요구해올 터이니"

김 진사는 이를 부드득 갈며 몸을 부들부들 떨었다. 이때 누군가가

"나으리, 감히 말씀드립니다요만 두상을 찾으시면 그때 다시 잘 모시면 되잖습니까요. 그 지체 높으신 어른을 어찌 잠시인들 토롱으로야 모실 수 있습니까요"

했다. 상두꾼 박돌이었다. 박돌은 쇤네 같은 천한 게 드리는 말씀이라고 허투루 듣지 마시고 유념해 달라는 말까지 남기며 궁궁을 했다. 그러자 여기저기서

"맞습니다요"

"그렇습니다요"

하는 소리가 들렸다. 토롱으로 모신다는 김 진사의 말이 부당함을 지적한 말이었다.

"어허, 또 그 소리. 어찌 두상 없으신 아버님을 그대로 모시자는 겐가?"

김 진사는 화를 버럭 내며 안면에 심한 경련을 일으켰다.

"아까도 말했지만 놈은 곧 흥정을 해올 것이야. 그럼 그때 흥정에 응하는 척하다 놈을 생포하는 게야. 물론 아버님 두상은 그때 찾아뫼셔야지. 천참만륙을 해도 설분이 안 될 놈 같으니라고!"

김 진사는 또 이를 부드득 갈며 몸을 부들부들 떨었다.

"하지만 나으리, 그 지체 높으신 대감마님을 어찌 잠시인들 토롱에 모신단 말씀이십니까요. 그건 절대로 안 될 말씀이십니다요"

"그렇습니다요. 나으리께서야 대감마님이 육친이시니 집 앞 마당에 토분을 만들어 뫼시고 싶으시겠사오나 저희 생각은 다릅니다요"

"다르다니. 어떻게?"

이때 만복이가 홑이불을 가지고 헐레벌떡 달려왔다. 달려온 건 만복이만이 아니었다. 노비(奴婢) 몇 사람과 가령(家令)[71] 횃불을 밝혀 들고 달려왔다.

"아, 생각해보시와요 나으리. 대감마님이 어디 보통 분이십니까? 그 지체 높으신 어른을 잠시나마 토롱에다 모시다니요"

"맞습니다요. 그건 천부당만부당한 일입니다요"

사람들은 또 한 입처럼 말하고 나섰다. 도대체 그 지체 높으신 양반을 아무리 잠시일지라도 어찌 토분에다 모실 수 있는가. 그 분이 어디 보통분이신가. 그 분은 삼정승의 한 분으로 좌의정을 지내신 정 일품의 당상관 의빈(儀賓)으로 대광보국숭록대부(大匡輔國崇祿大夫)라 는 작호까지 받으신 분이 아니신가. 그래서 나라가 70 세가 넘는 정 이품 이상의 문관들을 예우하고 또 임금께서 친히 참여하시는 기로소 (耆老所)에 기로당상으로 대우받으시다 말년에 향리로 낙향, 시문으로 유유자적 한일월 하시며 한운야학 하시던 어른이 아니신가. 그런데 그런 기막힌 어른을 토롱으로 모시겠다니 말이 되는가.

사람들은 알고 있었다. 비록 어로불변(魚魯不辨)[72]의 판무식이거나, 칠반천인(七般賤人)[73]의 천민일지라도 좌의정이 어떤 자리며 또한 의 빈의 품계가 종친과 마찬가지라는 것을. 뿐만이 아니었다. 의빈은 부마도위(駙馬都尉)[74] 등과 같이 왕족의 신분이 아니면서도 왕족과 통혼할 수 있다는 것도 알고 있었다. 그러므로 사람들은 이 어른의 토롱을 한사코 반대하고 나선 것이다.

그러나 김 진사의 생각은 이와 달랐다. 김 진사는 놈이 불일내로 흥정을 해올 것으로 믿고 있었다. 놈은 필시 돈을 요구할 목적으로 아버님의 두상을 가져갔을 것이고 그런 목적 때문에 금명간 반드시 무슨 연통이 있을 것으로 믿고 있었다. 그리고 무엇보다도 두상 없는 아버님을 무주공산의 산처에다 모실 수가 없었다. 이는 우선 만고에 없는 불측일뿐만 아니라 마음이 놓이지 않아 그렇게 할 수가 없었다. 언제가 될지 모르지만 아버님의 두상을 찾을 때까지는 아버님을 집 가까이 앞마당에 토롱으로 모시는 게 가장 안전할 것 같았다.

이리하여 두상 없는 김 정승의 시신은 결국 김 진사의 주장대로 앞마당에 토롱으로 모시기에 이르렀다. 사람들은 이런 김 진사의 처사에 하나같이 반대했지만 그렇다고 그 주장을 꺾을 수는 없었다. 모두가 천한 하례배가 아니면 김 진사네 땅을 얻어 부치는 소작인들이니 어찌 감히 그 주장을 꺾을 것인가. 이는 불감청이언정 고소원이었다. 혀의 침처럼 고분거리며 남의 종질이나 하는 천한 상것들이 어디 사람이던가. 똥구멍이 찢어지게 가난한 애옥살이[75]를 목구멍이 포도청으로 굶어죽을 수 없어 무슨 죽을 죄라도 지은 듯 비대발괄 빌어 칠촌의 양자빌 듯 얻어 부치는 작인들이 어디 사람값에 가던가. 사람들은 분한 씨름에 샅바가 끊어진 듯 안타까운 표정을 지으며 고개를 외로 꼬았다.

"나으리! 나으리!"

부친을 밤새 앞마당에 토롱으로 모셔놓고 잠 한숨 못잔 채 여막의 궤연 앞에 무릎 꿇고 앉아 절치부심 이를 갈고 있는데 억쇠가 숨넘어가듯 김 진사를 부르며 헐레벌떡 뛰어들었다. 날은 아직 채 밝지 않은 첫 새벽의 미명이었다.

"무슨 일이냐?"

김 진사가 고개를 번쩍 들며 황급히 물었다.

"이거, 이걸보세요 나으리마님!"

억쇠가 겁먹은 소리로 두루마리 하나를 내밀었다.

"그게 뭐냐?"

"모르겠습니다요. 쇤네가 칙간에 갔다 오는데 이게 돌멩이에 싸인 채 바깥마당에 떨어져 있었습니다요"

억쇠가 여전히 겁먹은 소리로 말하며 바깥마당으로 눈을 주었다.

"어디 보자!"

김 진사는 억쇠로부터 돌멩이에 싸인 두루마리를 받아들었다. 문득 짚이는 게 있었다. 오냐, 올 것이 왔구나! 김 진사는 이를 사려 물고 두루마리를 펼쳐들었다.

＜명일 축시 초(丑時初)[76] 감악산 당재 서낭 앞으로 돈 천 냥 가지고 와서 니 애비 대가리 찾아가거라. 혹여 관가에 발고해 포졸들을 매복시키거나 왈짜패[77]를 데리고 나타나면 니 애비 대가린 영영 못 찾을 줄 알아라. 아니 똥통에 처넣거나 까막까치 밥이 될 줄 알아라. 그러니 섣부른 수작질은 아예 하지 말기 바란다. 알겠느냐?＞

두루마리엔 서툰 먹 글씨로 이렇게 씌어져 있었다. 김 진사는 하늘을 우러르며 이를 갈았다.

"오냐, 내 네 놈을 반드시 잡아 도륙을 내리라. 간을 씹어 아버님

영전에 바치리라!"

　김 진사는 치를 떨며 어서 날이 밝기를 기다렸다. 날이 밝아야 무슨 수든 수를 써 대책을 세울 것이었다. 그런데 한편 이상한 생각이 들었다. 놈이 왜 하필이면 감악산 당재 서낭 앞에서 만나자 하는지 모를 일이었다. 감악산이라면 여기서 자그마치 사십 리 허에 있는 산이 아닌가. 그리고 산길이 험악해 돌니[78]가 많고 굽이마다 안돌이[79] 지돌잇길[80]의 악산이라지 않은가. 게다가 또 밤이면 눈 큰 짐승 산군(山君)[81]이 눈에 시퍼런 불을 철철 흘리며 출몰해 사람을 십년감수시키고 여기다 아주 못된 저퀴[82]의 두억시니[83]와 그슨대[84]가 흉측한 몰골로 나타나 밤중에 급한 일로 당재를 넘는 사람들의 혼을 송두리째 빼놓는다지 않는가.

　하지만 어디 또 이뿐인가. 시도 때도 없이 불쑥불쑥 나타나는 범강장달[85]이 같은 불한당 산적들이 금품을 약탈하고 약탈에 반항하면 목숨을 빼앗기 때문에 감악산 당재를 꼭 넘어야 할 사람은 감악산 밑 윗터 주막에서 며칠을 기다려서라도 사람을 모아 여남은 명씩 떼를 지어 산을 넘는다지 않는가. 그런데 놈이 이런 감악산 당재 서낭 앞에서 만나자니 필유곡절이었다. 이는 아마도 놈이 겁을 주기 위해 일부러 감악산 당재 앞을 택한 듯했다. 그러지 않고야 감악산 당재 서낭을 택할 리 만무였다.

　그러나 어쩌랴. 놈이 이곳을 택한 이상 놈이 하자는 대로 할 수밖에. 놈이 아버님의 두상을 가지고 있는 한 칼자루를 쥔 쪽은 놈이었다. 만약 놈이 하자는 대로 하지 않으면 아버님의 두상은 놈의 말처럼 까막까치 밥이 될 지도 모를 일이었다. 김 진사는 몸을 부르르 떨었다. 그러며 뇌까렸다.

"안 된다. 어떤 일이 있어도, 어떤 희생을 치러도 아버님의 두상은 꼭 찾아 모셔야 한다!"

김 진사는 주먹을 부르쥐며 사십 리 밖의 감악산을 떠올렸다. 아직 한 번도 넘어보지 못한 천험의 감악산이어서 걱정이 태산이었다. 듣기로 감악산은 밝은 대낮에도 길이 험하고 사나워 넘기 힘들고 여기다 맹수와 산적들이 자주 출몰해 여간한 결기와 배짱이 아니고는 넘기 힘들다 했다. 그런데 이런 감악산 당재를 어찌 캄캄한 밤중에 간 크게 넘을 수 있는가. 밤에는 더구나 고약한 저퀴의 두억시니나 그슨대가 나타나 사람을 기절시킨다지 않는가. 이럼에도 불구하고 감악산 당재를 가려면 날이 어둡기 전에 노복들의 인도와 부축을 받으며 미리 가 있을 수밖에 없었다. 그런데 아무리 생각해도 놈이 감악산 당재로 오라는 게 이상했다. 혹시 놈이 그 근방 어디에 사는 놈이여서일까? 아니면 가까운 데 살면서도 짐짓 감악산을 택한 것일까?

아닐 것이다. 둘 다 아닐 것이다. 놈은 일부러 감악산을 택했을지도 모른다. 그래놓고 엉뚱하게 내전보살[86]로 수작질을 하는 지도 모를 일이다. 그리고 또 한 가지 석연찮은 게 있었다. 만약 관가에 발고해 포졸들을 매복시키거나 왈짜패를 데리고 나타나면 니 애비 대가리는 영영 못 찾을 줄 알라는 게 그것이었다. 그러므로 섣부른 짓은 아예 말라던 놈의 으름장은 사뭇 엄포만은 아닌 듯했다. 그렇다면 꼼짝없이 놈이 하라는 대로 하거나 하자는 대로 할 수밖에 없었다. 그래야 부친의 두상을 찾을 것 같았다. 혹여 놈의 요구대로 하지 않고 놈을 덧들이거나 속인다면 놈은 정말로 부친의 두상을 똥통에 처넣거나 들판에 버려 까막까치 밥이 되게 할지도 모른다. 놈이 인간 행위 중 가장 악랄한 묘구도적으로 부친의 두상을 베어갔을 때는 반드시 그만한 까닭이 있었을 것이다. 하늘을 같이 이지 못하는 불공대천의 원한이 골수 깊이 맺혔거나 아니면 삼순구식[87]의 가난이 골수 깊이 맺혀 마지막 수단으로 묘구도적이 돼 그 목을 담보로 돈을 요구하는 묘구꾼이 됐을 지도 모른다.

하지만 이유야 어디 있든 김 진사는 분하고 절통해 치가 떨렸다. 그 고매하신 아버님이 극악무도한 흉도 놈에게 참변을 당하시다니. 아, 이 불효를 하늘이 두렵고 무서워 어이할 거나. 놈을 잘 다독여 놈이 요구하는 대로 들어주고 아버님 두상을 모셔다 안장해 드린다한들 풍성학려(風聲鶴唳)[88] 놀라신 혼백이 어찌 편하실까. 천하에서 가장 큰 죄 있다면 그것은 부모님 잘못 모셔 불효로써 욕뵈는 죄이거늘 어찌 차마 고개 들어 용서를 빌 수 있을꼬. 항차나 장례 모셔 오늘이 삼우제로 아버님 혼백(魂魄)이 아직 하늘에 못 이르시고 미처 땅에 돌아가지 못하신 지금에 아버님을 흉악한 흉도 놈에게 두상을 잃어 두 번 돌아가시게 하였으니 오호라, 이 대죄를 어떻게 용서받을 수 있을꼬. 예부터 형벌의 종류가 삼천이나 되지만 여기서 그 죄가 불효보다 더 큰 것이 없다했는데 어찌 하늘이 두려워 살 수 있을꼬. 인간으로는 차마 못할 흉악무도한 짓을 묘구라 일러 악한 자를 저주할 때 '미구' 또는 '미구할 놈'이라고 욕을 해 묘구를 한 놈이나 묘구를 당한 사람이나 그 죄 다같이 구천에 사무친다 했는데, 어이하여 그 죄가 내 대에 와 머물러 하늘 보기를 두렵게 하는가. 오호! 이게 혹시 멸문지화의 징후는 아닐꼬?

날이 밝아 해가 뜨자 김 진사는 힘깨나 쓰는 장정 몇 사람을 데리고 부랴부랴 관아로 갔다. 현감을 만나 방책을 강구하고 도움을 청하기 위해서였다. 현감은 일 년에 서너 차례 시후가 바뀔 때마다 친히 부친을 찾아뵙고 정중히 문안을 여쭙던 터여서 부친의 참변 소식을 들으면 경악 대분하여 당장 손을 써 무슨 방법이든 방법을 구할 사람이었다. 그는 대기(大器)까지는 몰라도 백리지재(百里之才)[89]는 능히 될 재목인데다 평소 부친에 대한 경의가 극진하였으므로 전력을 다해 묘구도적을 잡을 것이라 믿고 있었다. 그가 부친을 시후가 바뀔 때마다 배알 문안드림은 지방 관아의 종육품(從六品) 외직 현감으로 내직의 정일품 당상관 의빈 좌의정을 지내신 부친에 대한 예우도 예우려니와 무엇보다 상감께서 나라에 공이 많은 70세 이상의 대신에게 직접 하사하신 궤장(几杖)[90]의 존귀함에 있었다. 그랬으므로 현감은 감히 우러를 수조차 없을 만큼 존귀한 좌의정 김 정승을 자기의 모든 역량과 권한을 총동원해서라도 극악무도한 흉도 놈을 잡아들일 것임에 틀림없었다. 놈은 두루마리에 적기를 흑여 섣부른 수작질을 하면 부친의 두상을 못 찾을 줄 알라고 했지만 이는 무슨 다른 계략을 꾸밀까 봐 미리 선수 치는 으름장일 수도 있다. 또 설혹 그게 선수 치는 으름장이 아닐지라도 감악산 당재 서낭까지는 힘깨나 쓰는 노복과 포졸 몇 사람을 대동해야 마음이 놓일 것 같았다. 놈은 필시 만반의 준비를 한 채 으슥한 곳에 숨어서 기다릴지도 모르고 만의 하나 일이 제 뜻대로 안 된다면 어떤 해코지를 할지 모르기 때문이었다. 더욱이 감악산은 험한 산일뿐만 아니라 골이 깊고 숲이 많은 데다 관목과 교목 등 아름드리나무가 빽빽이 들어서 있어 대낮에도 초저녁처럼 어두컴컴해 무섭다지 않은가. 그러니 이런 산을 밤중에 혼자 그것도 초행으로 간다는 건 생각할 수조차 없고 만약 혼자 초행으로 간다면 이는 섶을 지고 불로 뛰어들 듯 위험한 일이어서 스스로 호구를 찾아가는 것이나 다름없었다. 하여 김 진사는 이 궁리 저 궁리 끝에 힘깨나 쓰는 장정 몇 사람을 데리고 아침 일찍 관아로 현감을 찾아갔다. 김 진사는 데리고 온 노복 억쇠와 차돌이, 그리고 작인 용이를 객사에 있게 하고 이방을 따라 동헌으로 들어섰다.

"아이구 이거 이른 아침부터 어인 행차십니까?"

김 진사가 이방의 안내를 받고 동헌으로 들어서자 현감이 적이 놀라며 국궁의 예로써 맞이했다. 정일품 좌의정 대감의 몽상을 입은 거상 상주에 대한 예우였다.

"예, 사또와 급히 상론할 일이 생겨 달려왔습니다. 그제 아버님 상사에는 고마웠습니다. 몸소 문상까지 와 주셔서요"

"원 별말씀을 다 하십니다. 너무도 지체 높으신 어른의 상사인지라 저희 고을은 창망하고 황망하여 망지소조[91]할 뿐입니다"

현감은 공수로써 예를 갖추고 김 진사를 자리에 권했다.

"허면 급히 상론할 일이란 무엇입니까? 혹여 상사에 무슨 좋지 못한 일이라도...?"

김 진사가 자리에 앉자 현감이 그 옆에 앉으며 조심스레 입을 열었다. 엊그제 상사를 치르고 오늘이 삼우젠데 그 삼우젯날 아침 일찍 상제가 굴건제복 차림으로 달려왔으니 아무래도 무슨 좋지 못한 일이 생겼지 싶었던 것이다.

"예, 앙천부지의 참불가언(慘不可言)[92]이 생겼습니다.

김 진사가 말하며 주위를 살폈다.

"앙천부지의 참불가언이 생기다니요. 상사에 말씀입니까?"

현감이 바짝 쪼그려 앉으며 김 진사를 쳐다봤다.

"예, 그것도 절통할 참화가 말입니다"

김 진사가 또 주위를 둘러봤다.

"말씀하시기 난처하시면 벽좌우[93])시킬까요?

현감이 김 진사 앞으로 바투 다가앉으며 나직이 물었다.

"그렇게 해 주시겠습니까. 결국은 다 알게 될 일이기는 합니다만...."

"알겠습니다. 여봐라. 게 누구 있느냐?"

현감이 문을 열어젖히며 소리쳤다.

"예, 사아또 여기 있습니다."

이방이 득달같이 달려와 현감 앞에 부복했다.

"끽긴사[94]가 있으니 별명이 있을 때가지 육방 관속은 물론 잡인을 혼금[95])토록 하라! 알겠느냐?"

"예, 알겠습니다."

이방이 굽실 허리를 꺾고 물러갔다.

"이제 말씀하시지요. 절통한 참화란 무엇입니까?"

이방이 물러가자 현감은 문을 닫기 급하게 빠른 말로 물었다.

"제가 사또, 하늘 보기 두려운 죄인이 되었습니다!"

김 진사가 머리를 조아리며 목멘 소리를 했다.

"하늘 보기 두려운 죄인이 되시다니요. 대체 그게 무슨 말씀이십니까"

"와신상담[96])으로 절치액완[97])할 일이 생겼습니다. 간밤에 어느 흉도 놈이 아버님의 산소를 ....."

김 진사는 말을 잇지 못했다. 현감이 재빨리 말을 받았다.

"뭐라구요? 어느 흉도 놈이 대감의 산소를요? 그럼 혹여 묘구라도?"

현감이 일순 호흡을 멈추며 눈을 화등잔 만하게 떴다.

"그렇습니다. 이걸 보십시오"

김 진사가 상복 소매 속에서 두루마리를 꺼내 현감에게 내밀었다.

"어디, 어디 보십시다!"

현감이 두루마리를 빼앗듯 채뜨려 민첩하게 펼쳐들었다.

"아니 이런 천하에 죽일 놈이 있나. 이놈이 하늘 무섭게 감히 대감 마님의 두상을...."

현감이 두 주먹을 부르쥐며 안면 근육을 실룩거렸다.

"이놈이 그 놈입니다, 그 놈! 내 이 놈을 잡아 능지처참하리라!"

현감이 분을 못 참겠는지 삼각수[98]를 푸들거렸다.

"이 놈이 그 놈이라니요. 그럼 먼젓번 가마실서 일어났던 묘구도 이놈의 소행이란 말입니까?"

"그렇습니다."

"그걸 뭘로 알 수 있으며 또 어떻게 단정합니까?"

"수법이 같습니다. 이는 동일범입니다!"

현감은 자신 있다는 듯 확신에 찬 어조로 말했다.

"그렇다면 왜 먼젓번 그 놈은 잡질 못했습니까. 그 놈도 필시 언제 어디로 돈 얼마를 가져오라 했을 게 아닙니까. 그리고 포졸들도 몰래 따랐을 게 아닙니까."

김 진사가 채근하듯 재우치며 빠른 말로 물었다.

"물론 그랬지요. 그 땐 놈이 돈 오백 냥 가지고 대금산 선녀바위 앞으로 축시 말에 나오라 했습니다. 헌데 놈은 포졸들이 출동한 것을 알고 달아났습니다. 달아나면서 내일 밤 이 시각에 길마재에서 기다릴 테니 오늘처럼 서툰 짓은 아예 말라더랍니다. 만약 내일 밤에도 오늘처럼 서툰 짓 하면 네 애비 목을 똥통 속에 처넣던지 아니면 식칼로 난도질해 까막까치 밥이 되게 할 것이니 그리 알라면서 말입니다"

"그럼 다음 날은 어찌되었습니까. 상주 혼자 갔습니까?"

"방법이 없잖습니까."

"그래 두상은 찾았습니까?"

"찾았답니다."

"아무 탈 없이 말씀입니까"

"그런 모양입니다"

"어떤 방법으로 찾았답니까?"

"멀찍이서 서로 교환을 한 모양입니다. 이쪽에서 돈 꾸러미를 던지고 저쪽에선 두상보따리를 던지고 하는 식으로 말입니다"

"그게 두상이 아닐 수도 있잖습니까."

"그럴 수도 있겠지만 그건 틀림없는 두상이더랍니다. 아무리 흉악무도한 묘구도적이기로니 돈을 받은 이상 두상을 안 돌려 줄 수는 없잖습니까. 놈으로선 돈이 목적이었을 터이니 말입니다"

"딴은 그렇지요. 그렇다면 저는 어찌해야 합니까. 저도 그런 식으로 아버님의 두상을 돈과 맞바꿔야 합니까?"

김 진사가 다급한 소리로 물었다.

"아니올시다. 이번엔 다른 방법을 쓰셔야 합니다."

현감도 다급한 소리로 대답했다.

"어떤 방법 말씀이십니까."

"돈 대신 쇠붙이를 자루에 넣도록 하는 겁니다. 천 냥이면 엄청난 거금인데 그 거금을 묘구도적한테 그냥 내줄 수는 없는 일 아닙니까. 그러니 이번엔 쇠붙이를 돈으로 속여 놈을 잡도록 하고 군교를 앞장

세워 포졸들을 지휘하도록 하겠습니다. 어떻습니까. 제 계략이?"

현감은 무슨 대단한 묘책이라도 발견한 듯 스스로 만족하는 표정이었다.

"글쎄올시다. 헌데 놈이 우리 계략에 호락호락 넘어 가겠습니까? 만에 하나 자루속의 돈이 돈 아닌 쇠붙이라는 게 탄로나면 어쩝니까. 놈은 반드시 돈을 확인하고서야 아버님 두상을 내놓아도 내놓을 것 아닙니까"

김 진사가 고개를 갸웃거리며 못 미더운 표정으로 현감을 일별했다.

"그건 염려 마십시오. 그 놈보다 우리 쪽에서 먼저 가서 매복하면 되니까요. 그러다 축시 초에 놈이 나타나면 돈 자루를 철썩이며 놈을 최대한 가까이 유인하시는 겁니다."

"그래서요?"

김 진사가 또 빠른 소리로 물었다.

"놈이 몇 발짝 앞으로 가까이 다가왔을 때 숲속에 매복하고 있던 포졸들이 번개같이 덮치는 것입니다"

현감은 묘구도적을 잡기라도 한 듯 회심의 미소를 머금었다.

"글쎄요. 그게 말처럼 그렇게 쉬 될까요? 놈은 필시 이쪽에서 무슨 수를 쓰리라 생각하고 만반의 준비를 하고 있을 게 아닙니까. 가령 놈이 우리보다 먼저 와 매복을 한다든지 아니면 이쪽의 동태를 살피다 세 불리하면 나타나지 않은 채 달아난다든지 하는 따위 말입니다"

김 진사는 술술 쉽게 나오는 현감의 말이 도무지 미덥질 않았다. 묘구도적이 대관절 어떤 사람인가. 가난에 포원이 진 사람이 아니면 불구대천지수의 철천지한이 뼛속 깊이 박힌 사람으로 인간으로는 차마 할 수 없는 아니 해서는 안 될 끔찍한 파륜행위를 한 강상지범(綱

常之犯)[99]이 묘구도적 아닌가. 그러니 만큼 대비도 철저하고 각오도 남다를 것이었다. 왜냐하면 붙잡히면 끝장이어서 죽음을 면치 못할 것이기 때문이다. 그런데 그런 묘구도적이 현감의 말처럼 그렇게 쉽사리 호락호락 잡히겠는가.

"너무 어렵게 생각하면 아무 일도 못하십니다. 그러니 어서 서둘러 현장으로 가셔야 합니다. 감악산은 여기서도 삼십여 리 허에 있질 않습니까. 의복은 평복으로 바꿔 입으시되 한꺼번에 몰려가지 말고 둬 사람씩 따로 가야 합니다. 가는 길도 몇 갈래로 나눠 가야하고 점심은 주막이나 객점에서 간단히 볼가심[100]하시고 저녁은 감악산에서 밤을 새울 지도 모르니 주먹밥으로 준비하라 이르겠습니다. 축시 초면 자정을 조금 지난 한밤중입니다. 아무리 절기가 하절로 접어들긴 했지만 밤이 늦으면 추울겝니다. 감악산은 산이 높고 골이 깊어 평지보다 기온이 훨씬 낮을 테니까요"

사당패와 감악산

　김 진사는 단출하게 용이 한 사람만 데리고 관아를 나섰다. 용이는 올해 스물세 살의 떠꺼머리총각으로 기골이 장대한 장한(壯漢)이었다. 용이는 힘도 장대한 기골만큼이나 세어 장사 소리를 듣는 힘꾼이었다. 한데도 용이는 마음씨가 고와 양처럼 온순했다. 그래 사람들은 이런 용이를 황소 몸에 양 마음을 가진 사람이라 불렀다. 그러나 용이는 몸과 마음만 그런 게 아니었다. 행동이나 표정도 황소 같아 씨익 웃으면 그만이었다. 만약 세상이 힘으로 왕 노릇을 한다면 황소가 왕이 돼야 하듯, 힘을 내세워 힘 주장으로 세상을 산다면 이 근동 고을에서는 용이를 당할 자가 없었다. 이런 용이는 김 진사 댁에 묘구가 나고 김 진사 부친 김 정승이 참혹한 묘구를 당했다하자 흉악무도한 묘구도적을 내 손으로 잡겠다며 옷소매를 걷어 부치고 나섰다. 백중날 상 씨름판에서 판막음을 여러 번 해 황소를 몇 마리나 탄 장사이고 보니 묘구도적이 아니라 묘구도적 할애비라도 능히 때려잡을 힘이었다. 하지만 세상 일이 어디 힘으로만 되던가.

　"여보게 용이, 고맙네. 자네가 어려운 일을 자청해 나서줘서"

　관아를 벗어나 한참을 걷자 김 진사가 입을 열었다. 다른 패들은 이미 다른 길을 택해 감악산으로 떠난 후였다.

"별말씀을 다 하십니다요. 그런 말씀 하시면 소인이 서운합니다요."

용이가 그게 무슨 당치 않은 말이냐는 듯 손사래를 쳤다.

"아니야. 자넨 우리 동네서 십 리도 넘게 떨어져 있잖은가. 그런데도 아침 일찍 와 줬으니"

김 진사가 초립을 쓴 이마 밑으로 송알송알 맺힌 땀을 소매 자락으로 닦으며 용이의 등을 토닥토닥 쳤다. 아직 그리 덥지 않은 초여름인데도 빠른 걸음으로 산길을 걸으니 땀이 났던 것이다. 용이는 겸연쩍은지 씨익 황소웃음을 웃고는 걸었다. 돈(엽전)으로 가장한 쇠붙이는 자루에 넣어 포졸들이 한 발 앞서 메고 갔다. 관아에서 상복을 벗고 아랫것들의 평상복으로 바꿔 입은 김 진사는 평생 처음 하인배나 쓰는 초립을 썼다. 이는 물론 다른 패들도 마찬가지였다. 다른 게 있다면 그들은 초립 대신 벙거지로 쓴 것뿐이었다. 김 진사는 경황에도 기가 찼다. 누가 이런 자기 몰골을 본다면 영락없이 상여꾼이나 여정(輿丁))101)의 하례배쯤으로 볼 것에 틀림없었다.

길은 듣던 대로 초입부터 험난했다. 가풀막진 고개티나 휘돌이 굽잇길엔 으레 지돌이가 아니면 안돌이었고 그렇지 않으면 뾰족뾰족한 돌니가 톱날처럼 솟아 있거나 비탈진 너덜겅길102)이어서 발바닥이 여간 아픈 게 아니었다.

"여, 여보게 요, 용이"

가풀막진 고개티를 넘고 지돌이 안돌이와 톱날처럼 뾰족뾰족한 돌니밭103)을 지나자 김 진사가 헐떡헐떡 숨찬 소리로 용이를 불렀다.

"예, 나으리"

용이가 허리를 굽히며 대답했다.

"아이구 힘들다. 우리 예서 잠시 쉬었다 갈까?"

김 진사가 길 옆 바위에 엉덩이를 붙이며 말했다.

"예, 나으리"

용이도 바위에 엉덩이를 내려놓았다.

"자네 감악산 지리 잘 안다했지?"

김 진사가 소매로 이마와 목덜미에 흐르는 땀을 닦으며 물었다.

"산세 말씀입니까요?"

용이가 거대한 짐승이 누워 있는 듯한 감악산을 휘 한 바퀴 돌아보며 말했다. 산이 어찌나 크고 높은지 한 눈으로 다 볼 수가 없었다.

"그래, 산세"

"예, 일 년에 둬 번 봄 갈로 댕기니까요"

"뭣 하러?"

"예, 봄엔 산채도 뜯고 갈엔 머루 다래도 따고 그러느라고요"

"그런 거라면 우리 금골(金谷) 갈뫼봉이나 백화산에도 있잖은가"

"물론 있지요. 그렇지만 어디 이곳 감악산 것에다 댈 수가 있습니까."

"감악산 것이 더 낫다 이 말인가?"

"낫다마다요. 훨씬 더 낫지요."

용이는 또 거대한 짐승의 등때기 같은 감악산을 휘이 한 번 둘러봤다. 이때 김 진사가

"여보게!"

하고 용이의 손을 덥석 그러잡았다.

"예, 나으리"

"자네 말일세, 자네가 그 놈을 잡아주게"

김 진사가 가만가만 말하며 주위를 살폈다.

"자넨 장사니까 잡을 수 있을 게야. 힘으로야 자네 당할 자가 이 고을에선 없을 것인즉...."

김 진사가 잡고 있는 용이의 손을 흔들었다. 용이는 이런 김 진사가 망지소조하여 몸둘바를 몰랐다.

"까짓놈에 자식, 붙잡히기만 하면 잘개질 하듯 패대기쳐 요절을 내뿌리지요 뭐"

"그래. 그렇게만 해준다면 내 수렛들 전장 하루갈이를 자네한테 주겠네."

"예?!"

"왜, 시쁜104)가?"

"아, 아닙니다요 나으리"

"염려 말게. 그놈만 잡아주면 내 약속 꼭 지킴세."

"아, 아닙니다요. 소인은 말씀만 들어도 황감하옵니다요."

"아니야. 내 약속할 터이니 그 놈만 잡아주게. 자넨 장사니까 만판 잡을 게야"

김 진사는 용이의 힘을 믿었다. 앞에서도 말했지만 용이는 장사여서 콩 한 섬을 지게에 지워 용 한 번 안 쓰고 일어났고 볏가마니는 한 손으로 빈 가마니 다루듯 풀풀 집어던졌다. 밭이나 논 가운데 박힌 섬만한 돌도 용이는 큰 힘 안 들이고 들어냈다. 실한 장정 네 사람이 목도해도 될까 말까한 돌을 용이는 혼자 힘으로 굴려냈다. 그래서 용이의 별명은 섬장사였다. 섬만한 돌을 들어냈다 해서 붙여진 별명이었다.

골은 점점 깊어 산협으로 접어들기 시작했다. 해는 어느새 하늘 복판에 와 있었다.

"어디서 요기라도 해 볼가심을 했으면 좋겠는데. 용이 자네 배고프지?"

김 진사가 하늘 복판에 와 있는 해를 쳐다보며 말했다.

"아닙니다요. 소인보다 나으리께서 더 시장하시지요."

"나는 괜찮아. 이 근방 어디 객점105)이 없는가?"

"있습니다요. 조금만 더 가면 넋 고개란 쪼그만 고개가 있는데 그 고개를 넘으면 바로 주막입니다요."

"그래? 그거 잘 됐군. 밥도 해 팔겠지?"

"그렇습니다요. 길손들 잠도 재웁니다요."

"잘 됐어. 우리 거기서 요기나 좀 하고 가세"

용이의 말대로 넋 고개 너머에는 주막이 있었다. 주막에서는 술과 밥을 판다고 했다. 김 진사는 술청에 앉아 술과 밥을 시키고 초립을 벗었다. 그리고 행전을 끌러 중의를 걷어 올렸다. 통풍이 안 돼 답답하던 이마와 다리는 시원한 바람에 거풍이 되자 날듯이 상쾌해졌다.

"자네도 좀 벗지 그래"

김 진사가 걷어 올린 다리에 초립으로 부채질을 하며 말했다.

"예, 그럼 소인도 좀...."

용이가 돌아앉아 벙거지를 벗고 행전을 끌렀다.

"어 시원타!"

용이는 가슴까지 풀어놓고 적삼자락으로 활랑활랑 부채질을 해대다 옆에 있는 물동이에서 냉수 한 바가지 떠 벌컥벌컥 들이켰다.

"아따, 그 물 참 시원타. 이 물 금세 떠다 논 모양이구만요?"

용이가 물 한 바가지를 얼추 마시고는 술상 보는 주모에게 물었다.

"그렇다우. 근데 어디서들 오시우. 젊은이는 얼굴이 익은 듯한데"

주모가 술상을 내오며 두 사람을 흘깃거렸다.

"먼 데서 오오"

김 진사가 대답하며 주모를 쳐다봤다.

"먼 데 어디우?"

"그건 왜 묻소?"

"이상해서 그러우"

"이상하다니, 뭐가 말이오?"

"어째 전부들 먼 데서 온다니 안 이상허우?"

"전부들 먼 데서 오다니. 그럼 우리 말고 누가 또 있었단 말이오?"

"있었지요. 벌써 길손들 두 패나 쉬었다 갔다우"

"두 패나?"

김 진사는 그 두 패가 누구인지 묻지 않아도 알 수 있었다.

"그래, 그들도 먼 데서 온다고 합디까?"

"왜, 한 패들이우?"

"아, 아니오."

"근데 왜 자꾸 물우?"

"주모가 이상타니 그렇잖소."

김 진사는 다른 말로 휘갑106)을 쳤다. 그러나 주모는 노회했다.

"댁들도 약초 캐러 가시우?"

주모가 김 진사와 용이를 번갈아보며 고개를 갸웃거렸다.

"약초요? 아, 예, 감악산 약초가 하 좋다기에"

김 진사는 후림대수작107)으로 또 어벌쩡 휘갑을 쳤다.

"내 참 알 수가 없네. 아, 약초야 가을에 캐는 게지, 봄에 무슨 놈의 약출 캐우. 앞 패들도 약출 캐러 간다고 합디다만서두"

주모가 이상한지 김 진사와 용이를 번갈아 쳐다봤다.

"아니요. 봄에 캐는 약초도 있소"

김 진사는 용이가 따라주는 막걸리 잔을 들어올리며 너스레를 떨었다.

"모르겠수. 내 갑년이 되도록 살았어도 봄에 약초 캔다는 소린 댁들한테서 처음 듣수. 헌데, 약초 캐러 간다는 양반들이 어째 연장도 없이 맨 손으로 가시우. 올가미 없는 개장수도 유만부동이지. 앞 패들은 그래도 호미나 괭이 벽채108)에 주루막109)은 지고 가던데...."

주모는 이 말과 함께 대꼬바리에다 순써리110)를 쟁여 물고 술청 옆에 묻어 놓은 불씨 쪽으로 엉금엉금 기어갔다.

"그래, 앞 패들은 언제 갔소?"

"한참들 됐수. 학말에 뭐 남사당팬가 여사당팬가가 들어왔다며 그걸 보고 약출 캔다면서 술 몇 잔씩 하고 바로들 갔수"

주모는 장죽을 뻑뻑 빨며 앞산에다 눈을 보냈다.

"그럼 우리도 얼른 가서 사당패 구경해야겠군. 주모, 밥 좀 빨리 주구려"

김 진사가 머리에 초립을 쓰고 고의를 내려 행전을 감았다.

"뜸이 들어야 밥을 푸지. 뜸도 안 든 지레뜸111) 밥을 자실라우? 암만 급해도 바늘을 허리에 매어 쓰진 못하는 법이우. 그러니 좀 기다리시우"

주모는 장죽을 섬돌에다 탁탁 털고는 꾸물꾸물 일어났다. 밥은 이러고도 한참이 지나서야 차려져 나왔다.

주모의 말대로 학골에는 남사당패가 들어와 있었다. 해는 이제 중천을 조금 지났을까 싶은데 남사당패들은 벌써부터 동네 앞 널찍한 공터에 진을 치고 신명나게 한마당 벌이고 있었다. 아마 자기들이 왔음을 알려 이따 해거름녘의 본희(本戲) 때 많이 구경 와달라는 맛 뵈기의 전희(前戲) 같았다. 놀이는 풍물의 윗다리가락 진풀이로 상공운님(풍물장이의 총수로 꽹과리 중에서 상쇠를 맡은 사람)이 이끄는 오방진(五方陣)이 연희되고 있었다. 구경꾼들은 기껏해야 세마치장단이 아니면 굿거리장단이나 치는 동네 풍물만 보다가 남사당패들이 세로로 늘어서서 나아가다 동, 서, 남, 북과 가운데의 다섯 군데서 차례차례 나선형으로 감았다 풀면서 방울진을 거듭 쌓는 오방진 놀이의 희한한 연희를 보자 그만 넋이 빠져 입이 딱 벌어졌다.

신기하고 희한한 오방진 놀이가 끝나자 이번엔 살판(땅재주꾼)이 팔딱팔딱 곤두박질치는 땅재주와 버나(대접 돌리는 사람)가 작대기 끝에 대접을 올려놓고 뱅글뱅글 돌리는 재주를 보여주기 시작했다. 매호 씨(줄다리는 사람과 재담을 주고받는 어릿광대)와 회덕님(뜬쇠의 하나로 선소리꾼 중의 앞소리꾼)의 구성진 재담이 오갔지만 이것 역시 구경꾼을 끌기 위한 전희지 본희는 아니었다. 그러나 구경꾼들은 공중 높이 매달아 놓은 외줄 위에서 한 발로 겅중겅중 뛰며 앞으로 죽죽 나아가는 외허굽잡이와, 줄 위에 한쪽 무릎을 꿇고 다른 발로 줄을 계속 밀고 나아가는 외호모거리, 그리고 줄 한쪽으로 두 다리를 늘어뜨려 걸터앉았다 갑자기 튕겨져 오르는 반동으로 몸이 줄 위로 올라서면서 앞으로 나아가는 옆쌍홍잡이 같은 희한한 재주를 볼 때는 탄성이 절로 나왔다.

하지만 구경은 이것만이 아니었다.

사람들은 줄을 타고 앉았다가 몸을 날려 줄 위에 쪼그려 앉는 겹쌍홍잡이며 한 발은 줄을 딛고 한 다리는 들고 앉았다 일어섰다 하는 외홍잡이도 보고 싶어 자리를 뜨지 않고 있었다. 족히 서너 길은 됨직한 높은 외줄 위에서 떨어질 듯 떨어질 듯 안 떨어지며 짐짓 실수를 해 보이는 척 하는 앞으로 가기 재주는 또 얼마나 조마롭고 능청맞게 재미있는가. 여기다 재수 좋으면 줄을 타고 앉았다가 갑자기 줄 위로 솟구쳐 올랐다 하는 쌍홍잡이와, 아까 조금 맛을 보이다 만 땅 재주 중에서 몸을 공중으로 날린 뒤 손을 땅에 짚지 않고 앞으로 떨어지는 앞시금재주도 볼 수 있을지 모르고, 또 몸을 공중으로 날려 팔딱팔딱 재주를 넘다가 몸을 획 틀면서 옆으로 돌아서 떨어지는 옆시금재주도 볼 수 있을지 몰랐다. 그래 사람들은 자리를 뜨지 않은 채 목젖 떨어지게 사당패들을 쳐다봤다. 그러나 그뿐, 사당패들은 더 이상은 보여주지를 않았다. 진짜배기 본희는 이따 동네가 구경 값을 내고 모일 때 보여줄 모양이었다.

남사당패들은 꼭두쇠(남사당패의 우두머리)로 보이는 사십 세 가량의 사내를 중심으로 곰뱅이쇠(꼭두쇠를 보좌하는 사람. 부 우두머리)와 뜬쇠(각 연희분야의 선임자들)로 보이는 삼십 세 전후의 패들이 한터 마당 가장자리에 앉아 있고 삐리(초입자)와 가열(삐리 위의 선험자)로 짐작되는 패들은 이따가 벌어질 연희준비로 포장막을 치고 멍석을 깔고 하느라 법석을 떨었다. 신나는 건 코 흘리게 아이들이었다. 아이들은 있는 대로 몰려나와 이 희한한 남사당패들에게 넋이 빠져 침을 게게 흘리고 있었다.

김 진사는 용이와 함께 구경꾼들 속에 끼어 맛 뵈기 연희를 구경했다. 군데군데 박혀 있는 자기 사람(군교와 포졸, 그리고 노복들)을 모른 척 내전보살 하면서. 좀 전 이곳에 당도했을 때도 김 진사는 눈짓만 보냈을 뿐 아는 체를 하지 않았다. 만일의 경우를 생각해서였다. 놈이 가까운 곳을 두고 멀고 험한 감악산을 택한 데는 다 그만한 까닭이 있을 것이다. 그리고 놈은 어쩌면 지금쯤 이 근방 어디에 은신한 채 이쪽의 동태를 살피고 있을 지도 모를 일이었다. 아니 지금 여기 사당패들 속에서 구경꾼으로 가장해 시침을 뚝 떼고 있을 지도 모를 일이었다. 그러다 해가 설핏할 때쯤 산을 타고 현장으로 갈지도 모를 일이었다. 그렇지 않다면 놈은 이곳 지리를 손바닥 보듯 훤히 꿰뚫고 있어 이미 다른 데로 와서 현장 부근 어느 숲속에 숨어 있을 지도 모를 일이었다. 놈이 이 마을 학골에 수십 년을 살아 감악산을 손바닥 보듯 훤히 들여다보거나 아니면 너구리처럼 감악산 어디에 굴을 파고 들어앉아 살지 않는 이상 달도 없는 야심한 밤에 거악하기로 이름난 감악산 당재를 올 수는 없는 일이었다.

생각이 여기에 미치자 김 진사는 사사망념이 들기 시작했다. 그리고 그 사사망념은 김 진사를 못 견디게 압박해 불안하고 초조하게 만들었다. 이는 마치 놈이 김 진사의 내심을 들여다보고 있거나 또는 어느 결에 이 앞을 지나치다 오, 너 여기서 능청떨고 있구나. 내가 네 놈의 그 알량한 작간에 넘어갈 줄 아냐? 하고 비웃는 것만 같았다. 해서 김 진사는 옆에 있는 용이의 발을 꾹 밟고 가자는 눈짓을 했다. 그런 다음 먼저 무리 속을 빠져나와 시적시적 발길을 옮겨 놓았다. 해는 그새 서산으로 두어 발이나 기울어 있었다.

"나으리. 남사당패들 학골서 며칠 묵사길 모양입지요?"
동네를 벗어나 산협길로 접어들자 용이가 궁금한지 입을 열었다.

"그럴 터이지. 근동에서 모두 와 한 차례씩 구경하려면 며칠은 좋이 걸리겠지"

김 진사는 건성으로 대답하고 눈을 들어 감악산을 바라봤다. 감악산은 부우연 이내[112]가 끼어 산이 선명하질 않았다. 김 진사에게 있어 피 마르게 압박하는 절체절명은 부친의 두상이었다. 아니 두상에 대한 안위였다. 김 진사의 머릿속은 지금 오직 부친의 두상에 대한 생각뿐이었다. 어서 빨리 부친의 두상을 찾아 편안히 모셔야 한다는 일념뿐이었다. 이럼에도 김 진사는 태연한 척 정색을 하고 앞서가는 용이를 쳐다봤다. 용이는 기골이 장대한 몸집에도 가벼운 발걸음으로 가뿐가뿐 잘도 걸었다. 그런 용이의 발걸음은 힘이 들어있었다. 신명이 들어있었다. 김 진사는 용이의 걸음걸이가 왜 저리 힘이 있고 신명이 있는지 알고 있었다. 그것은 놈만 잡아주면 하루갈이 전장을 주겠다고 한 약속 때문이었다. 그래서 용이는 지금 저도 몰래 걸음걸이가 저렇듯 가뿐가뿐 가벼운 것이다.

"그래, 주지. 주고말고. 어찌 수렛들 하루갈이 전장뿐이겠는가. 놈을 잡아 아버님의 두상을 찾고 원한을 갚는다면 고래실[113]논 하루갈이를 더 주지. 암, 더 주고말고"

김 진사는 혼잣소리로 중얼대며 저만큼 앞서가는 용이를 두 주먹을 부르쥔 채 뒤따랐다. 이때 저 아래 학골에서 남사당패의 풍물소리가 바람을 타고 아득히 들려왔다. 이제 본희를 시작하는 모양이었다.

길은 험하고 가파로워 걷기가 힘들었다. 키를 넘게 자란 풀이 산을 넘어 내리부는 산내리바람[114]에 한쪽으로 기우뚱 몸을 눕히며 으석으석 서걱였다. 싱그러운 풀향기가 바람에 실려와 물씬 코를 찔렀다. 건넛산엔 배를 허옇게 드러낸 보춤나무(상수리나무)가 바람에 일렁여 건

들건들 춤을 추었다. 이름 모를 산새들이 저희끼리 뭐라고 짓떠들며 이나무에서 저나무로 포롱포롱 날아다녔다. 그러자 어디선가 흡사 목탁소리 같은 새소리가 "똑똑 또그르르 똑똑 또그르르" 들렸고 이어 "쫑쫑쫑쫑 쪼그르르 쪼그르르" 하는 새소리도 들렸다. 그리고 "왜지지 왜지지 왜지지 왜" 하는 새소리와 "지쭈지쭈지쭈지쭈" 하는 새소리도 들렸다. 이에 찌르레기 후투티 물까치 직박구리도 그냥 못 있겠는지 뭐라고 한 마디씩 지껄여댔다. 한봄에나 우는 새들이 초여름에도 우는 걸 보면 이곳 감악산은 아직 봄인 듯했다.

온갖 새들이 목청 자랑하듯 한바탕 울어대자 산은 반란을 일으키듯 소란스러웠다. 이런 중에도 바위틈을 휘돌아 돌돌돌 흐르는 산골물소리가 꿈결인 양 들려왔다. 이때 하늘 높은 곳에서 무적의 포식자 솔개 한 마리가 큰 날개를 쫙 편 채 아래 세상을 조감하며 빙빙 돌고 있었다. 아마 먹이를 찾고 있는 모양이었다. 포식자는 그러나 솔개만이 아니었다. 황조롱이 한 마리도 공중에서 정지비행을 한 채 지상을 부감하고 있었다. 이놈도 먹이를 찾고 있는 듯했다. 그런데 이때 또 어디서 난데없이 갈까마귀 수백 마리가 나타나 하늘을 새카맣게 뒤덮은 채 "가아가아" 시끄럽게 울어대며 빙빙 원을 그리고 있었다. 이상한 일이었다. 솔개와 황조롱이 같은 맹금류는 물론이고 갈까마귀도 가을이나 겨울에 하늘에 많이 뜨고 그 외 봄이나 여름엔 볼 수 없는 법인데 오늘은 이상하게 그렇지가 않았다.

김 진사는 문득 불길한 예감이 들었다. 솔개와 갈까마귀떼의 출현이 불길함을 느끼게 했다. 예부터 솔개와 갈까마귀는 사람의 시체나 짐승의 사체가 있는 곳이면 어김없이 나타나 허공을 빙빙 맴돈다 했기 때문이었다.

그렇다면 혹시....?

김 진사는 순간 부친의 두상을 떠올렸다.

"그래, 그럴지도 몰라. 저 솔개와 갈가마귀떼가 부친의 두상을 보고 저리 맴을 돌지도 몰라. 아니 상해 있을 지도 모를 부친의 두상 냄새를 맡고 저리 모여 빙빙 돌고 있을지도 몰라!"

김 진사는 혼잣소리로 중얼대며 하늘을 쳐다봤다. 솔개와 갈까마귀떼는 한결같이 하늘을 빙빙 돌며 원을 그리고 있었다.

"나으리, 지금 뭐라하셨습니까요. 소인한테 하신 말씀이십니까요?"

앞장서 걷던 용이가 우뚝 걸음을 멈추며 뒤를 돌아봤다.

"아, 아닐세!"

김 진사가 머리를 흔들며 손사래를 쳤다. 용이는 이런 김 진사가 이상한지 고개를 갸웃거렸다.

"헌데 용이!"

한참을 말없이 용이만 따라 걷던 김 진사가 또 한 번 하늘을 쳐다보며 용이를 불렀다.

"예, 나으리"

용이가 걸음을 주춤거리며 대답했다.

"저 하늘에 솔개하고 갈가마귀떼 말일세. 왜 저리 돌아치는지 모르겠네. 저게 필시 곡절이 있겠지?"

김 진사는 용이의 말이 궁금했다. 아니 뭐라고 할지 그 대답이 듣고 싶었다.

"저 같은 소인이 어찌 알겠습니까요만 어른들이 말씀하시기를 죽은 사람 송장이나 상한 짐승이 있으면 솔개나 갈가마귀가 저리 떼로 몰려 가아가아 하고 운다잖습니까요"

"그렇지? 그런 말이 있지?"

김 진사가 바짝 긴장하며 용이 앞으로 바투 다가섰다.

"예. 어른들 말씀이 그러니...."

하다가 용이는 그만 아차 싶어 얼른 말머리를 돌렸다. 어른들 말씀이 그러니 어련하시겠습니까요 라고 하려던 말을 바꿔

"어른들 말씀이 그러니 우리도 그렇다고 할 수는 없지 않겠습니까요."

하고 바꿨다. 그러자 김 진사가 빠른 말로

"그렇지? 어른들이 하신 말씀이라고 반드시 그런 건 아닐터이지?"

했다. 이렇게라도 해서 용이의 말을 다른 쪽으로 유도해 부친의 두상이 솔개나 갈까마귀떼와는 무관하길 바랐다. 용이도 이 눈치를 알아차리고

"나으리, 세상엔 터무니없는 말이 얼마나 많습니까요. 저 솔개와 갈가마귀도 아마 그럴겁니다요."

"그렇지?"

김 진사가 "휴우" 하고 안도의 숨을 내쉬었다.

"그렇습니다요. 저 솔개와 갈가마귀떼는 지금 노느라 하늘을 빙빙 도는 겁니다요. 저놈들은 저게 농사가 아닙니까요"

"그렇지? 저놈들은 저게 농사지?"

"그렇습니다요. 저놈들은 저게 농삽니다요"

용이가 감악산 위로 새카맣게 떠 하늘을 빙빙 도는 갈까마귀떼를 쳐다보며 말했다. 솔개는 어디를 갔는지 보이질 않았다. 그러고 보니 한곳에 멈춰 제자리비행으로 아래 세상을 굽어보던 황조롱이도 간 데가 없었다.

김 진사와 용이가 감악산 당재에 도착한 것은 건넛산 봉우리에 잔양이 스러질 무렵이었다.

"나으리, 혼나셨습니다요. 소인이 다리 좀 주물러드리겠습니다요"

김 진사가 험한 돌닛길을 애면글면 오르고 위태한 안돌이 지돌잇길을 허위단심 지나 당재 서낭에 이르자 용이가 두 팔을 걷어붙이며 말했다. 김 진사는 중병이라도 앓은 듯 눈이 퀭한 채 서낭앞 공터에 주저앉았다. 이렇게 먼 산길은 평생 처음 걷는데다 한꺼번에 높고 험한 산을 오르고 보니 다리가 떨어져 나갈 듯 아프고 코에서 단내가 확확 났다.

김 진사는 불고염치 퍼질러 앉아 용이가 주물러주는 대로 몸을 맡겼다. 김 진사는 초주검이 돼 굴신을 제대로 못하는데 용이는 힘들어하는 기색 하나 없었다. 역시 장사는 장사였다. 젊음이 약이었다. 김 진사가 아무리 섬약한 책상물림의 선비일지라도 용이처럼 젊은 나이라면 이렇게까지 파김치는 되지 않았을 터이다. 그런데 김 진사는 벌써 작년에 지명을 넘긴 나이인데다 높고 험한 산은 평생 처음 오르고 보니 죽을 지경인 것이다.

"용이, 자네가 고생 많구만. 내 자네 은혜 잊지 않겠네"

용이한테 두 다리를 내맡긴 채 나무에 등을 기대고 있던 김 진사가 웬만큼 정신이 드는지 용이의 손을 덥석 그러잡았다.

"고생이 다 뭡니까요. 그런 말씀 하시면 안 되십니다요 나으리"

용이는 그제서야 종아리와 허벅지를 오르내리며 열심히 주무르던 김 진사의 두 다리에서 손을 떼었다. 김 진사가 정신을 차려 서낭당을 살핀 것은 이때였다.

당집은 오래 손보지 않아서인지 뼈대만 앙상히 남은 채 한쪽으로 기우뚱 넘어져 있었다. 누가 이런 곳에 당집을 지었는지 모르겠으나 지은 이후 손질을 하지 않아 퇴락할 대로 퇴락해 있었다. 당집 앞에는 돌무더기가 수북이 쌓여 있고 말라죽은 당나무에는 울긋불긋한 헝겊쪼가리가 귀신의 옷자락처럼 펄럭이고 있었다. 김 진사는 왠지 섬뜩한 느낌이 들어 몸이 으스스 움츠러들었다. 음침한 분위기와 썩은 고목. 뼈대만 앙상한 서낭집과 너울거리는 헝겊쪼가리. 게다가 주위는 만뢰가 죽은 듯 적요해 귀기(鬼氣)마저 감돌았다. 그러나 김 진사는 절치부심, 은신할 만한 곳을 찾아 주위를 살폈다. 이때 용이가 은신처를 알고 있다는 듯 앞장서 걸었다. 김 진사는 자석에 이끌리 듯 용이를 따라갔다. 용이는 당집 뒤 여남은 칸밖에 있는 아름드리 노송 쪽으로 걸어갔다. 노송 아래는 집채 만한 바위가 있었는데 용이는 그 바위 뒤로 돌아갔다. 역시 용이는 감악산 지리를 잘 알고 있는 듯했다. 바위 뒤에는 또 하나의 커다란 바위가 있었는데 거기에는 안성맞춤으로 스무남은 명이 들어앉을 만한 바위굴이 있었다. 굴은 누가 들었었는지 사람이 머물다 간 흔적이 남아 있었다. 편편하게 다듬어진 자리와 목침만한 돌베개 대여섯 개가 그것을 말해주고 있었다. 군교와 쇠돌이 서껀[115]이 당재에 당도한 것은 땅거미가 내리기 시작할 무렵이었다.

시각이 얼마쯤 흘렀을까. 밤은 소리 없이 깊어갔다. 김 진사는 군교를 시켜 가지고 온 주먹밥을 먹게 했다. 사위는 죽음처럼 고요하고 어둠은 촌보를 가릴 수 없는 먹빛이었지만 밥은 그래도 꿀맛이었다. 찬도 없는 매나니밥이 이렇게 맛있다니 놀라운 일이었다. 게다가 맨밥을 꾸역꾸역 먹고 목이 끼룩끼룩 메일 때 억쇠가 뒤웅박에 넣어온

물을 내놓자 모두는 쾌재라도 부르고 싶어 소리 없는 아우성을 쳤다. 억쇠는 상전을 모셔본 솜씨여서인지 일에 대한 두서와 갈무리에 대한 유념성이 남달랐다.

주먹밥을 먹고 나자 모두는 숨을 죽인 채 바깥에다 귀를 기울였다. 굴 밖으로 빠꼼 손바닥 만하게 보이는 하늘에는 성긴 별이 졸듯이 가물거렸다. 어디선가 이름을 알 수 없는 밤짐승과 풀벌레의 울음소리만이 정적에 싸인 밤산을 일깨우듯 흔들어 놓았다. 별무리가 성긴 것으로 보면 밤이 꽤 깊은 듯했으나 개밥바라기가 아직 빛을 사위지 않은 것으로 보면 밤은 여태도 자정이 안 된 것 같았다. 하지만 한 식경만 지나면 시각은 자정을 넘어 축시 초로 접어들 것이었다.

김 진사는 서낭쪽으로 눈을 보냈다. 군교와 용이 서껀도 서낭쪽으로 눈을 보낸 채 숨소리를 죽였다. 서낭은 너무 어두워 윤곽조차 보이지 않았다. 주위가 온통 아름드리 나무로 뒤덮인 데다 달마저 없는 밤이었으므로 누가 곁에서 뺨을 쳐도 모를 만큼 어두웠다. 이럼에도 김 진사는 서낭에서 눈을 떼지 않았다. 아무리 밤이 어두워 먹빛이라 해도 사람이 나타나면 그 발자국소리의 인적으로라도 위치를 알 수 있을 것 같아서였다. 김 진사는 바짝 쪼그려 앉아 미구불원 나타날 흥도를 초조히 기다리고 있었다.

그런데 이 어찌 된 영문인가. 시각이 한 식경을 지나 두 식경이 됐음직한 데도 흥도는 얼씬조차 하지 않았다.

혹시 내가 속은 건 아닐까?

김 진사는 애가 타기 시작했다.

아니야. 놈은 안 나타날 리가 없어. 놈은 반드시 나타난다. 그러니 조금만 더 기다려보자. 아니 기다릴 게 아니라 내가 먼저 나가보자.

놈은 지금 내가 먼저 나타나길 기다릴 지도 모른다. 내가 먼저 나가자. 몸 다는 건 내가 아닌가.

김 진사는 군교에게 귓속말로 내가 먼저 나가 놈을 유인할 테니 놈이 나타나면 번개 같이 달려와 때려잡으라 이르고는 용이한테 가짜 돈 자루를 들려 밖으로 나갔다. 그런 다음 살얼음판을 걷듯 조심조심 서낭당 앞으로 걸음을 옮겨놓았다. 그러며 모든 신경을 눈과 귀로 모았다. 다리가 후둘거리고 입에 침이 말라 목이 바싹 타들어갔다. 놈이 어느 순간 어느 쪽에서 어떤 형상을 하고 나타날지 모른다 싶자 머리 끝이 쭈뼛쭈뼛 하늘로 올라갔다. 김 진사는 숨소리를 죽이고 당집 앞으로 다가가 용이로 하여금 가짜 돈 자루를 내려놓고 철썩이게 했다.

"흥도야! 네 말대로 돈 천 냥 가지고 왔다. 그러니 아버님 두상 잘 모시고 당장 내 앞으로 나오너라!"

용이로 하여금 가짜 돈 자루를 철썩이게 한 김 진사는 큰 소리로 이렇게 외치며 당집 뒤 숲쪽을 노려봤다. 그러나 사위는 어둠의 장막만이 처져 있을 뿐 아무 반응이 없었다.

"사나이가 약속을 했으면 지켜야지. 어서 썩 나오지 못하겠느냐?"

김 진사가 앞으로 한 발 나서며 다시 소리쳤다. 그런데 바로 이때

"야, 이 겁쟁이 진사 놈아. 니 놈 혼자 오면 맞아 뒈질까 봐 종놈과 포졸 놈들을 데려왔냐? 하지만 어림없다. 내가 니 놈들한테 그렇게 호락호락 붙잡힐 것 같으면 애당초 네 애비 모가질 잘라오지도 않았다 이놈아!"

하는 소리가 들렸다. 그 소리가 어찌나 큰지 산이 쩌렁쩌렁 울렸다.

소리는 당집 뒤 숲속에서 났다. 거리는 그리 멀지 않은 듯 했으나

숲이 워낙 우거져 그곳이 어디쯤인지 헤아릴 수가 없었다. 그런데도 군교와 용이 서껀은 소리 나는 곳을 향해 몸을 날렸다. 그러나 허사였다. 한참 후 묘구도적은 비웃기라도 하듯 저쪽 골짜기에서 소리쳤다.

"야, 이 진사 놈아. 니 놈은 나를 붙잡아 니 애비 대가리만 찾을 속셈이었던 모양인데, 안 됐다. 니 놈 생각대로 못 돼서. 나 오늘은 이대로 간다. 그러니 내일 밤 자정에 학골 시구밖 곳집 앞에서 만나자. 만일 내일 밤도 오늘처럼 서툰 짓하면 니 애비 대가린 모탕[116]에 올려놓고 도끼로 난도질해 까막까치 밥을 만들 줄 알아라. 그럼 난 이만 간다. 애비 대가리 찾는 건 오직 니 놈 한테 달렸으니 니 애비 대가리가 소중하거든 니 놈은 내 말을 명심해라!"

묘구도적은 이 말을 남기더니 바람 자듯 잠잠해졌다. 김 진사는 이를 갈며 땅을 굴렀다.

"우리가 당했소이다. 보기 좋게 당했소이다"

군교가 분한 지 주먹을 을러메며 말했다. 그러자 용이도

"누가 아닙니까요. 힘 한 번 못 써보고 놈을 놓쳤습니다요."

했다. 사실 용이로서는 분한 씨름에 샅바가 끊어진 격이었다. 놈을 오늘 멋지게 잡아 패대기쳤다면 고래실논 하루갈이는 몰라도 수렛들 전장 하루갈이는 얻을 수 있을 것이기 때문이었다.

"우리가 첨부터 잘못했습니다요. 놈은 미리 와 숨어 있었는데 우린 다 저녁 때 왔잖습니까요. 우리가 놈보다 미리, 어제쯤 와 있어야 하는 건데....."

용이 말이 끝나자 억쇠도 분한 지 한 마디 했다. 그러자 잠자코 있던 차돌이도

"억쇠 말이 맞습니다요. 그놈을 잡을라면 어제 아침 일찍 와 죽은

듯 엎드려 있어야 했습니다요. 그런 것을 백줴....."

하더니 김 진사와 눈이 마주치자 그만 제풀에 사위어들었다.

"그러나 이제 후회한들 무슨 소용이요. 저 바위굴에서 날이 밝을 때까지 기다립시다. 지금이 축시니 날이 샐 인시까지는 얼마 안 남았소."

김 진사가 군교와 포졸들에게 말하고 용이와 노복들에게는 따로 위로했다.

"수고들 많았어. 내 이 은혜 절대로 잊지 않아"

"소인들이 무슨 수고를 했습니까요. 소인들은 그저 분할 뿐입니다요"

"그렇습니다요. 그러니 은혜는 당치 않습니다요"

"쇤네들은 그저 나으리 뵐 면목이 없습니다요. 나으리가 불쌍하십니다요"

용이가 말하자 억쇠와 차돌이도 따라 말하며 고개를 떨구었다. 이들은 지금 김 진사한테 하는 말이 죽은 자식 나이 세듯 소용없고 헛말 귀양 보내듯 쓸데적은 말인 줄 알면서도 하고 있었다. 하지 않을 수가 없었다. 김 진사가 턱없이 불쌍하고 가련해 견딜 수가 없어서였다.

비 오는 밤 곳집 앞에서

　다음 날 김 진사는 만복에게 돈 천 냥을 지워 학골의 시구밖 곳집으로 향했다. 오늘은 물론 김 진사 혼자였다. 마음 같아서는 병법에 있는 대로 포졸을 비롯 노복과 동네 장정들을 몽땅 동원해 상여막 일대에 학의 날개처럼 매복시켜 놓고 놈을 에워싸서 잡는 이른바 학익진(鶴翼陣) 전법을 쓰던가 아니면 기러기가 무리지어 나는 것과 같이 포졸들을 좌우 대칭의 사선으로 매복시켜 놓았다 불시에 나포하는 안익진(雁翼陣) 전법, 그리고 고기비늘 같은 모양으로 진을 치고 숨어 있다가 중앙부에 있는 군사(포졸)가 적(묘구도적)이 가까이 나타나면 단번에 때려잡는 어린진(魚鱗陣) 작전도 생각해 봤지만 성공할 확률보다 실패할 공산이 더 커 취할 수가 없었다.

　그러나 방법은 이것 말고도 또 있어 활 잘 쏘는 궁수가 활을 쏘아 잡거나 표창 잘 던지는 표창잡이가 표창을 날려 잡는 방법도 생각해 봤지만 이도 역시 성공보다는 실패할 공산이 더 커 취할 수가 없었다. 이 방법들이 주효해 성공을 한다면 모르지만 사불여의 실패한다면 사태는 걷잡을 수 없이 악화 돼 부친의 두상은 영영 못 찾게 될지도 모를 일이었다. 하여 김 진사는 되도록 놈의 비위를 안 건드리기 위해 만복에게 돈을 지워 달랑 혼자 나선 것이다. 놈이 아버님의 두상을 가지고 있는 한 무슨 요구든 안 들어줄 수가 없기 때문이었다. 아까 동헌으로 현감을 찾아갔을 때 현감도 일차적으로 놈의 요구를 들어주자 하지 않던가. 윤 좌수(尹座首)도 마찬가지여서 가능한 한 놈의 성질을 건드리지 말고 놈이 하자는 대로 하는 게 상책이라 했다. 어젯밤 감악산 당재에서 어이없게 당하고 바위굴에서 밤을 밝힌 김 진사는 날이 새자마자 현감을 찾아갔다. 물론 놈에 대한 일을 숙의하기 위해서였다.

"김 진사, 일단은 놈의 요구를 들어주도록 하십시다. 그런 다음 놈을 잡도록 하십시다. 현재로선 달래는 방법 말고 달리 묘책이 없을 듯 합니다"

현감은 난감한 표정이 돼 회유책을 들고 나왔다.

"그렇습니다. 사또 말씀대로 우선 놈을 달래놓고 봐야합니다. 우리로선 놈의 비위짱을 안 건드리고 대감의 두상을 안전하게 찾아 편안히 모시는 게 목적 아닙니까"

현감의 말에 윤 좌수도 동의하고 나섰다. 새벽 댓바람에 눈자위가 푹 꺼져 육탈이 되다시피 한 몰골로 나타난 김 진사를 현감은 백비탕(白沸湯)[117]에 꿀을 타서 마시게 한 다음 이방을 향청으로 보내 윤좌수를 오게 했다. 윤 좌수와 더불어 이 난사를 풀어보고자 함에서였다. 윤 좌수는 나이도 지명이 넘어 지긋한데다 생각하는 것도 깊고 신중해 끽긴사가 생길 때마다 으레 함께 숙의하던 바였다.

"윤 좌수께서도 그리 생각하시오?"

현감이 자기 말에 동의하고 나선 윤좌수를 반기는 표정으로 바라봤다.

"그렇습니다 사또. 그러므로 일단은 놈의 요구대로 응해주면서 두상부터 찾으셔야 합니다. 놈을 잡는 건 그 다음 문젭니다. 지금 가장 중요한 건 대감의 두상을 안전하고 시급하게 찾아 뫼시는 것 아닙니까"

윤 좌수는 이 길만이 상책이라는 듯 말에 힘을 주었다.

"본관도 그렇게 생각합니다만. 헌데 김 진사께서는 어떻게 생각하십니까?"

현감이 윤 좌수로부터 김 진사에게 눈길을 주며 물었다.

"저도 두 분의 말씀엔 동감입니다. 허면 그 다음은 어떡하지요?"

"지금 그 다음이 문젭니까? 우선 두상부터 찾아 잘 뫼셔야지요"

"그렇습니다. 사또 말씀대로 대감마님 두상부터 찾아 무사히 뫼셔다 안장을 하셔야 합니다. 놈을 잡는 건 그 후의 일입니다. 포졸들 수십 명을 풀어 감쪽같이 매복시키면 혹 잡을 지도 모릅니다. 그러나 그리되면 두상은 못 찾을 지도 모릅니다. 왜냐하면 놈의 말대로 두상을 어찌했을 것이기 때문입니다. 그러니 진사어른, 독을 봐서 쥐를 못 잡는 것입니다. 아무 말씀마시고 두상을 뫼셔다가 안장부터 하십시오. 놈은 그 후에 잡아도 잡아야 합니다. 아, 정 못 잡으면 상금 돈 천 냥 걸고 방을 써 붙이도록 하지요 뭐. 그러면 놈이 어느 땐가는 잡힐 것 아닙니까"

윤 좌수는 지명을 넘긴 나이답게 신중론을 들고 나왔다.

"그렇게 하십시다, 김 진사. 현재로선 흉도 놈을 잡는 것보다 두상부터 찾는 게 더 급합니다"

현감도 윤 좌수의 말이 옳다며 머리를 주억거렸다.

"알겠습니다. 두 분의 말씀에 따르도록 하겠습니다. 그럼 저는 이만 가보도록 하겠습니다"

김 진사가 말하며 자리에서 일어났다.

"잘 생각하셨습니다. 하늘같으신 대감마님 두상 찾으시는 일이 지금 제일 급합니다"

현감도 김 진사를 따라 자리에서 일어났다.

"그렇습니다. 지금 대감마님의 두상 찾으시는 일보가 더 급한 게 무엇이겠습니까. 이대로 곧장 가시면 학골의 곳집까지는 해동갑할 것입니다. 부디 오늘은 놈을 침착하고 대범하게 대하셔서 실수 없으시기 바랍니다"

윤 좌수가 김 진사의 손을 꼬옥 잡으며 머리를 끄덕였다. 김 진사는 이를 사려물고 동헌을 나섰다. 만복이가 노둣돌118)에 앉았다가 발딱 일어나 돈 자루를 짊어졌다. 해는 어느새 서쪽으로 두어 발 실히 기울어 있었다. 시각은 얼추 저녁곁두리 때가 된 듯 했다.

윤 좌수의 말대로 학골의 시구문 밖 곳집에 이르자 서산에 올라앉아 있던 해가 기다리고나 있었다는 듯 꼴깍 넘어갔다. 해동갑할 것이라던 윤 좌수의 말이 점쟁이처럼 맞아떨어졌다. 해가 지자 상여막은 이상하게 으스스해졌다. 상여막은 구석지고 후미진 골짝 언덕배기에 괴물처럼 누워있었다. 산골 해는 뜻이 없어 선산에 기운다 싶으면 금세 넘어가고 넘어갔다 하면 또 금세 어두웠다.

"수고했다. 그만 가보아라!"

김 진사가 돈 자루를 내려놓고 우두망찰 서 있는 만복에게 동전 몇 닢을 쥐어 주며 말했다.

"집에까지 가려면 출출할 터이니 가다가 우선 객점에서 초다짐119)으로 요기나 하고 가거라"

김 진사가 만복의 어깨를 툭툭 두어 번 쳤다.

"예. 그렇지만 이 밤에 나으리 마님 혼자서 어떻게...."

만복은 엉거주춤 선 채 고개를 땅으로 떨구었다.

"괜찮다. 내 걱정은 말고 어서 가거라!"

김 진사가 다시 만복의 어깨를 툭툭 쳤다.

"예, 나으리. 그렇지만...."

만복은 상전의 명이라 어쩔 수 없이 발길을 옮기기는 했으나 몇 발짝 못가 걸음을 멈추었다. 어린애 물가에 세워 놓은 것 같아 영 마음이 놓이지 않았던 것이다. 아니 어린 것을 산 속에 혼자 두고 가는 것 같아 도무지 발길이 떨어지지 않았던 것이다.

"어허, 내 걱정은 말고 어서 가래도 그러는구나. 어서 훠이훠이 가거라!"

김 진사가 꾸짖듯 말하며 만복의 등을 떠밀었다.

"....예, 그럼 쇤네 혼자 가겠습니다요. 부디..."

만복은 말을 잇지 못하고 돌아섰다.

"오냐, 욕봤다. 어서 가거라!"

김 진사가 손을 들어 어서 가라는 시늉을 했다.

"예, 나으리!"

만복은 그래도 마음이 안 놓이는지 한 발 걷다 뒤돌아보고 두 발 옮기다 뒤돌아보고 했다.

만복을 떠나보낸 김 진사는 땅이 꺼지게 한숨을 쉬고 그 자리에 주저앉았다. 사위는 이미 꺼먼 장막을 치며 한 겹 두 겹 땅거미를 내리기 시작했다. 땅거미가 내리자 주위는 곧 지척을 분간할 수 없을 만큼 어두워졌다. 상여막은 어둠에 싸인 채 귀기를 내뿜고 있었다. 순간 온몸에 소름이 쫙 끼치며 머리끝이 쭈뼛 하늘로 올라갔다. 달도 없고 별도 없는 밤이었다. 인가도 없고 불빛도 없는 밤이었다. 그런데도 어둠은 점점 더 짙게 장막을 쳐 순식간에 칠칠흑야를 만들었다. 그래 마치 나락120)의 명부121)에라도 온 듯 전율을 느껴 모골이 송연해졌다. 어디선가 '찌이찌이' 울어대는 풀벌레 소리와 '이후후 이후후' 울어대는 밤새 소리만 명부가 아님을 알릴뿐이었다.

김 진사는 의관을 매만져 정제하고 상여막을 등진 채 정좌했다. 몸이 물먹은 솜처럼 까무룩 짜부라들었으나 개의치 않았다. 멀고 험한 감악산을 걸어갔다 걸어오며 잠 한 숨 못 잔 채 밤을 밝힌 데다 피가 마를 지경으로 심고(心苦)를 하고보니 몸이 육탈122)을 하다시피 탈기123)를 했다. 김 진사는 조숙조숙124) 눈이 감겨 머리를 흔들었다. 몸이 천 길 수렁으로 빠져들 듯 정신이 아스무레 했다. 아니 자꾸 깊은 나락 어디로 가아맣게 내려앉듯 아득해졌다.

이래서는 안 되는데. 이래서는 안 되는데.

김 진사는 머리를 몇 번 세게 흔들고 몸을 벌떡 일으켰다. 그런 다음 무엇을 찾기라도 하듯 주위를 두리번거렸다. 그러나 주위는 까만 어둠만 있을 뿐 아무것도 보이지 않았다. 김 진사는 하늘을 우러르며 다시 정좌했다. 어디 한 군데 별무리조차 눈에 안 띄었다. 비라도 오시려나? 먹구름으로 뒤덮인 하늘은 아무래도 크게 한 줄금 내릴 기세였다. 오늘이 초하루 용의날 경진일(庚辰日)이고 올해가 구룡치수(九龍治水) 물 많은 용의 해인데 망이레(亡七日) 초이삼(初二三)을 그냥 넘길 리 없었다. 용의 해가 아니어도 망이레를 하면 초이삼에는 비가 오는 법 아닌가. 그런데 저번 스무 이렛날은 망이레 하여 비가 안 왔으니 오늘부터 모레까지 초이삼 간에는 반드시 비가 올 것이다.

76

김 진사는 애가 타서 다시 하늘을 우러렀다. 제발 오늘 밤만이라도 비가 오지 않기를 간절히 바라면서.

그러나 이런 김 진사의 간절한 바람에도 불구하고 비는 잠시 후 후둑후둑 듣기 시작했다. 그러더니 어느 하늘가에선가 우르릉 경미한 천둥소리가 나는가 하자 비는 금세 패연히 쏟아졌다. 작달비[125]였다.

아, 가탄, 가탄지사로다!

김 진사는 하늘을 원망했다. 그러면서도 제발 비가 먼지잼[126]으로 끝나주길 바랐다. 한데도 비는 점점 더 세차게 쏟아져 쉬 멎을 기세가 아니었다. 김 진사는 할 수 없이 상여막 추녀 밑으로 몸을 피했다. 그리고 얼마 후 자신이 상여막 추녀 밑에 서 있음을 깨닫자 등골이 오싹하며 아까처럼 또 머리끝이 하늘로 쭈뼛 올라갔다. 아니 금세라도 소복에 머리를 산발하고 입에 칼을 문 귀신이 으흐흐흐 괴상한 웃음을 웃으며 나타나 덜미를 낚아 챌 것 같았다. 비가 구죽죽이 내리는 여름 밤, 곳집 앞을 지날 때 머리를 산발한 귀신이 야릇한 웃음을 흘리며 나타나 사람을 기절시키고 또 때로는 여자 원귀의 곡성이 곳집 속에서 들려와 지나는 사람을 혼비백산 시켰다는 소리를 김 진사는 어려서 많이 들어왔다. 그런데 지금 자신이 소름끼치도록 무서운 상황 속에 놓여 있다 생각하니 정신이 어뜩해졌다.

사불범정(邪不犯正)[127]이로다. 언감생심 뉘 앞에서 사기(邪氣)가 서려!

김 진사는 어금니를 사려 물고 주먹에 힘을 주었다. 그러나 허사였다. 아무리 이를 물고 주먹에 힘을 주어도 억울하게 누명을 쓰고 죽은 원귀나 혼삿날 받아 놓고 시집 못가 죽은 손말명[128]이 머리를 산발한 채 너울너울 다가와 날카로운 손톱으로 목을 조이는 것 같아 견딜 수가 없었다. 김 진사는 차라리 놈이라도 얼른 나타났으면 했다. 그러나 시각은 이제 겨우 을야(乙夜)[129]의 이경(二更) 초나 되었을까, 오야(午夜)[130]의 자정까지는 아직 차례 먼 시각이었다.

안 되겠구나. 마음의 평정을 찾아야지. 여기서 미혹하면 큰일이다!

김 진사는 정신을 가다듬고 주역(周易)의 계사전(繫辭傳)을 읽기 시작했다. 온갖 잡되고 사기로운 마음을 몰아내고 평온한 마음을 찾는 데는 주역의 계사전이 제일이었다.

"천존지비(天尊地卑)하니 건곤정의(乾坤定矣)요 비고이진(卑高以陣)하니 귀천위의(貴賤位矣)요 동정유상(動靜有常)하니 강유단의(剛柔斷矣)요 방이유취(方以類聚)코, 물이군분(物以群分)하니 길흉생의(吉凶生矣)요 재천성상(在天成象)코 재지성형(在地成形)하니 변화현의(變化見矣)라, 시고(是故)로 강유-상마(剛柔-相摩)하며, 팔괘-상탕(八卦-相盪)하야 고지이 뇌정(鼓之以雷霆)하며, 윤지이 풍우(潤之以風雨)하며 일월(日月)이 운행(運行)하며, 일한일서(一寒一暑)하야 건도성남(乾道成男)하고, 곤도성녀(坤道成女)하니 건지대시(乾知大始)요 곤작성물(坤作成物)이라. 건이이지(乾以易知)요 곤이간능(坤以簡能)이니, 이즉이지(易則易知)요, 간즉이종(簡則易從)이요, 이지즉 유친(易知則有親)이요, 이종즉 유공(易從則有功)이요, 유친즉 가구(有親則可久)요, 유공즉 가대(有功則可大)요, 가구즉 현인지덕(可久則賢人之德)이요, 가대즉 현인지업(可大則賢人之業)이니, 이간이 천하지리-득의(易簡而天下之理-得矣)니 천하지리-득이 성위 호기중의(天下之理-得而成位乎其中矣)니라."

김 진사는 당음이라도 읽듯 몸을 좌우로 흔들며 구성진 가락으로 주역의 계사전을 읽어 내렸다. 그러자 이상도 하다. 그토록 무섭던 마음이 한결 안정되며 요사스런 사기가 차츰 가셔지는 듯했다.

사불범정이로다. 사는 감히 정을 침범치 못하나니.

김 진사는 가만히 한숨을 내쉬었다. 비는 이러고도 한참을 더 퍼붓고야 멎기 시작했다. 비가 멎자 캄캄한 하늘이 희뿌옇게 트이며 그 트인 하늘 사이로 성긴 별무리가 하나 둘 모습을 드러냈다.

아, 이는 천우신조하심이로다. 아버님의 두상을 무탈하게 찾을 좋은 징후로다.

김 진사는 속으로 연해 계사전을 외며 마음의 평정을 꾀했다. 갑자기 내린 작달비여서인지 여기저기서 시위[131]가 난 물마[132]는 콸콸콸 물 흐르는 소리로 요란했다. 이때 산내리바람이 건들마처럼 쏴아 불어와 풀숲에 맺힌 빗물을 후루루 떨어냈다.

지금 시각이 얼마나 됐을까.

김 진사는 문득 시각을 떠올렸다. 모르긴 해도 자시 초(子時初)[133] 병야(丙夜)[134] 쯤 접어들었으리라. 자정인 오야(午夜)까지는 앞으로 한 식경만 지나면 되리. 그러니 이제 놈을 맞을 채비나 하자. 놈은 지금 이곳을 향해 허위단심 쫓아오고 있을 것이다. 아니 벌써 와서 어디 은밀한 데 숨어 이쪽의 동태를 살피고 있을지도 모른다.

조심하자. 오늘은 절대 실패해서는 안 된다. 무슨 수모 어떤 굴욕도 참아야 한다. 놈은 도척이처럼 흉악한 놈이니 무슨 짓을 할지 모른다. 천지신명이시여, 굽어 살펴주옵소서!

아, 그런데 이 무슨 억하심정인가.

천우신조로 비가 그쳐 이런 다행이 없다싶었는데 하늘이 다시 머흘거리며 비를 뿌리기 시작했다.

야속하고나. 하늘이 원망스럽도다.

김 진사는 정녕 하늘이 야속하고 원망스러웠다. 아니 증오스러웠다.

이 깊은 밤 자정, 후미지고 구석진 골짜기 상여막 앞에서 아버님 두상을 찾아 모시려고 돈 천 냥 앞에 놓고 흉도놈 묘구도적을 이리 애타게 기다리며 피를 말리는데 어찌하여 하늘은 이런 마음을 헤아리지 못하시고 트레바리[135) 하듯 무따래기[136)로 헤살[137)을 부리는가.

김 진사는 그만 땅바닥에 벌렁 누워 몸부림을 치고 싶었다. 땅을 치며 꺼이꺼이 통곡하고 싶었다. 이제 무섭 따위는 문제도 아니었다. 귀신이 으흐거리며 머리를 산발한 채 입에 칼을 물고 나타나도 무섭지 않을 것 같았다. 저퀴나 두억시니나 그슨대가 기괴한 형상을 하고 나타나도 하나도 안 무서울 것 같았다. 다만 지금 김 진사가 피마르게 기다리는 것은, 그리고 간절하게 바라는 것은 어서 빨리 비가 그치고 놈이 나타나 아버님의 두상을 탈 없이 찾는 일이었다. 그러나 비는 작심이라도 한 듯 쫙쫙 소리쳐 쏟아졌고 놈은 어디 있는지 아직 얼씬도 하지 않았다.

낭패로다. 큰일이로다. 이 비에 아버님 두상은 무탈하신지. 참혹하고 참담하게 상하시지나 않으셨는지. 오, 하늘이시여! 부디 굽어 살펴 주옵소서!

김 진사는 비는 마음으로 하늘을 우러렀다. 그런데 바로 이때 맞은편 길숲으로 누군가가 빗길을 철벅이며 걸어오는 소리가 났다.

"……?!"

김 진사는 바짝 긴장해 호흡을 정지했다.

놈이로구나!

김 진사는 귀에다 신경을 모은 채 빗속을 뚫어져라 쏘아봤다.

"김 진사 왔느냐? 왔으면 냉큼 나와라!"

놈이었다. 놈이 빗길을 철벅철벅 걸어오다 걸음을 멈추며 소리쳤다.

"오냐, 나 여기 있다. 진작에 와 기다리고 있으니 얼른 아버님 두 상부터 내놓아라!"

김 진사는 치를 떨며 앞으로 걸어 나갔다. 비는 여일하게 쏟아지고 있었다.

"오늘은 혼자 온 걸 보니 기특하구나. 그래, 진작에 그랬어야지"

사내가 비아냥거리는 투로 말하며 몇 발 앞으로 걸어와 멎었다. 이 제 사내와의 거리는 대여섯 발자국으로 가까워졌다. 그런데도 놈은 희미하게 윤곽만 보일뿐이었다. 이런 중에도 놈이 흑가면을 쓰고 있음이 판명된 것은 번쩍거리는 번갯불 때문이었다.

"듣기 싫다, 흉도 놈아. 사설 집어치고 속히 아버님 두상이나 내놓아라!"

김 진사가 소리치며 발로 땅을 쾅쾅 굴렀다. 그러나 발 구름 소리는 비 때문에 쾅쾅 소리 대신 철벅거리는 소리만 났다.

"아따 그놈 참 성질 한 번 급하네. 야, 이놈아. 정신을 차려야 염불을 하지"

사내가 장대비[138]를 노박이로 맞으며 느물거렸다.

"이 도척이 흉도놈아, 아버님 두상은 어디에 계시냐, 어서 아버님 두상을 내놓지 못하겠느냐?"

김 진사도 작달비를 노박이[139]로 맞으며 소리쳤다.

"도척이? 흉도? 그래, 도척이 흉도라 치고 돈은 가져왔느냐?"

비는 한결같이 퍼부어댔다. 하늘 어느 한 곳 훤한 데라고는 없어 비는 쉬 뻴 것 같지 않았다. 노박비[140]였다.

"아버님 두상부터 내놓으라질 않느냐. 두상을 내놓으면 돈을 주겠다."

"그렇게는 못하겠다. 돈 하고 모가지 하고 맞바꾸자"

"양반 체통으로 너 따위 흉도 놈에게 거짓말을 하겠느냐. 어서 아버님의 두상을 내 놓아라"

"양반 체통 찾는 놈이 포졸과 종놈들을 끌고 왔더냐? 여러 말 해서 덕 될 게 없다. 돈 내놔라"

이때 또 번개가 번쩍거렸다. 그 순간이 지극히 짧은 수유요 찰나였지만 김 진사는 분명히 봤다. 사내의 손에 들려진 보따리를.

"좋다! 돈 내놓을 터이니 아버님 두상을 내놓겠느냐?"

"이 가증스런 진사 놈아. 내 네 놈 말대로 비록 묘구도적이긴 하다만 어찌 이 마당에 거짓말을 하겠느냐."

"오냐 좋다. 그럼 돈 주겠다."

"오, 한 가지 미리 일러둘 게 있다. 오늘 종놈들과 포졸 놈들 안 데려온 건 가상하다만 만일 돈이 가짜일 땐 재미적을 줄 알아라. 그 땐 대가리 난도질해 까막까치 밥을 만들거나 도끼뿔로 해골 빠개서 똥통 속에 쑤셔박을 줄 알아라"

비는 여태도 그칠 기미를 안 보인 채 노드리듯141) 쏟아졌다. 이제는 여기저기 물마가 넘쳐 마치 개샘142) 터진 듯 물 흐르는 소리가 콸콸났다.

"네 이놈! 언감 뉘 앞에서 함부로 주둥이질이냐. 네 놈은 하늘이 두렵지도 않느냐?"

김 진사가 또 발로 땅을 구르며 호통쳤다. 이번에도 발구름 소리는 '쾅' 하지 않고 '철벅' 했다.

"아따, 양반님 참 말씀도 많으시네. 호령은 집에서나 하시게. 그리고 나 같은 놈한테는 하늘같은 건 애초에 없네"

사내는 히물거리며 얼굴을 들어 하늘을 쳐다봤다. 비는 사내의 얼굴에 자리개질 하듯 마구 쏟아졌다.

"네 놈은 하늘이 용서치 않을 것이다. 순천자(順天者)는 흥하고 역천자(逆天者)는 망하는 법이니!"

"허어, 꼴에 글줄깨나 읽었다고 문자 쓰고 자빠졌네. 이보시게, 진사나으리. 난 무식해서 그런 건 잘 모르네. 그러니 입씨름 그만하고 흥정이나 하세. 자꾸 그러면 나 화나네. 화나면 자넬 죽일지도 몰라. 자넬 죽이면 문제는 간단하지. 자네하고 입씨름 안 해도 되니까!"

사내는 이러고 흐흐흐 웃었다.

"오냐 좋다. 네 놈을 한 번 믿어보자!"

김 진사는 이 말과 함께 상여막 쪽으로 발길을 돌렸다.

"어딜 가는 겐가?"

사내가 따라붙으며 말했다.

"돈을 가져와야 할 게 아니냐. 돈 안 받겠느냐?"

"돈 어디 있는가. 돈 있는 데만 말하라. 내가 가서 보겠다"

"좋다. 상여막 바위 옆에 있다. 같이 가자!"

"그럴 필요 없다. 나 혼자 가보겠다"

"아버님 두상은 줘야할 게 아니냐. 두상은 어디 계시냐"

"아따 그 인간 의심 한 번 되게 많네. 되국놈을 닮았나 웬 의심이 그리 많아"

사내는 이러며 곳집을 향해 성큼성큼 걸어갔다.

"아이구, 친절도 하셔라. 세기 좋게 쉰 냥씩 꿰어놓으셨군. 그럼 이제 내가 줄 차롄가? 옛다, 가져가거라!"

사내는 돈을 확인하자 보따리 하나를 김 진사 앞으로 휙 집어던졌다.

"저, 저런 천하에 죽일 놈이 있나. 네 이놈! 이 어른이 어떤 어른이신데 함부로 던지느냐!"

김 진사는 치를 떨며 발 앞에 떨어진 보따리를 두 손으로 받들어 모시듯 보듬어 안았다. 보따리에서는 썩은 생선 같은 역한 냄새가 물씬 코를 찔렀다. 김 진사는 두 손으로 조심조심 두상을 더듬어 봤다. 두상은 땅에 묻어두었었는지 온통 흙으로 뒤발한 채 는적는적 상해 있었다. 그리고 그 상한 두상에서 빗물과 함께 추깃물[143]로 짐작되는 물이 흙과 함께 반죽이 돼 있었다. 생선 썩는 냄새 같은 고약한 냄새가 코를 찔러 숨이 막힐 것 같았다.

김 진사는 부친의 두상을 부여안고 오열하기 시작했다. 빗줄기는 이제야 가늘어지기 시작했다. 먹장 같던 구름이 걷히며 하늘이 훤해졌다.

"그럼 난 이만 가볼라네. 자네도 이만 가보게나. 우린 이제 저승에 가서도 만나지 마세. 자네와 난 하늘을 같이 이지 못하는 원수 아닌가. 이것을 자네들 문자로 유식하게 불공대천지수라 한다지?"

사내는 이 말을 끝으로 전대를 어깨에 둘러맨 채 비가 잦아지는 어둠 속으로 가뭇없이 사라졌다. 김 진사는 사라지는 흑도 쪽을 속절없이 바라보다 쓰러질 듯 쓰러질 듯 몸을 가눠 일어났다. 그런 다음 허청허청 발길을 옮겨놓았다.

이런 세월

"아니 저어기 저 풍물치는 사람들 남사당패들 아닌감?"

말간 햇살이 주렴처럼 좔좔 내리는 가을 저녁답, 상뜰 논에서 품앗이 두레[144]로 벼를 베던 두레꾼 하나가 손으로 해를 가리며 허리를 폈다.

"남사당패들? 어디, 어디 말이여"

다른 두레꾼 하나가 따라 일어나며 큰 소리로 물었다.

"아, 저 풍물소리 안 들리남? 저 황톳마루 비석거리를 보라구"

먼저 일어난 두레꾼이 비석거리를 가리키자 뒤에 일어난 두레꾼이

"비석거리? 맞다. 사당패들이네"

했다. 앞 사람은 박 첨지네 머슴 바우였고 뒷사람은 김 참봉네 머슴 덕팔이었다.

"남은 바뻐 죽겠는데 저 사람들은 참 신선놀음이구먼"

"신선은 무신 눔에 신선. 저 사람들 알고 보면 불쌍하기 짝이 없는 사람들인기라"

바우와 덕팔이에 이어 금돌이와 춘보도 허리를 펴며 한 마디씩 했다. 금돌이는 최 과부네 머슴이요 춘보는 오 생원네 머슴이었다.

"아따, 아는 거 많은 거 보니 먹고 싶은 것도 많겠네. 아, 남은 뼈 빠지게 일해도 입에 풀칠하기 어려운데, 저 패거리들은 풍물치고 재주부리고 팔도강산 유람하면서도 잘 지내니 신선놀음 아닌감. 그래, 저 패거리들이 신선이 아니면 대체 누가 신선이여?"

금돌이가 비석거리에 눈을 주고 비아냥조로 말했다.

"신선 겉은 소리 하지도 말그라. 그건 저 사람들 내막을 몰러 하는 소린기라. 저 사람들 참말로 의지가지 없는 사람들이데이. 의지가지 있다캐도 끼니 간 데 없어 나선 사람들이데이"

춘보가 모르는 소리 말라는 듯 손을 홰홰 내저었다.

"아니 그럼 저 패거리들이 의지가지 없고 끼니거리가 없어 나선 사람들이란 말이여?"

바우가 종주먹을 대다시피 따져 물으며 언성을 높였다.

"의지가지 없어 그리 된 사람도 있고 묵을 기 없어 그리된 사람도 있는기라. 묵고 사는 기 하도 지랄같애노이까네 밥만 믹이준다카모 안 따라가나"

"춘보 니 어찌 그리 잘 아나. 혹시 남사당패거리들 따라다닌 거 아니여?"

바우가 고개를 갸웃거리며 춘보의 위아래를 훑어봤다.

"따라댕기나 안 따라댕기나 그만 거사 알지로"

춘보는 비석거리에 눈을 준 채 깊은 숨을 내쉬었다.

사당패들은 영기(令旗. 혹은 황기(黃旗)라고도 함)를 흔들며 신명나게 풍물을 쳐댔다. 아마 곰뱅이[145]를 틀 모양이었다.

"자, 넘어진 자리에 쉬어간다고, 우리 기왕 허릴 폈으니 담배 한 대꼬바리 피우고 하드라고"

논주인 봉구가 볏단 위에 엉덩이를 내려놓으며 말했다.

"그거 듣던 중 반가운 소리네요"

"누가 아니래. 쉬는 거야 열 번이라도 좋지요"

봉구가 볏단 위에 엉덩이를 내려놓자 바우와 덕팔이가 좋아라 소리쳤다. 두레꾼들은 모두 볏단 위에 주질러 앉았다. 남사당패들은 계속 풍물을 치며 영기를 흔들어대고 있었다. 아마 이쪽의 두레기를 본 모양이었다. 그래서 자기들의 재주를 보여주며 이쪽에서 두레기를 흔들어 줄 때를 기다리는 것 같았다.

남사당패들은 동네 앞을 지나거나 들판 길을 지나다 두레기가 보이면 일단은 동네가 잘 보이는 고갯마루나 언덕배기에 올라 시연(試演)으로 재주를 보이며 두레기 흔들 때를 기다린다. 왜냐하면 두레기가 흔들려야 동네로 들어갈 수 있기 때문이다. 그러나 두레기가 흔들렸다고 덮어놓고 들어가는 건 아니다. 곰뱅이쇠(남사당패의 둘째 우두머리. 꼭두쇠 바로 밑엣사람)가 동네로 들어가 동네 중 영향력 있는 양반이나 부자를 찾아가 들어와도 좋다는 허락을 받아야 하기 때문이다. 이때 다행히 들어와도 좋다는 허락이 떨어지면 성공이나 그렇지 못해 반대를 하면 실패하는 것이다. 동네를 들어갈 수가 없기 때문이다.

남사당패들이 마을에 들어와도 좋다는 허락을 곰뱅이가 텄다 하는데, 이 곰뱅이를 트면 남사당패들은 길군악(행군악)을 울리며 동네로 들어간다.

남사당패들은 계속 풍물을 치며 재주를 부리고 있었다. 춘보가 논가로 쫓아가 세워둔 두레기를 흔들어댔다.

"야아! 그 재주 한 번 희한하네. 어째 저리 팔딱팔딱 재줄 잘 넘으까 그래"

살판이 팔딱팔딱 곤두박질치며 땅재주를 넘자 여태껏 꿀 먹은 벙어리처럼 말이 없던 칠보영감이 탄성을 발했다.

"그러게 광대 아닌감. 줄 타는 거 보면 희한하지"

봉구가 자기보다 열 살도 더 먹은 칠보영감한테 반말질을 하며 핀잔주듯 말했다.

"맞습니더. 줄 타는 거는 더 희안습니더. 아이 근데 연세를 그리 마이 잡숫고도 여태 사당패놀이도 못 보셨습니꺼?"

춘보는 열 살도 더 먹은 봉구로부터 반말지거리를 당한 칠보영감이 안 되어서 아주 공손하게 말했다.

"못 봤지. 아직 못 봤어"

"그럼 오늘 실컨 보시소."

"여기선 거리가 멀어 똑똑이 안 보이는구먼. 줄타긴 안 하는 모양이지?"

"줄은 못 타제요. 줄은 삐리들이 매야하는데 아직 매질 않았심니더"

"삐리? 삐리가 뭔가?"

"삐리는 초입자를 말하는 기라요. 심부름 하는"

"아니 자네 어찌 그리 잘 알어. 혹시 남사당패 따라댕긴 거 아닌감?"

칠보 영감이 이상하다는 듯 춘보를 쳐다봤다.

"맞어. 따라댕겼지? 안 그렇고야 어찌 그리 잘 알어. 춘보 니, 사당패 따라댕겼지?"

칠보영감의 말을 받아 바우가 주척 나섰다.

"따라댕기기는...."

춘보는 가슴이 뜨끔했다. 무심결에 몇 마디 지껄인 게 그만 눈치들을 챈 모양이었다.

"안 따라댕긴 게 어찌 그리 잘 알어. 따라댕겼지? 그지?"

이번에는 덕팔이가 따지고 나섰다.

"아이라카이. 안 따라댕기도 그만 거사....."

춘보는 말을 잇지 못하고 우물거렸다.

"괜찮어 춘보야, 말해봐. 남사당 따라댕긴 게 무슨 흉이고 죄여?"

덕팔이에 이어 금돌이도 참견을 했다. 춘보는 그제서야

"실지는 쪼매 따라댕깄제"

하더니 뒤통수를 긁적거렸다. 괜히 면구스러운 모양이었다.

"거 봐. 쩝하면 입맛이고 툭 하면 호박 떨어지는 소리라고, 말하는 거 추보면 알지. 그래, 얼마나 따라댕겼나"

".....한 오 연"

"오 년? 그래, 자넨 무슨 재줄부렸나?"

칠보영감이 곰방대에 담배를 쟁여 넣으며 물었다.

"아무 재주도 못 부렸제요"

춘보가 시르죽은 소리로 대답했다.

"아니 왜?"

"삐리였으이까요"

"삐리?"

"초입자요"

"그럼 오 년 내내 삐리로만 따라댕겼나?"

"어데예. 삐리보다 한 수 높은 가열로도 있었제요"

"근데도 재줄 안 부렸어?"

"재줄 안 배웠으이까네 못 부렸제요"

"그건 또 왜?"

"도망쳐 나와 삐리니라고요"

"도망쳐 나오느라고?"

"예, 평생 집도 절도 없이 떠돌아댕길 신세 민할라고 도망했제요. 기집도 자식도 없이 동가식서가숙하다 밭고랑 아니면 논두둑 비고 죽을 생각하이 눈앞이 캄캄하데요. 그래서 고마...."

춘보는 여기서 말끝을 흐리며 고개를 외로 꼬았다. 문득 지난날의 참혹했던 일들이 섬광처럼 눈앞을 스쳤기 때문이었다. 오늘은 이 동네 내일은 저 장터로 철새처럼 떠돌아다니며 꼭두쇠나 곰뱅이쇠, 더러는 뜬쇠들의 수족 노릇을 하던 지난날. 한 마당 시작할 때와 끝날 때마다 뼈빠지게 일하며 뒤치다꺼리하던 나날들. 그래도 하루 밥 세 끼 제대로 못 얻어먹어 매양 배고픔에 걸근대던 나날들. 그것은 낭인이기에 앞서 걸인이었다.

어느 해던가.

봄이었다. 그때 춘보 나이 열두 살인가 그랬다. 그 해 아버지는 아랫동네에 남사당패가 들어왔다 하자 춘보를 데리고 사당패한테로 갔다. 보릿동146)까지 살 일이 기막혀 한 입이라도 덜고자 해서였다.

"이놈 데려다 밥이나 먹여 주시우!"

아버지는 춘보를 무슨 물건 넘기듯 사당패한테 넘겼다.

"그럭하시우만...... 한데 우리 사당패들은 밥 빌어다 죽도 못 쑬 때가 허다하우. 그러니 후횔랑 마시우"

꼭두쇠는 이러며 춘보를 넘겨받았다. 춘보는 영도 철도 모른 채 사당패를 따라갔다. 아니 얼마는 들뜬 마음으로 그들을 따라갔다. 집에서처럼 모진 배를 곯아 걸핏하면 굶기를 부자 밥먹 듯하는 그런 기막힌 배고픔은 없을 것 같아서였다. 그리고 또 돈 한 푼 안 들이고도 팔도강산 방방곡곡을 구경할 수 있을 것 같아 마음이 들떴다.

그러나 춘보에게 있어 가장 시급한 건 배 채우는 일이지 팔도강산 구경하는 일이 아니었다.

그랬다.

춘보는 배불리 밥 먹는 게 소원이었다. 아버지는 춘보 위로 형 둘을 일찌감치 남의 집 막서리[147)로 보냈다. 물론 입을 덜기 위해서였다. 큰 형은 올해 열아홉 살로 형 나이 열한 살이 되자마자 아랫동네 민부자네 꼴머슴으로 보냈고 둘째 형은 올해 열일곱 살로 역시 열한 살이 되기 급하게 건너 마을 마름집[148) 애기 머슴으로 보냈다. 그리고 큰 형과 둘째 형 다음으로 올해 열다섯 살의 누나는 열 살이 되자마자 원터골 최 참판네 요강담살이로 보내졌고 춘보 바로 밑으로 올해 열한 살짜리 여동생은 나이 여덟 살이 되자마자 같은 동네 윤 생원 어른 댁 담뱃불 심부름으로 보내져 집에 있는 건 일곱 살짜리 남동생과 다섯 살짜리 여동생뿐이었다.

입춘이 지나고 따지기때[149)의 해토머리[150)가 되면 사람들은 밥 한 번 실컷 먹는 게 소원이었다. 해토머리와 함께 범보다 더 무서운 보릿고개가 시작되기 때문이었다.

보릿고개!

민족의 대 준령 보릿고개!

보릿고개는 맥령(麥嶺) 춘궁(春窮) 또는 춘황(春荒)이라 불리는 음력 3, 4월의 단경기(端境期)로, 묵은 곡식(가을곡식)은 다 먹어 동이 나고 새 곡식(햇보리)은 아직 나지 않아 먹을 게 없는 봄철의 배고픈 한 시기를 일컬음이다. 보릿고개는 흔히 음력 3, 4월로 알고 있고 또 음력 3, 4월이 절정이지만 실제는 설을 쇠고 입춘을 맞으면 그때부터 벌써 보릿고개가 시작된다. 제 땅이란 송곳 하나 꽂을 데도 없어 지주와 마름한테 칠촌의 양자 빌듯 사정사정 빌어서 얻어 부치는 전장은 소작료가 엄청나 지주가 7할 작인이 3할 먹는 삼칠제가 보통이지만 인색한 지주나 마름은 소작료를 받을 때 벼를 말 수북이 고봉으로 되서 마당통151)으로 받는다. 여기서 더 고약한 마름은 소작인에게는 말이 수북한 마당통으로 소작료를 받아 지주에게는 말이 편편한 평두량(平斗量)의 가량통152)으로 작석해 바친다. 어쩌다 운 좋게 인심 후한 지주를 만나면 소작료를 소출의 절반으로 매겨 지주 반 작인 반의 반타작 배메기153)가 있긴 해도 이는 십년일득으로 여간 얻기 힘든 일이 아니어서 생의를 낼 수가 없다. 그러니 내 땅 한 뼘 없는 사람은 칠촌의 양자 빌듯해서 삼칠제의 엄청난 소작료를 내고 땅을 부치든지 아니면 말림갓154)이 아닌 산에 메물푸저리155)의 화전이라도 일궈 먹고살아야 한다. 화전은 부대기, 부대밭, 또는 화경(火耕)이라고 해 봄에 양지바른 비탈산에 풀과 나무를 베어 말린 후 불을 질러 재를 만든 다음 나무등걸을 들어내고 조나 옥수수 혹은 감자 등을 심는데, 이를 일명 새조밭이라고도 한다. 그리고 초여름에 일구는 화전 메물푸저리는 산의 나무나 푸새156)를 낫과 톱으로 베어 말린 다음 불을 지르고 그 곳에 메밀을 심는 것을 말함인데 이는 조나 감자 옥수수보다 달포 가까이 늦게 심는다.

그런데 화전이나 메물푸저리로 새조밭을 일굴 때(팔 때)는 대개 서너 사람이 품앗이로 오늘은 이 집일 내일은 저 집일 식으로 돌아가며 하는데, 이때는 모두 배가 너무 고파 밥 한 번 실컷 먹는 게 고소원이었다. 아침에 얼굴이 어리는 머얼건 나물죽 한 그릇 먹고 일하러 가면 일터(산)에 닿기도 전에 벌써 배가 고파 뱃가죽이 등가죽에 짝 달라붙는다. 그릇 위까지 수북이 담긴 고봉밥이나 감투밥[157]을 먹어도 돌아서면 배가 고파 걸근거릴 나이에 곡기라고는 어쩌다 한두 알 섞인 멀건 나물죽 한 그릇 먹고 밭을 파니 배가 고프다 못해 짜부라들어 바작바작 진땀이 난다.

그러나 이런 상황에서도 품앗이꾼들은 서로의 얼굴을 쳐다보며 배를 잡고 웃는다. 왜냐하면 나무나 풀을 태운 재가 괭이질에 날려 얼굴에 새카맣게 앉아 두 눈만 빠꼼할 뿐 흑인 저리가라로 까맣기 때문이었다. 품앗이꾼들은 자신의 얼굴은 못 보니까 상대의 얼굴만 보고 박장대소 하는데 이렇게 웃다가 그만 그 자리에 힘없이 주저앉으면 일어나기가 힘들다. 일중에 가장 힘 드는 일은 땅 파는 일이요 가장 골병드는 일은 지게질(짐질)인데도 품앗이꾼들은 땅 파던 괭이질을 멈추고 배를 잡고 웃다가 고주박[158] 쓰러지듯 쓰러져 경사진 비탈산을 대굴대굴 굴러내린다. 그러다 어느 나무 그루터기에 걸려 멈추면 그 자리서 네 활개를 쫙 펴고 누워 하늘을 쳐다본다. 아, 그러면 하늘은, 꿰맨 자국 하나 없이 무한대로 펼쳐진 하늘은, 한도 끝도 없이 한자락으로 펼쳐진 파아란 하늘은 목화송이 같은 구름 몇 송이를 둥실 띄워놓은 채 아무 말이 없다. 이때 품앗이꾼들은 모두 같은 자세로 누워 하늘을 쳐다보다 초록일색으로 뒤덮인 골짜기 아래로 눈을 준다. 뻐꾸기가 참나무나 상수리나무 꼭대기에 앉아 뻐꾹 뻐꾹 구성진 가락을 뽑고 장끼가 등성이 다박솔 밑에서 꿔엉꿩 하고 맞장구를 치기 때문이다.

하지만 어디 이뿐인가.

재넘이와 산내리바람이 산꼭대기서 불어내려 오면 풀향기와 함께 온갖 기화요초에서 풍기는 방향이 코를 찌르고 찬란한 햇살은 눈이 부셔 녹색 이파리마다 금빛 영롱한 빛살을 퍼붓는다. 그러면 품앗이 꾼들은 누가 먼저랄 것 없이 물이 졸졸 흐르는 계곡으로 가 창자가 시린 석간수를 벌컥벌컥 들이켜고 가재알처럼 오르르한 조밥을 윤기 자르르한 나물취와 참나물을 뜯어 된장과 함께 쌈을 싸 허발나게 먹는다. 그런 다음 나무에 기대어 간작으로 심어말린 순써리를 보드라운 갈잎에 싸 나팔담배를 만들어 피워 물고 저 아래 골짜기를 내려다보면 아, 세상사 모두 부질없어 어천사가 부운같다. 이때 담뱃불은 말린 약쑥을 부싯돌에 놓고 치는 부싯불로 붙이는데 이 약쑥의 부싯불이 또 기막히게 향기로워 골짜기가 온통 향내로 진동했다.

입춘이 지나 해토머리가 되면 찾아오기 시작하는 보릿고개는 춘분이면 벌써 조반석죽이 어렵고 청명 곡우가 되면 먹을 게 없어 굶어죽어도 베고 죽는다는 씨오쟁이[159]의 씨앗 종곡(種穀))까지 바숴먹는다. 한 동네를 크게 백여 호로 치고 이 백여 호 중 보릿고개를 모르고 양식을 계량할 수 있는 집은 서너 집에 불과해 나머지는 아침 밥 저녁 죽의 조반석죽이 고작이요 그것도 안 되는 집은 하루 한두 끼 멀건 나물죽으로 연명하는데 이런 집이 또 동네에 반수 이상이다.

이렇게 되면 사람들은 마름이나 지주집을 찾아가 가을에 갚기로 하고 길미[160]가 다락같이 높고 비싼 장리(長利)쌀[161] 몇 말을 내다 먹는데 이 장리쌀이라는 게 얻기도 어렵지만 갚기도 힘들어 여간해서는 내올 엄두를 못 낸다. 문자 그대로 장리여서 이자가 턱없이 비싸기 때문이다.

그러나 어쩌겠는가. 목구멍이 포도청이니 생으로 앉아 굶어죽을 수는 없지 않은가. 그래 사람들은 무슨 죽을죄라도 지은 듯 마름이나 지주에게 비대발괄[162] 손이 발이 되게 빌어 장리쌀 몇 말 내오면 이게 금쪽 같이 귀하고 중해 쌀 한 줌 집어넣고 나물죽을 끓일 때도 손끝이 오므라들어 쌀을 몇 번씩 쥐었다 덜었다 한다.

칠촌의 양자 빌 듯 사정사정해 얻어온 장리쌀은 먹기가 너무 아까워 한 톨 한 톨 헤아리듯 아껴가며 나물죽을 쑤어먹어도 육칠 명 또는 칠팔 명의 대가족에게는 단솥에 물붓기로 감당이 불감당이어서 두어 파수면 벌써 쌀이 동난다. 그러면 어쩌는가. 이번에는 양지쪽에 파릇파릇 돋는 냉이 달래 쑥부쟁이 등 구황초(救荒草)[163]를 캐다가 죽을 끓이거나 된장에 버무려 먹고 홋잎, 두릅 등을 따서 무쳐먹으며 명줄을 잇는다. 그러나 이것도 잠시, 더는 먹을 수가 없다. 나물이 억세어져 먹을 수가 없기 때문이다. 그러면 또 어떡하나. 이때 덤벼드는 게 큰 산 나물로 참나물, 나물취, 이밥취, 싸리취, 미역취, 개미취, 수리취, 곰취, 참취, 곤달비, 삽추싹, 잔대싹, 더덕, 도라지, 다래순 같은 구황초들이다. 요즘이야 이런 산나물을 맛맛으로 먹고 또 별식으로 먹어 웰빙식품이니 뭐니 하지만 그 때는 명줄 잇는 주식이어서 생명채(生命菜) 그것이었다. 그런데 이런 산나물을 소처럼 열흘이고 보름이고 먹고 나면 살갗이 누렇게 뜨고 멀겋게 부어서 살을 누르면 쑤욱쑥 들어가는 부황이 생긴다. 독한 산나물의 독성이 몸에 배 채달이나 황달이 되기 때문이다. 이렇게 되면 어찌 되는가. 영양실조로 눈에 초점을 잃고 고주박 쓰러지듯 힘없이 픽픽 쓰러진다.

그러나 배주림은 이것만이 아니었다. 산나물마저 억세어져 먹을 수가 없으면 소나무 속껍질 송피를 벗겨먹고 암칡뿌리 갈근을 캐 먹는다. 갈근은 그래도 영양가가 있고 먹기도 좀 수월한 편이지만 송피는 그게 아니어서 애를 먹는다. 송피는 되도록 쭉쭉 곧게 뻗은 양지쪽의 적송(赤松)이 좋아 사람들은 그 경황에도 양지쪽 적송을 골라 속껍질을 벗겨 물에 우려 절구나 방아에 찧어 먹는다. 송피는 쌀가루가 아니면 하다못해 밀가루에라도 버무려 먹어야 하는데 쌀가루는 물론 밀가루조차 없고 보니 천생 맨으로 먹는 수밖에 도리가 없다.

이렇듯 쇠가죽처럼 질기디질긴 송피를 기를 쓰고 먹고 나면 변 볼 때가 문제다. 변비가 생겨 도무지 변을 볼 수가 없기 때문이다. 이는 어른도 어른이지만 아이들이 문제여서 초주검이 된다. 아직 한창 엄마 젖을 먹고 자라야 할 어린 것들이 곡기라고는 한 톨 먹은 게 없어 젖이 안 나는 엄마 젖을 물고 배고파 울어대면 할머나 엄마가 보다 못해 쇠가죽 같이 질긴 송피를 씹어 먹인다. 그러면 어린 것들은 기를 쓰고 받아먹고 나면 변비에 걸려 초주검을 당한다.

생각해 보라.

어른도 변비가 생겨 변을 볼 때면 죽을 고생을 하는데 명주처럼 보드라운 어린 창자에 쇠가죽처럼 질긴 송피가 들어가니 어찌 소화를 시키겠는가를.

아이들은 똥을 눌 때면 엉거주춤한 자세로 얼굴이 지지벌개가지고 있는 힘을 다해 끙끙대지만 똥은 야속하게도 조금 비치다 말 뿐 나오지를 않는다. 이때 할머니나 어머니들은, 특히 할머니들은 그 어린 손자(혹은 손녀)가 엉거주춤한 자세로 얼굴을 지지벌개가지고 애쓰는 걸 보면 "아이구 우리 손자 큰일났네. 아이구 우리 강아지 똥 못 눠 죽겠네!" 하며 발을 동동구른다. 그러다 며느리를 시켜 부엌에서 숟가락 두 개를 가져오게 해 그 두 개의 숟갈총을 양 손에 쥐고 손자의 항문을 양 쪽에서 벌려 똥을 누게 하는데, 이때는 반드시 "아이구, 우

96

리 손자 장하기도 하지. 아이구 우리 강아지 잘도 참지" 하며 칭찬으로 기를 살려줘야 하고 "오올치. 그래그래. 조금만 더 힘써. 우리장군! 조금만 더. 오올치. 야아 이제 나온다 나와!" 하고 손자 녀석의 등을 두들기며 응원을 해야 한다. 그러나 이럼에도 불구하고 똥은 야속하게도 조금만 비치다 들어가고 조금만 비치다 들어가고 해 애를 먹인다. 그러면 할머니는 마지막 방법으로 극약 처방을 쓴다. 숟갈총으로 벌린 손자의 항문에 손가락을 집어넣어 조금씩 비치다 만 변을 손가락으로 끄집어내는 것이다. 아, 이때 고통을 못 참아 질러대는 손자의 절규와 단말마는 과장 없이 돼지 멱따는 소리여서 동네가 떠나간다. 그 보드라운 어린 항문에 손가락을 집어넣어 소화 안 된 질긴 송피를 강제로 끄집어내니 약하고 보드라운 항문이 찢어져 피가 나고 피가 나니 얼마나 쓰리고 아플 것인가. 그러니 아이는 죽어라고 울 수밖에 없다. 하지만 범보다 더 무섭다는 보릿고개는 여기서도 끝나는 게 아니어서 이번에는 칡으로 덤벼든다. 칡은 암칡과 수칡이 있는데, 수칡보다 암칡이 뿌리가 더 크고 실해 사람들은 모두 암칡을 선호한다. 그런데 이 암칡은 뿌리가 깊게 들어있어 캐자면 여간 힘 드는 게 아니다. 얕게는 오금 깊이 정도만 파면 되지만 깊게는 허리 깊이 이상 파야하기 때문이다. 앞에서도 말했듯 일 중에 가장 힘든 일은 땅파기요 가장 골병드는 일은 짐질(지게질)인데 이 힘든 땅파기를, 그것도 생땅을 허리 깊이로 한 번 파보라. 배는 고파 뱃가죽이 등가죽에 달라붙는 상태에서, 눈에서는 별이 번쩍거리는 상태에서, 다리는 힘이 없어 고주박 쓰러지듯 픽픽 쓰러지는 상태에서·····

그러나 어떡하겠는가. 칡뿌리가 아니면 굶어죽을 판이니 이를 물고 일어나 캘 수밖에. 하지만 고주박처럼 힘없이 쓰러져 다시는 못 일어나는 사람도 있었다. 이는 영양실조로 쓰러졌지만 실상은 굶어죽은 것이나 마찬가지다. 사실 또 굶어죽는 사람도 경성드뭇 있었다. 몇 달을 초근목피로만 연명하다보니 기운이 없어 걸핏하면 나가떨어지고 나가떨어지면 못 일어나기 십상이다. 이럼에도 감자와 밀, 보리의 여름 햇곡이 나오려면 차례 멀어 메[164]니 무릇[165]이니 하는 것들을 캐먹고 뚱딴지라 불리는 돼지감자도 캐 먹는다.

어찌 또 메와 무릇과 뚱딴지뿐이겠는가. 참꽃(진달래)도 따 먹고 찔레순도 꺾어 먹으며 햇감자 햇 밀보리가 익기만을 일구월심 기다린다. 오랜 기간 초근목피만 먹어 눈에 헛게 띄어 곡두[166]가 나타나면 사람들은 아직 작은 밤톨 정도밖에 되지 않는 감자를 캐 주린 배를 채우는데 이는 그러나 손이 오므라들어 캘 수가 없다. 그래 한 파수쯤 참았다가 캐보면 그때도 감자는 조금밖에 굵지 않아 굵은 밤알만하다. 이럼에도 사람들은 다음 날 다시 감자밭으로 가 감자 뿌리를 헤집어본다. 밤사이 좀 굵었나해서이다. 밤사이 굵으면 얼마나 굵으랴만 배가 고파 환장한 사람들은 어제나 오늘이나 그식이장식으로 굵지 않은 감자를 야금야금 캐 먹다보면 감자가 달걀만하고 주먹 만해져 정작 다 여물 때는 감자밭은 허무하게 빈 밭이 된다. 이러면 다음 차례는 보리 풋바심[167]이다. 보리는 아직 물알[168]이 안 잡혀 벨 수가 없고 그러니 이삭을 따다가 찌거나 볶아 먹는데 찐보리는 방아에 껍데기만 대강 벗겨 먹고 볶은 보리는 방아에 찧어 가루를 채로 쳐서 죽을 쑤어 먹는데 이게 초련[169]으로 이어진다. 그러나 배고픔은 여기서도 끝나는 건 아니다. 햇보리가 나와 춘궁기의 보릿고개는 가까스로 넘겼다 해도 또 한 차례의 기막힌 칠궁(七窮)이 남아 있기 때문이다. 칠궁이란 여름 햇곡은 다 떨어지고 가을 햇곡은 아직 나오지 않을 7월(음력)을 말함인데 이 칠궁도 춘궁에 버금 가는 큰 고개여서 넘기가 여간 힘든 게 아니다.

이렇게 볼 때 일년 열두 달 중 악식이나마 굶지 않고 먹을 수 있는 달은 추수기인 9월(물론 음력이다)부터 이듬 해 2월의 해동까지 고작 대여섯 달 뿐이고 나머지 대여섯 달은 배고픔으로 생사의 기로를 헤매야 한다.

그러나 보릿고개 때의 배고픔 중 가장 참혹한 일은 어린 손자 밥 한 번 실컷 먹이려다 당하는 할머니의 참사다. 내리 몇 끼를 굶은 어린 손자는 배고파 죽겠다며 할머니의 치마끈을 붙잡고 울다 지쳐 축 늘어지고 이를 본 할머니는 환심장이 돼 야반에 몰래 지주집 부엌에 들어 밥을 훔치다 들때밀170)에게 맞아죽어 길바닥에 내버려지는, 그래도 도둑질한 것이 죄가 돼 찍소리 못하는 기막힌 참사. 이는 짐승 같은 마름 찔러죽이고 마름집에 불지른 다음 야반에 식솔끼리 남부여대171)로 고비원주172)하는 소작인의 한 서린 기막힘과도 일맥상통했다.

마름이라고 다 나쁜 사람은 아니지만 개중에는 짐승 같은 인간이 더러 있었다. 여기다 여자를 좋아하고 바치는 위인이면 소작인 중 묘령의 예쁜 딸을 가진 작인이 표적이 됐다. 예쁜 딸을 가진 작인에게 땅을 다른 작인보다 더 많이 부치게 해 인심을 쓰기 때문이다. 물론 이는 환심을 사기 위한 하나의 작전이었다. 그러면 작인은 이게 턱없이 고맙고 황감해 마름말이라면 죽고 못 살아 저두굴신하기 예사였다. 이렇듯 마름은 함정을 파고 미끼를 던져 작인이 옴짝달싹 못하게 걸려들면 때는 이때다 하고 "자네 딸 나 소실로 주게" 하고 마각을 드러낸다. 이렇게 되면 어찌 되는가. 먹고 살아야 한다는 기막힘 때문에 눈물 머금고 딸을 주는 경우가 있다. 만일 딸을 안 주면 땅을 한 마지기도 못 얻어 부쳐 굶어죽기 십상이기 때문이다. 그러나 예쁜 딸을 가진 소작인에게 똑같은 방법으로 수작을 걸어도 절대 안 통하는 작인도 있다. 이런 작인은 밤이 깊어 만뢰가 잠들면 비수를 품에 품고 마름집 담을 넘어가 마름을 죽이고 집에 불을 지른 다음 그 밤으로 식솔과 함께 부지거처 길을 떠나 유민(遺民)처럼 유민(流民) 생활을 했다.

　남사당패들은 여태도 풍물을 치며 재주를 부리고 있었다. 재주는 땅재주 살판으로부터 대접돌림의 버나, 무동의 동니, 탈놀음의 덧뵈기, 꼭두각시놀음의 덜미 등을 조금씩 선보이는 놀음이었다. 그러나 어름산이(줄꾼)만은 줄이 없어서인지 재주를 안 부리고 있었다.

　두레꾼들은 넋을 잃은 채 비석거리를 바라봤다. 이제 벼 베기 같은 건 까맣게 잊은 모양이었다.

　"근데 저 남사당패들한텐 여섯 가지 놀음이 있다지? 땅재주니 무동이니 하는 걸 비롯해서"

　여태껏 말없이 잠자코 있던 봉구가 춘보를 쳐다보며 말했다.

　"글체요. 한 마당에서 풍물, 버나, 살판, 어름, 덧뵈기, 덜미가 그거제요"

　춘보가 대답하며 머리를 끄덕였다.

　"그럼 그 여섯 가지를 좀 자세하게 말해 봐. 살판 죽을판 하니 당최 알 수가 있어야지"

　이번에는 덕팔이가 앞으로 좀더 가까이 다가앉으며 말했다.

　"그거는 직접 봐야 알제, 이바구 들어가주고는 모른다"

"몰러도 좋아. 말해 봐"

"그래 말해 봐. 이밥 본 김에 제사지내자"

"맞어. 생원님 빨래할 때 상놈 중의 데쳐야지"

덕팔이의 말에 바우와 금돌이도 나섰다. 춘보는 괜한 제사지내고 어물 값에 졸리는구나 싶었다. 그러나 이제는 이미 증이파의(甑已破 矣)[173]로 깨어진 시루였다.

"……그러이까네 한 마당 여섯 놀음은 웃다리가락이라카는 풍물부터 시작되는데, 이 웃다리가락은 진풀이와 무동, 열두발 상모 채상놀이가 그기제. 그라고 진풀이는 판굿이라고도 하는데, 여게는 칠새, 쩍이장단이라카는 장단이 나오제, 그담엔 인사굿이라카는 기 있는데 이건 돌림벅구, 선소리판, 당산벌림, 양산치기, 허튼상치기, 오방감기. 오방풀기, 새미놀림, 쌍줄백이, 사통백이, 가새벌림, 좌우치기, 니(네)줄백이, 마당일체, 밀치구벅구 머 이런 기 스물니(네) 판으로 판굿을 놀고 이 판굿이 끝나면 상쇠놀이, 따벅구, 벅구놀이, 징놀이, 북놀이, 장구놀이, 날라리, 동니발기, 책상놀이 같은 기 있제. 이거는 꽹매기(꽹과리), 징, 북, 장고, 날라리, 땡각(哵角)의 잽이들과 벅구, 무동 이렇게 합쳐 스물 넛이서 한 패를 맹그러 노는데 이 숫자는 기수님(기잽이) 두 사람을 뺀 숫자인기라. 이기 맨 첨 노는 풍물놀이제"

춘보는 설명하고 비석거리로 눈을 주었다. 사당패들은 아직도 진을 치고 있었다.

"아따 그거 참 복잡하네. 그럼 그 담은 또 뭐여?"

춘보의 설명이 끝나자 바우가 다시 물었다.

"일마가 이거 숨이나 좀 쉬고보자"

바우는 머쓱하게 나앉아 샐샐 눈웃음을 쳤다.

"이쟈 고마 일해야제. 이래 마이 쉬면 일은 언제하노"

춘보가 머뭇머뭇 딴전을 부리자

"괜찮어. 쥔은 나니까. 얘기 더해"

봉구가 걱정말라는 듯 손을 저었다.

"허, 내 참말로. 그라모 구체없제요. 담은 버나라카는 긴데, 버나는 대접이나 체바꾸(퀴), 대야 겉은 거를 앵두나무 막대기로 돌리는 재주를 말하는 기고, 그담 시(세) 번째는 살판이라카는 땅재주를 말하는 거로, 잘하면 살판이요 잘몬하면 죽을판이라고 하제. 이거는 그만치로 애(어)려운 곤두놀인기라. 이 곤두는 앞곤두, 뒷곤두, 번개곤두, 자반뒤지(집)기, 팔걸음, 쑤세미트리, 앉은뱅이 모말리기, 숭어띰(뜀) 머 이렇게 여러가진데 이거는 살판쇠와 매호 씨(어릿광대)의 재담과 잽이의 장단이 재주를 더 잘하게 흥을 돋구지로"

춘보는 여기서 또 말을 그치고 입을 다물었다.

"그거 여간 총기 가지고는 외우는 것만도 여러 달 걸리겠네"

칠보영감이 춘보를 보며 고개를 절레절레 흔들었다.

"그 담 네 번째는 또 뭐여? 아, 얼렁얼렁 말해 봐"

바우가 몸이 달아 춘보 앞으로 한 발 바투 다가앉았다.

"아따 금마 참 디게 보체네. 그렇게 알고 접으면 저 사람들 따라가면 될 기 아이가"

춘보가 핀잔을 주며 후유 한숨을 내쉬었다.

"내 참 샌님샌님 하니까 침통 들고 아랫목 윗목 댕기네. 유세 그만 부리고 얼렁 얘기나 해"

바우도 지지 않고 대거리를 했다.

"그러이까네 고 주디이 좀 다물고 가마이 있그라보자"

"그래 알았다. 제에미"

"보자. 내가 어데꺼정 이바구했제? 아, 맞다. 그 담 니(네)번째는 줄타기 어름이제. 이 어름산이는 줄을 타고 갖은 재주를 다 부리는데 앞으로 가기, 장단줄, 거무(미)줄 늘이기, 뒤로 훑기, 콩심기, 화장사위, 삼봉댁 말아들, 억세에미, 처녀총각, 외호모거리, 허궁잽이, 가새(위)트름, 외허궁잽이, 쌍허궁잽이, 양반걸음, 양반 밤나무지키기, 녹두장군 행차걸음 겉은 재주부림을 말하는 긴데 참 볼만하제. 어름산이는 줄을 탄 채로 매호 씨캉 재담을 나누민서 노래하고 잽이는 여게다 장단 맞춰 신명을 돋구고......"

"야! 그 참 희안하게 재밌겠다. 남사당패 재밌다 재밌다 말만 들었더니 참말 재밌겠구나. 그럼 그 담은 또 뭐여?"

바우는 퉁바리174)를 맞으면서도 끈질기게 달라붙었다.

"오이야. 내 니를 우해서라도 지끼마. 담은 탈놀이 덧뵈기라카는 기다. 이거는 양반들을 비꼬는(풍자하는) 거로 니(네) 마당으로 짠 놀인기라. 첨 마당은 마당썻이, 둘째 마당은 올탈잽이, 시(세)째 마당은 샌님잽이, 니(네)째 마당은 덕중잽이 머 이런 기라. 맨먼저 마당에서는 놀이판을 맹글고 둘째 마당에서는 바깥 세력(외세)을 잡고 시째 마당에서는 안(내부)의 잘몬(모순)한 것을 털고(불식하고) 끝마당에서는 바깥바람(외래 문화 및 종교)을 몰아내는(배격하는) 기라. 탈은 샌님, 노친네, 취발이, 말뚝이, 먹중, 옴중, 피조리, 둘, 꺽쇠, 장쇠 머 이렇게 많은데 아교 백분을 칠한 단청바가지에다가 오목하고 볼록(凹凸)하게 종이 찐 것을 오려붙이고 눈구영(멍)과 입구영(멍)을 맹글어 쓰고 노는 놀음인 기라. 그라고 마즈막 덜미라카는 기 있는데 이거는 꼭두각시놀음을 말하는 거로 기집인형 사나(내) 인형들이 남이 시키는 대로 따라 노는 놀음을 말하는 기라. 어떻노. 이쟈 속이 시원하노?"

춘보는 여기까지 말하고 괴춤을 까내리며 논구석으로 갔다. 아마 소피를 볼 모양이었다.

"야아, 그거 뭐가 뭔지 몰러도 억시게 재밌네. 쥔 어른요, 저 남사당패들 우리 동네로 좀 불러들이지요. 희안한 구경 한 번 하게요"

바우가 봉구를 쳐다보며 애원조로 말했다. 그러나 봉구는

"그건 안돼!"

하고 일언지하에 거절했다.

"아니 왜요?"

바우가 할개눈¹⁷⁵⁾을 하며 못마땅한 표정을 지었다.

"왜요라니. 아, 동네 어른들이 계시잖은가. 이런 건 어른들 허락이 떨어져야지. 특히 유 승지(柳承旨)댁 허락이 떨어져야 돼. 그리고 올봄에 옆동네 금골 김 진사댁에 강상지변의 끔찍한 묘구가 나 아직 창망 중에 정신들이 없는데 사당패들을 불러들여 구경을 하겠다니. 이는 인간의 도리상 절대 안 되는 일이여!"

봉구는 말도 안 되는 소리 하지도 말라며 고개를 절레절레 흔들었다.

봉구의 말은 옳았다. 사람들은 동네에 무슨 일이 생기면 꼭 유승지댁에 먼저 물어 가부를 정했다. 그것은 대소사 간에 마찬가지여서 유승지댁에서 된다면 되는 일이요 안 된다면 안 되는 일이었다. 때문에 이것은 향촌의 자치규약인 향약(鄕約)에 앞선 불문율이었다. 그래서 유승지댁의 말은 곧 법이어서 이 마을 옥동(玉洞)에서는 절대적이었다.

유 승지는 본시 그의 호칭은 아니었다. 그는 학자 소리를 듣는 책상물림의 선비로 그의 조부가 승지 벼슬을 한데서 붙여진 호칭이었다. 그런데도 동네에서는 그를 유 승지어른 유 승지어른 하고 불렀다.

"에이, 시집갈 때 등창난다더니, 해필 요럴 때 금골 김 진사 댁에 묘구가 날 게 뭐람. 재수없게시리"

바우는 심통이 나 낫 끝으로 논바닥을 호비작거리며 퉁퉁증176)을 부렸다.

"자네 무슨 말을 그렇게 하나. 그거 어디서 배워먹은 행세보따리여. 엉?"

봉구가 정색을 하고 바우를 나무랐다.

"자아, 이제 실컨들 쉬었으니 스을슬 해보드라고. 신선놀음에 도끼자루 썩는 줄 모른다더니 남사당패 얘기 듣다보니 해가는 줄 모르겠네"

칠보영감이 낫등에다 담배 대꼬바리를 탁탁 털더니 몸을 일으켰다. 두레꾼들은 칠보영감을 따라 하나 둘 일어났다. 그러자 논주인 봉구가 낫의 슴베177)가 헐거운지 돌에다 낫자루를 쾅쾅 몇 번 박더니 손바닥에 침을 퉤퉤 뱉으며 낫을 들고 일어났다. 그런데도 바우는 미틈미틈 몸을 사리며 꾸물댔다. 저 희한하게 재미있는 남사당패 구경을 못한다 싶자 그만 속이 상해 부아가 났던 것이다.

또 다시 묘구는 생기고

"아니 뭐라고? 이번엔 또 북촌 최 참판 댁에 미구가 났다고?"

"그렇다는구면. 최 참판 그 어른이 어젯밤 미구를 당했다는구면"

"어허, 이 무슨 변괴여 그래. 어제 장례를 모셨는데 어젯밤 미구를 당하시다니"

"누가 아니래. 어제 장례 모시고 어젯밤 미구 당한 걸 보면 놈이 또 격회가 굳기 전에 뫼를 파헤친 거여"

"아니 그럼 그놈이 혹시 그놈 아니까. 가마실 황 부자네 뫼와 금골 김 진사네 뫼를 파헤친 놈 말이여. 하는 수작질이 영판 같어"

"그럴지도 모르지. 하여간 놈이 누군지는 몰라도 세도가 양반이나 돈 많은 부자한테 무슨 철천지한이 있는 것 같어. 안 그렇고야 어찌 양반과 부잣집만 골라 그럴 수 있어"

동네는 최 참판의 무덤이 장례 모신 그날 밤 파헤쳐지고 그 파헤쳐진 무덤에서 최 참판의 시구를 꺼내 처참하게 목을 잘라간 끔찍한 묘구가 생기자 벌집을 쑤셔놓은 듯 웅성거렸다. 그도 그럴 것이 최 참판이라면 명문거족의 삼한갑족[178]일 뿐만 아니라 땅도 많은 부자여 서 북촌에서는 그의 땅을 밟지 않은 이가 없었다.

"어허 이거 참 큰일이구먼. 이제 앞으로 양반집이나 돈 많은 부잣집 장례는 산소에 격회가 굳어 땅을 팔 수 없을 때까지 산소를 지켜야겠구먼"

"그러게나 말이여. 그나저나 그놈이 대체 누굴까. 누구길래 그런 엄청난 짓을 간뎅이 크게 할까?"

사람들은 둘만 모여도 묘구이야기요 셋만 모여도 묘구이야기였다. 그러자 이 묘구 사건은 여항의 화제가 돼 객점이나 봉놋방은 말할 것도 없고 동네 사랑방과 머슴방, 심지어는 우물가나 빨래터 같은 아낙들의 모꼬지179) 장소에서까지 화제가 돼 어느 한 날 묘구이야기가 나오지 않는 날이 없었다.

이렇듯 묘구이야기가 화제 중의 화제로 강호에 회자되자 관아에서는 몸이 달아 길목마다 기찰포교180)를 세워 엄히 조사를 했고 주막이나 원터, 객점이나 역참 같이 사람의 발길이 번다한 곳은 요소요소 방을 붙여 묘구도적을 잡거나 거처를 알려주는 백성에게는 포상금 오백 냥을 주겠노라 했다. 관아로서는 몸이 달수 밖에 없는 것이 묘구 난 집이 평민이나 중인도 아닌 그야말로 양반 중의 양반인 삼한갑족의 내로라하는 사대부 환족181)에다 하루 종일 걸어도 남의 땅 한 평 밟지 않고 자기 땅만 밟는다는 엄청난 토호의 부잣집 세도가니 도저히 모르쇠로 어벌쩡 넘어가거나 유야무야로 흐지부지할 수가 없었다. 더욱이 이 사건을 조정에서 알기라도 할 양이면 봉고파직은 몰라도 삭탈관직은 면할 수가 없었다. 묘구가 한 군데도 아니요 세 군데서 나고 그 세군 데의 묘구가 하나 같이 명문거족의 세도가 양반집이 아니면 대단한 토호의 만석지기 부잣집이니 관아로서는 묘구도적 잡기에 운명을 건 단판걸이로 건곤일척182) 할 수밖에 없었다. 그래 현감은 향청의 좌수까지 동원해 묘구도적 잡기에 불철주야했다. 그런데도 묘구도적은 승천입지를 했는지 오리무중이었다. 이 바람에 죽어나는 것은 백성들이었다. 백성들은 걸핏하면 잡혀가 곤욕을 치렀고 여차하면 끌려가 봉변을 당했다. 그런가 하면 무고한 촌맹183)이나 농투성이184) 민초185)는 조금만 수상쩍다 싶으면 겨끔내기186)로 불려가 곤욕을 치르고 그러고도 모자라 억지 자백을 받아내기 위해 형리들이 갈마들187)며 행하는 모진 고문에 단지곰188)하기 일쑤였다. 애매하게 잡혀와 고문을 당하는 백성들은 무슨 확증이나 증거가 있어서가 아니라 괜히 남의 눈치 보며 직수굿 길을 걷거나 묘구가 난 산처 근방에서 쇠꼴을 베거나 나무를 하다 잡혀온 이들이었다. 이들은 잡혀오자마자 주리가 틀리고 압슬189)을 당하고 심하게는 인두나 부젓가락을 달궈 살을 지지는 당근질의 혹독한 고문을 견디다 못해 거짓 곧은불림190)을 하고 거짓 딱장받기191) 일쑤였다. 그래도 아무 힘없는 애옥살이 백성들은, 배운 것 하나 없어 일자무식의 민초들은 이게 다 팔자소관이려니 하고 체념했다.

그랬다.

아무 힘없는 가난한 백성들은, 배운 것 하나 없어 무식한 민초들은 대하는 관인마다 저두굴신하며 이래도 예 저래도 예 하는 목낭청192)이었다. 태생부터 되알지거나193) 오달지지194) 못하고 애바르거나195) 재바르지196) 못해 늘 바사기197) 같고 코푸렁이198) 같은 민초들은 관이 오라면 오고 가라면 가고 때리면 맞고 욕하면 욕을 얻어먹으면서도 껏짓손199)이나 얼렁수200)를 못 써 아얏소리 한 번 못한 채 국으로 엎디어 있는 빙충이었다. 그러니 간사위201)나 엉너릿손202)으로 부라퀴203)처럼 발김쟁이204) 노릇은 애초에 할 수가 없는 것이다.

그러나 개중에는 용감한 민초도 더러 있어 격쟁(擊錚)으로써 고을을 발칵 뒤집어 놓기도 한다. 격쟁이란 원통하거나 억울한 일을 당한 백성이 임금이 거둥하는 어가 앞에 나아가 꽹과리를 치고 꿇어 엎드려 임금의 하문을 기다리는 것을 말함인데, 이때 임금은 어가를 멎게 하고 격쟁의 연유를 물어 처리할 수 있는 일은 처리하게 하는 직소제를 말함이다. 그런데 이 격쟁으로 임금께 직소할 수 있는 행운은 좀처럼 얻기 힘들어 평생에 한 번 있을까말까 하다. 임금이 언제 거둥할지 알 수 없고 또 임금은 여간해 거둥을 하지 않기 때문이다. 그래도 대궐이 있는 한양에 살면 임금의 거둥을 귀동냥으로라도 들어서 알고 거둥을 알면 격쟁도 가능한 일이지만 궁벽한 시골구석에 살고 보면 임금의 거둥은 평생가야 구경할 수조차 없다. 그러므로 억울하거나 원통한 일을 당한 민초들은 관찰사가 있는 감영이나 목사나 부사 또는 군수 현감이 있는 관아로 가 격쟁으로써 수령 방백에게 억울한 사정을 호소했다. 하지만 원통하거나 억울한 사연을 격쟁 아닌 방법으로 호소하기도 하는데 이는 관아의 동헌 계하에 꿇어 엎드려 사또한테 억울하고 원통한 사정을 고한 다음 사또의 하회를 기다리는 게 그것인데 이를 계하 상백(階下上白)이라 한다.

가마실 황 부자네 묘구를 비롯해 금골 김 진사네 묘구, 그리고 북촌의 최 참판네 묘구가 모두 장례 당일이 아니면 장례 다음 날밤에 일어나자 관아는 물론 묘구를 당한 집과 동네는 대경실색 정신들이 나갔다. 그러나 가장 몸 다는 데는 묘구당한 집과 관아였다. 관아는 가마실 황 부자네 묘구도 묘구요 북촌 최 참판네 묘구도 묘구였지만 금골 김 진사네 묘구는 보통 큰 문제가 아니어서 하늘이 노랬다. 김 진사네가 대체 어떤 집안인가. 아니 김 진사 부친 김 정승이 대관절 어떤 사람인가. 삼정승 중의 한 분인 의정부의 정일품 좌의정 당산관 의빈으로 대광보국승록대부라는 작호까지 받은 어른이 아닌가. 임금은 벼슬이 아니니 제쳐두고 벼슬의 품계로 본다면 일인지하 만인지상인 영의정이 제일 높고 그 다음이 좌의정이므로 김 진사의 부친 좌의정 김 정승은 나라의 모든 문무백관 중에 두 번째로 높은 하늘 같은 자리다. 한데 이런 자리의 좌의정 김 정승이 참혹하게 묘구를 당해 갖은 곤욕을 다 겪었음에도 범인을 잡기는커녕 이렇다 할 단서조차 못 찾고 있으니 이런 낭패가 없는 것이다. 이는 나라가 응당 책임을 물어 고을 수령을 좌천시키든가 아니면 삭탈관직할 일이었다. 부모를 시해하거나 불효해 강상(綱常)을 어그러뜨리거나 살인이나 근친상간의 상피(相避)로 강상을 어그러뜨리는 강상지변(綱常之變)205)이 생기면 그 고을이 강등 격하됨은 물론 천륜과 인륜의 도의 도덕이 땅에 떨어진 패륜의 고을이라 하여 폄하시키는 게 나라법이었다. 그러다 이 고을에 큰 효자 큰 효녀가 나고 대 충신과 열부 열녀가 나서 우러름을 받아야 비로소 예전대로 복권되는 지엄한 국법이었다. 그러므로 부모 학대나 형제 불목 따위의 비인간적 행위는 향약의 자치규약에 따라 조리돌림206)을 하거나 멍석말이207)를 하는 게 불문율이었다.

그러나 어찌 부모 학대와 형제 불목만이 조리돌림이나 멍석말이의 대상이 됐겠는가. 음행(淫行), 도벽, 기망, 폭력도 조리돌림과 멍석말이 대상이었다.

가마실 황 부자와 금골 김 정승, 그리고 북촌 최 참판이 입에 담기도 민망한 묘구를 당하자 고을은 하루도 편할 날이 없었다. 누가 조금만 눈에 거스르거나 이상하다 싶으면 포졸들이 득달같이 잡아다 초달[208]을 했고 초달에 항의하거나 따지고 들면 곤장을 친 후 하옥이 됐다.

"이거 어디 겁이나 살 수가 있나. 백줴 아무 죄도 없는 사람을 붙잡아다 초주검을 시키니 원"

"누가 아니래. 즈이들 맘에만 안 들면 잡아다 들고팬다니 무서워서 살 수가 있어야지"

백성들은, 두더지처럼 국으로 땅만 파먹고 사는 농투성이 민초들은 무작위로 잡아다 들고패고 주리 틀고 압슬을 가하는 관이 무섭고 두려워 고양이 앞의 쥐처럼 포두서찬[209]했다. 못 배워 무식하고 가진 것 없어 괄시받아 사람대접 못 받는 것도 분하고 서러운데 여기다 걸 핏하면 관가에 끌려가 묘구도적 누명쓰고 매타작당하기 일쑤니 이런 놈의 세상 살아 무엇하느냐며 탄식하는 백성이 늘어갔다. 상놈들은, 양반 댁에서 종살이 하는 상놈들은, 사대부가의 노비로 있는 상것들은 사람이 아니었다.

어찌 양반 댁의 종놈이나 사대부가의 노비뿐이겠는가. 남의 집 머슴이나 작인들도 종만 아니다뿐 주인이나 지주 또는 마름에게 있어 종이나 다름없는 신분이었다. 그래서 주인과 지주와 마름은 머슴이나 작인을 종처럼 부려먹으며 이리위 저리위[210] 했다.

사람들은 처음에는 두 사람만 모여도 묘구이야기요 세 사람만 모여도 묘구이야기로 죄없이 끌려가 억울하게 당하는 민초들 이야기를 했고, 묘구는 필시 누가 세도가 양반집이나 돈 많은 부잣집에 한이 골수 깊이 맺혀 그 한풀이를 하느라 묘구도적을 했을 거라고들 했다. 그러나 이런 이야기도 얼마 후부터는 입을 다문 채 말이 없었다. 벽에도 귀가 있다고 몰래 하는 이야기도 자주 하다보면 관이 알게 돼 어떤 봉변을 당할지 모른다싶어 지레 입을 봉한 것이다. 해서 사람들은 가능한 한 바깥출입을 삼갔고 만부득 바깥출입할 일이 생기면 땅만 보고 걸어갔다 땅만 보고 걸어왔다. 괜히 좌고우면²¹¹⁾하다 포졸들 눈에 띄기라도 하면 붙들려가기 십상이요 붙들려갔다 하면 치도곤 당하는 건 불을 보듯 뻔해 그저 모두 숨죽이고 납작 엎드려 있었다. 이러고도 민초들은 무슨 죽을죄라도 지은 듯 괜히 마음이 조마롭고 불안해 누가 찾거나 부르기만 해도 가슴이 철렁 내려앉았다.

가마실 황 부자와 금골 김 정승과 북촌 최 참판이 차례로 묘구를 당하자 죄 없이 붙잡혀 가 초달을 받은 사람은 수십 명이었다. 이 중에서 두 사람은 심한 고문으로 죽기까지 했다. 한 사람은 장형²¹²⁾을 너무 심하게 당해 장독으로 옥에 갇힌 채 죽었고 한 사람은 압슬의 후유증으로 집에 가자마자 죽었다. 이들은 다 농투성이로 옥에서 죽은 사람은 두식이라고 하는 올해 서른여섯 살의 떠돌이 놉²¹³⁾이었고 집에 가자마자 죽은 사람은 내 땅 한 평 없어 화전이나 메물푸저리의 화대기를 일궈 먹고 사는 올해 마흔한 살의 용칠이었다.

아무 죄 없는 백성이 묘구도적의 누명을 쓰거나 혐의를 받고 끌려가 모진 초달과 고문 끝에 두 사람이나 죽었다는 소문이 꼬리에 꼬리를 물자 민심은 극도로 흉흉해져 관아를 사갈시²¹⁴⁾했다. 소문은 이러고도 꼬리에 꼬리를 물고 요원의 불길처럼 타올라 걷잡을 수 없이 퍼져갔다. 당황한 것은 관아였다. 현감은 이런 일이 있을지도 모른다 싶어 미리 형방과 수형리(首刑吏)²¹⁵⁾에게 주의를 주었다. 혐의자는 혐의자일 뿐이니 고문을 해서는 안 된다고 떠먹듯 일렀는데 성질이 불같은 형방과 수형리가 심문과정에서 과잉심문을 하다 그만 무고한 백성의 목숨을 앗고 만 것이다. 이에 현감은 몹시 괴로워 감사에게 사직서를 낼까 싶었지만 상황이 이런 판에 사직을 한다는 것은 무책임한 일일뿐만 아니라 난국을 모면하려는 현실도피의 비열한 행위밖에 안 되는 것 같아 사직할 수가 없었다.

현감은 고민했다. 안 그래도 백성은 관에 대해 불평불만이 많아 건드리기만 하면 앙 하고 우는 어린아이의 욕곡봉타(欲哭逢打)처럼 무슨 빌미가 없나 찾고 있는데 섣불리 사직을 해 책임을 면한다면 자칫 민란(民亂)이나 민요(民擾)가 일어 관아를 습격할 지도 모른다 싶었다.

그랬다.

현감의 예상대로 아무 죄 없이 관아에 끌려가 매 맞아 죽은 억울한 백성이 두 사람이나 생기자 여기저기서 소요가 일기 시작했다. 지렁이도 밟으면 꿈틀한다고 아무리 무지몽매한 농투성이요 불학무식한 백성이지만 이럴 수는 없다 했던 것이다. 하늘 아래 백성 없는 나라가 어디 있고 백성 없는 군주가 어디 있는가. 백성은 나라의 근본이고 군주의 하늘이었다. 현감은 안 되겠다싶어 감영에 즉각 군원을 요청했다. 만일의 경우 있을 지도 모를 민란이나 민요를 미리 대비하기 위해서였다.

그런데 이러던 어느 날 밤. 관아의 동헌 기둥에 난데없는 화살이 하나 날아와 꽂혔다. 새벽 첫 닭이 홰를 치고 울 때였으니 시각이 아마도 축시 어간은 되었을 것이다. 화살 허리에는 두루마리로 된 서찰이 매여져 있었고 그 매여 있는 서찰에는 '急開坼(급개탁)216)'이라는 먹글씨가 커다랗게 씌어져 있었다. 현감은 이방이 가지고 온 두루마리 서찰을 황급히 펴 읽기 시작했다.

"사또! 사또는 잘 들으시오! 옛글에 이르기를 하늘에 잘못을 저지르면 빌 데도 없다하였소. 그런데 지금 당신들 하는 형국이 꼭 그러

하오. 현재 묘구 혐의자로 붙들려와 초달을 받거나 이로 인해 옥에 갇혀 있는 이들은 아무 죄도 없는 선량한 백성들이요. 그러니 이들을 즉각 방면하시오, 그리고 앞으로는 절대 백성들을 못 살게 하지마시오. 묘구도적은 아무 힘도 없는 무지렁이 백성들이 아니라 바로 나요. 나 또한 아무 힘도 없는 무지렁이 백성이지만 묘구를 하지 않고는 안 될 까닭이 있어 묘구를 한 거요. 자고로 백성은 하늘을 법으로 알고 날이 밝으면 낮이구나 날이 어두우면 밤이구나 하면서 원형이정대로 사는 사람들이요. 그런데 그런 사람들이 어떻게 그 엄청나고도 끔찍한 묘구도적이 될 수 있단 말이요. 묘구도적은 양반 세도가나 재물 많은 부자한테 한이 골수 깊이 맺힌 사람이 아니고는 도저히 할 수 없는 일이요.

사또! 거듭 밝히는 바이지만 지금 옥사에 갇혀 있거나 초달을 받는 사람은 아무 죄도 없는 사람들이니 즉각 석방하시오. 만일 무고한 백성들을 석방하지 않고 억울하게 초달하고 고문하면 머지않아 어떤 불상사가 생길 지도 모르오. 더욱이 아무 죄도 없는 선량한 백성이 묘구도적의 누명을 쓰고 모진 고문을 받다 두 사람씩이나 죽지 않았소. 그러니 묘구도적 색출은 이쯤에서 손을 떼시오. 만일 아무 죄도 없는 민초들을 자꾸 잡아다 계속 고문을 하면 낫이나 도끼 또는 쇠스랑을 들고 관아를 쳐들어가는 민란이 일어날지도 모르오. 아니 사또를 비롯해 육방관속을 잡아 죽이고 관아를 불지를 지도 모르오. 그러니 내 말을 허투루[217] 듣지 마시오.

사또!

오늘 내일 중으로 옥사에 갇힌 사람은 물론 초달 신문 받는 사람들을 모두 풀어 귀가시키시오. 만일 내일까지 귀가시키지 않는다면 걷잡을 수 없는 사단이 생길지도 모르오. 그러니 사또는 이 점을 명심하시오. 알겠소? 내 마지막 경고요!"

그 밤의 무산지몽(巫山之夢)[218]

밤이 어느 만큼 깊었을까.

서쪽 하늘에 휘황하던 태백성이 사위어들고 쏟아질 듯 총총하던 별무리가 건성드뭇 성긴 것을 보면 밤은 꽤 깊은 듯했다. 낭자히 울어대던 풀벌레 소리가 잦아들고 이름을 알 수 없는 밤새 울음소리도 들리지 않는 것을 보면 밤은 어지간히 이슥해 만뢰[219]가 잠자는 것 같았다. 사내는 빗지 않아 더부룩해진 덩석새머리[220]를 손빗으로 한 번 쓸어 넘기고는 아이들의 중다버지[221]처럼 길게 자란 머리도 쓰윽 한 번 쓸어넘겼다. 그런 다음 몇 달이고 깎지 않아 험상궂게 자란 털수세[222]도 한 번 쓰윽 문질렀다. 그런데도 계집은 여신 헤실헤실 웃으며 몸을 배배꼬았다. 그리고 사내의 잔이 비기 급하게 술을 쳤다. 그러면서도 계집은 윗목의 전대로 구메구메[223] 눈을 주며 묘한 웃음을 흘렸다.

"어떤가. 주모도 술동무로 한 잔 할 텐가?"

사내가 술잔을 비워 계집한테 내밀었다.

"그럭하지요 뭐. 밤도 늦었겠다, 손님도 없겠다"

계집이 샐샐 눈웃음을 치며 코맹맹이 소리를 했다. 그런 계집은 벌써 요나한[224])몸을 는실난실대며 사내 곁으로 바짝 다가앉았다.

"자아, 우리 구들막농사[225])나 한 번 지어볼까?"

사내가 술상을 한쪽으로 밀치며 계집의 손을 덥석 그러잡았다.

"아이 참, 구들막농사라니요. 그게 대체 무슨 말씀이셔요?"

계집이 눈을 상크라니 치뜨며 생게망게[226]) 하다는 듯 내전보살했다.

"주모가 구들막농사를 모르다니. 그럼 가죽절구질[227])은 아는가?"

사내가 피식 웃으며 계집의 볼기를 후려쳤다.

"아니 가죽절구질은 또 뭔가요?"

계집이 볼기를 움찔하며 놀라는 시늉을 했다.

"이거 왜 이러나. 다 알면서 똥구멍으로 호박씰 까다니. 내가 혹 뺙사리[228])로 보이나?"

사내가 왁살스레[229]) 계집의 치마끈을 쥐고 흔들었다.

"원 천만에요. 서운하게 무슨 그런 말씀을 다 하세요, 그래"

계집은 또 윗목에 있는 전대를 한 번 흘깃 보더니 요나한 몸짓으로 눈웃음을 살살쳤다.

"그럼 쑥대머리에 털북숭이여서 혹 산적 같기라도 한가?"

사내는 짐짓 능청을 떨며 계집을 담쏙 끌어안았다.

"그건 또 무슨 말씀이셔요. 쇤네는 오히려 그런 나으리가 남자다워 더 좋기만 한데요"

계집이 코먹은 소리로 힝힝거리며 사내의 품을 곰실곰실 파고들었다.

"뭐라고? 쇤네라고? 그리고 나으리라고?"

사내는 천장을 쳐다보며 가가대소를 했다.

"왜 그러셔요. 쇤네가 뭐 잘못됐나요? 나으리가 뭐 잘못됐나요?"

게집이 여전히 코먹은 소리로 힝힝댔다.

118

"이녁230)이 나한테 쉰네라고 했나? 이녁이 나한테 나으리라고 했나? 그래, 내가 나으리로 보이는가? 아니 나으리처럼 보이는가?"

사내가 계속 천장을 쳐다보며 가가대소했다.

"사람을 앞에 앉혀놓고 놀리다니. 뭐 쉰네? 나으리? 허허 참!"

사내가 이번에는 계집을 뚫어지게 쏘아보며 "흥!" 하고 콧방귀를 뀌었다.

"왜요 나으리! 쉰네의 눈엔 근사한 나으리로 보입니다. 헌데 재미나게 일부러 그렇게 꾸미신 나으리 같습니다"

계집이 어벌쩡 엉너리231)치며 또 윗목의 전대로 눈을 주었다.

아, 저 돈! 저 돈이 대체 얼마나 될까. 오백 냥? 천 냥? 아니 어쩌면 그 이상일 지도 모른다.

계집은 가슴이 심하게 요동쳤다. 그와 함께 잘만하면 오늘 밤 반팔자는 고칠 지도 모른다 싶은 생각이 퍼뜩 머리를 스치고 지나갔다.

오냐, 그래. 한 번 해 보자! 계집의 교기(嬌氣)에 안 넘어갈 사내 있다더냐. 이 사내를 구렁이 알 녹이듯 녹이고 그래도 안 되면 맥 못추게 흐물흐물 곤죽이 되게 삶아 껍데기를 벗기자.

계집은 하늘이 준 기회다 싶어 쾌재를 불렀다. 그러자 호박이 덩굴째 굴러들어오고 부엉이 집을 통째로 얻은 듯한 기분이었다. 주막을 차린 지 칠 년. 그 칠 년 동안 숱한 과객을 맞았지만 저토록 많은 돈을 가진 과객은 일찍이 한 번도 없었다. 저 돈! 저 돈이 대관절 얼마나 될까? 오백 냥이 넘어 천 냥쯤 된다면 평생가도 구경도 못할 엄청난 돈이 아닌가. 아니 천 냥은 그만두고 오백 냥만 된다 해도 무지무지 많은 돈이 아닌가.

오백 냥? 오백 냥이면 대관절 얼마만한 돈인가. 지난 장날 장꾼들이 술청에서 말하는 것을 들으니 시곗전232)의 시곗금233)이 녹록치 않아 쌀 한 말에 한 냥 금이라 했으니 가만 있자 쌀이 열 말 한 가마니면 열 냥, 백 말 열 가마니면 백 냥, 천 말 백 가마니면 천 냥 아닌가. 그렇다면 오백 냥이면 쌀이 오십 가마니가 아닌가.

쌀 오십 가마니!

계집은 가슴이 벌렁거렸다.

그런데 이 자는 대저 누구일까? 그리고 뭐 하는 자일까? 뭐 하는 자이기에 돈이 저리 많을까? 도둑놈? 노름꾼? 아니면 대상(大商)이나 유산이 많은 파락호234) 난봉꾼? 아무리 뜯어봐도 뼈대 있는 집안의 선비나 행세하는 집안의 양반은 아닌 듯했다. 선비나 양반은커녕 되레 천한 신분의 불학무식한 위인 같았다. 까짓 것 아무려면 어떤가. 도둑놈이면 어떻고 노름꾼이면 무슨 상관인가. 대상이든 파락호 난봉꾼이든 그것 또한 상관없었다. 한 번 보면 그만일 위인 망나니면 어떻고 자리개미235)질하는 놈이면 어떤가. 금판 돈이나 똥판 돈이나 돈은 마찬가지니 이 기회에 듬뿍 뜯어 한 밑천 잡으면 됐지. 사내들이란 거의가 어리숙해 기막히게 녹여주면 제풀에 허물어져 간이라도 빼주는 물건들이다. 간특한 갸기236)와 앙큼한 수작질에 안 넘어갈 사내가 어디 있던가. 이게 무슨 밑천 드는 장사도 아니지 않은가. 내가 무슨 사대부가의 정경부인인가. 기껏 술청에서 술이나 팔고 때로는 색줏집의 논다니처럼 사내들 후려 먹는 작부아닌가. 누가 내 몸 지킨다고 열녀비 세워준다더냐. 까짓 것 죽 떠먹은 자리지. 한강에 배 지나간 자리지. 내 한 몸 적선하면 누이 좋고 매부 좋고 도랑치고 가재 잡지. 그러니 적당히 몸 달구고 흔쾌히 해주자. 자칫하면 게도 구럭도 다 놓친다.

계집은 여기까지 생각하자 그만 더럭 초조해졌다. 그래 다시 는실
난실 몸을 꼬며

"이녁, 내가 좋아 응?"

하고 코맹맹이 소리를 했다.

"왜 그건 갑자기 묻지?"

사내가 계집의 귓불에다 입을 대고 속삭이듯 말했다.

"이녁이 나를 좋아하면 오늘밤 내 모든 걸 불살라 이녁을 뫼실려구"

계집이 사내를 고혹적으로 쳐다보며 눈을 게슴츠레 떴다.

"그래? 그럼 됐네. 이녁이 서방 있는 남진어미[237]가 아니란 걸 내
가 다 알고 있으니 개구멍서방[238]처럼 눈치 볼 것도 없잖은가. 그러
니 우리 걸판지게 떡 한 번 쳐보세. 이녁이 논다니나 계명워리는 아
니라하나 그렇다고 되모시[239] 행세를 하자함도 아니잖은가. 그러나하
되 내 해웃값[240]은 서운찮게 줄 것이니 그리 알게"

사내가 이 말과 함께 계집을 땅바닥에 쓰러뜨렸다.

"아이, 불도 안 끄고 부끄럽게...."

계집이 말은 이렇게 하면서도 양 팔로 사내의 목을 휘감으며 힝힝
말울음소리를 냈다.

"왜 등하색(燈下色)[241]이 싫은가?"

"등하색이요? 등하색이라면?"

"어허, 객줏집 주모가 등하색을 모르다니. 불 켜놓고 하는 게 등하
색일세"

"에그머니 망측해라. 불 켜놓고 어떻게...."

계집이 발정한 암코양이 암내내듯 사내의 가슴을 호비파며 옹옹거
렸다.

"그럼 사대부가의 정경부인처럼 조상가림[242]이라도 하고 관계할까?"

사내가 손바람을 일으켜 등잔의 불을 껐다. 그러더니 거칠게 계집의 속곳 속 사추리께로 손을 넣어 불두덩을 걸터듬었다. 불두덩은 예상외로 거웃이 무성했다.

"옳거니!"

사내는 히물거렸다. 재수 없게 밴대[243]면 어쩌나 했는데 그것은 기우였다. 남자에게 있어 여자는, 한량이나 오입쟁이에게 있어 여자는, 더욱이 중요한 일을 하거나 해야 할 사람에게 있어 되리[244]는 재수 없는 존재로 금기였다. 한데도 계집은 거웃이 숲처럼 무성했다. 사내는 기분이 장히 좋아 계집의 알샅[245]에 탐닉했다. 그리고 계집의 불두덩을 연해 걸터듬으며 입으로는 젖꼭지를 물었다.

"아악!"

계집이 찬물을 뒤집어 쓴 듯 흐느꼈다. 사내는 목마른 짐승 물켜듯 정신없이 계집의 불두덩을 걸터듬고 젖꼭지를 빨았다.

"아, 아, 아, 여보! 여보!"

계집이 숨넘어가듯 소리치며 자반뒤집기를 했다. 사내는 계집의 귓불과 목덜미에 뜨거운 입김을 불어넣으며 계집의 몸 속 깊은 곳으로 참나무작대기 같은 돌기물을 쑤욱 디밀었다.

"아이구머니! 아이구 여보!"

계집이 헉헉 느끼며 사내의 등을 죽자고 얼싸안았다. 사내는 성난 들소처럼 앞만 보고 달렸다.

"아이구 여보 나 죽어요, 나 죽어!"

계집이 요분질[246]을 하며 숨넘어가는 소리를 했다. 그래도 사내는 들은 체도 안 하고 계집의 몸을 짓이겼다.

"여보! 여보! 나 죽어요! 나 못살아요. 아, 여보, 서방님!"

계집이 요분질을 계속하며 기성을 발했다. 사내는 이런 계집이 고맙고도 가련해 자닝스러웠다[247]. 사내는 왠지 자꾸 목이 메어 콧날이 찡하고 명치가 뻐근해왔다. 삼십 평생 처음 들어보는 여보와 서방님 소리! 이게 거짓이면 어떻고 입발린 소리면 어떠랴. 비천한 신분으로 태어나 갖은 천대 온갖 박대 다 받으며 살아온 삼십 평생. 돌아보면 한(恨)과 원(怨)이 응어리로 뭉쳐진 인생, 언제 사람대접 한 번 받고 살았던가.

어머니의 자결과 아버지의 사매질[248] 죽음.

사내는 자칫 비감해지려는 마음을 추슬러 이를 사려물었다. 그러며 다짐했다. 내 이 계집한테 한 밑천 떼어주리라. 절반을 뚝 잘라 오백 냥쯤 안겨주리라. 사내는 떡을 치듯 계집의 배 위에서 요동쳤다. 사내는 한 마리의 성난 맹수였다. 주린 끝에 포획한 먹이를 걸신들린 듯 먹어치우는 한 마리 맹수였다. 사납게 포효하는 맹수였다. 그리고 계집은 격랑에 부침하는 한 조각 배였다. 파도가 세면 셀수록 그 격랑에 휘말려 곤두박질치는 한 조각 배였다. 맹수는 포효를 그칠 줄 몰랐고 배는 격랑의 파곡에서 계속 부침했다.

"아아!"

얼마나 지났을까. 계집이 잔잔한 포구에 닻을 내리며 신음을 토했다. 미친 듯 회오리치던 일진광풍이 멎은 것이다. 계집이 사지를 쭉 뻗으며 사내의 등을 쓸어안았다. 사내의 등은 땀으로 뒤발한 듯 흥건히 젖어있었다.

"수고했네!"

사내가 감격한 듯 계집의 볼을 토닥이며 말했다. 사내의 몸은 아직 계집의 몸 깊숙이 꽂혀 있었다. 이때 구름에 가리워진 열사흘달이 뱅글 얼굴을 내밀며 영창을 밝혔다. 영창에는 뜰 앞에 선 밤나무 그림자가 바람에 일렁이며 춤을 추었다. 그때마다 우듬지[249]가 따라 춤추며 우우 소리를 냈다.

"아, 아니에요. 제가 이녁을 잘 뫼시기나 했는지. 이녁은 아주 멋졌어요"

계집이 만족한 표정을 지으며 스르르 눈을 감았다.

"아니야. 이녁도 잘 했어. 썩 잘 했어"

사내가 또 계집의 볼을 토닥였다.

"그렇다면 다행이지만 난 혹시 당신을 잘못 뫼시지 않았나싶어...."

계집이 배시시 웃으며 사내를 쳐다봤다.

"아니라니까. 아주 훌륭했어. 어때, 한 번 더 할까?

사내가 이 말과 함께 마른장작에 불붙이듯 다시 불을 지피기 시작했다. 불은 마른 장작에 이내 괄게 붙어 활활 타올랐다.

"아아, 여보! 나 어떡해. 나 죽어. 여보! 나 못살아 여보!"

사내가 빠른 속도로 활활 불을 지피자 계집의 말소리도 빨라져 숨 넘어가듯 했다.

"아아. 이대로 죽어도 난 좋아. 아아, 이대로 죽고 싶어. 어쩌면 당신은 이리도, 이리도...."

계집이 입에 게거품을 물고 네 방구석을 헤맸다.

"이제 이 몸은 서방님 당신의 것입니다. 그러니..."

계집이 암코양이 발정하듯 또 응응거리며 요분질을 했다. 계집의 발정소리가 어찌나 큰지 찍찍거리며 돌아치던 밤쥐들도 조용했다.

"이녁은 오늘 첨 본 내가 그리도 좋은가?"

사내가 서서히 불을 끄며 흐트러진 계집의 머리를 쓸어올렸다.

"싫으면 왜 금쪽같은 몸을 드렸겠어요. 쇤네는 이제 서방님의 것입니다."

계집이 사내의 허리를 휘감은 팔에 더욱 힘을 주며 말했다.

"금쪽같은 몸이라, 서방님의 것이라, 날이 새면 부지거처 없이 떠날 사람인데도 말인가?"

사내는 계집이 너름새250) 좋고 너울가지251) 좋아 살파랍게252) 부니는 구석이 있구나 했다. 그리고 또 자신의 이익만 챙기는 청기와장수253) 같은 구석도 있구나 했다. 그러나 못된 짓을 함부로 하는 발김쟁이나 누구의 흠을 부등가리254)로 부개비255)잡을 그런 계집은 아닌 듯했다.

"떠나시면 이 몸도 따라가지요"

계집이 모로 누워 사내의 양물256)을 꼭 움켜쥔 채 말했다.

"안 데려간다면?"

"기다려야죠."

"이거 열녀 하나 생겼군. 내가 누군지도 모르면서 말인가?"

"누군 누굽니까. 이 몸의 서방님이시지요. 헌데 서방니임?"

"말해보게"

"하룻밤을 자도 만리장성을 쌓는다고, 이제 몸을 섞어 연을 맺었으니 드리는 말씀인데"

계집은 여기서 말을 머뭇거렸다.

"말해보게"

사내가 고개를 주억거렸다.

"사실은 서방님이 뭐 하시는 누구신지 무척 궁금합니다"

"그럴 터이지. 그래, 내가 뭐 하는 사람 같은가?"

"그걸 제가 어찌 압니까"

"소장사 같아 보이는가?"

"웬 소장사는요"

"그럼 도둑놈 같아 보이는가?"

"아이구머니. 무슨 그런 흉한 말씀을...."

계집이 머리를 흔들며 눈을 화등잔 만하게 떴다.

"소장사도 아니고 도둑놈도 아니면 그럼 뭐 같은가?"

"혹시"

"혹시 뭐?"

사내는 재빨리 계집의 입을 쳐다봤다.

"돈 많으신 양반나으리 아니십니까?"

"돈 많은 양반나으리? 그래, 쑥대머리 헤진 옷에 털북숭이 양반나으리도 있던가?"

사내가 몸을 벌떡 일으켜 앉았다.

"그야...."

"허허허. 돈 많은 양반나으리라"

사내는 천장을 올려다보며 껄껄웃었다.

"그래. 난 돈 많은 양반나으릴세. 만석 갑부 양반나으리. 토색질로 부자가 된 양반나으리!"

사내는 이러며 알몸으로 윗목의 전대를 가지고 와 계집 앞에 놓고는

"어떤가. 내 이 돈 자네 다 줄까? 이 돈 천 냥이면 자넨 아마 평생 먹고 살 게야. 쌀이 자그마치 백 가마니까!"

사내는 전대를 한 번 철썩이고는 계집을 와락 껴안았다. 계집이 사내의 품에 담쑥 안기며 몸을 부르르 떨었다. 계집은 제 정신이 아니었다. 계집은 하늘을 훨훨 나는 것 같았다. 아니 구름 위를 둥둥 떠다니는 것 같았다.

"좋아! 내 오백 냥 주지! 오백 냥이면 반 팔자는 고칠 게야. 쌀이 오십 가마니까!"

사내가 호기 있게 말하며 전대에서 오백 냥을 떼어 계집 앞으로 던졌다. 계집은 도무지 믿어지지 않은 횡재에 어안이 벙벙해 '억!' 하는 묘한 외마디 소리를 지르며 사내의 불두덩으로 입을 가져갔다. 그런 다음 양물을 입에 물고 미친 듯이 빨아댔다. 계집은 살꽃257) 아닌 살꽃이요 논다니 아닌 논다니었다. 사내는 운우지락(雲雨之樂)258)의 구름을 타고 무산지몽(巫山之夢)에서 노닐었다.

어머니의 자결과 아버지의 주검

　그날은 밤이었다.

　달이 찢어지게 밝은 밤이었다. 앞 논에서는 개구리가 요란하게 울고 뒷산에서는 소쩍새가 피를 토하던 밤이었다. 상도는 신이 나서 겅중겅중 노루뜀을 뛰며 동네 앞 한터 마당숲으로 갔다. 남사당패가, 꿈에 그리던 남사당패가 들어와 동네 앞 마당숲에서 재주를 부리고 있기 때문이었다. 마당숲은 몇 백 명이 놀 수 있는 큰 잔디밭이었다. 그리고 아름드리 소나무가 꽉 우거진 숲이었다. 그래 사람들은 이곳을 마당숲이라 불렀다. 이 마당숲은 논둑 밭둑 다 접고 난 어정칠월이면 동네가 날을 받아 부침개를 부치고 술을 빚고 국수를 삶아 호미씻이²⁵⁹⁾를 먹으며 하루를 즐겼다. 봄부터 여름까지 허리 휘게 일하다 칠월이 돼 좀 한가하면 동네는 공동으로 음식을 만들어 시화연풍(時和年豊)²⁶⁰⁾의 격양가(擊壤歌)²⁶¹⁾를 강구연월(康衢煙月)²⁶²⁾에 날렸다.

　뿐만이 아니었다. 마당숲은 정월 대 보름날과 단옷날 같은 명절 때는 동네가 모여 풍물치며 신명을 풀었다. 대 보름날에는 걸립패까지 생겨 집집마다 터를 눌러 곡식을 거둬 동네 기금을 마련했고 단옷날에는 남자는 풍물치고 씨름하고 여자는 창포물에 머리 감고 그네 뛰며 하루를 즐겼다.

마당숲에는 벌써 많은 사람들이 백차일 치듯 모여 있었다. 노인들은 지팡이를 짚은 채 아들이나 손자의 손을 잡고 나왔고 아이들은 엄마의 등에 업히거나 손에 이끌려 나왔다. 사람들은 인근동이 다 모여 수백 명은 됨직했다.

남사당패들은 사람들이 얼추 모이자 재주를 부리기 시작했다. 달이 찢어지게 밝은데도 남사당패들은 솜방망이불과 관솔불을 대낮같이 밝혀놓고 재주를 부리고 있었다. 작대기 끝에 대접을 올려놓고 뱅글뱅글 돌리는가 하면 맨땅에서 팔딱팔딱 땅재주를 넘기도 했다. 그런가 하면 지붕보다 더 높은 공중에서 아슬아슬 외줄을 타며 온갖 재주를 다 부리기도 했다. 참 희한한 재주였다. 줄꾼(어름산이)은 허리를 구부렸다 팔을 폈다 하며 빨랫줄 같은 줄 위를 마음대로 들고 뛰었다. 그러다 쪼르르 뒷걸음질을 치며 펄쩍 한 번 뛰면서 한 발로 줄 위를 경중경중 뛰어가기도 했다. 사람들은 이 신기한 재주에 모두 넋을 잃고 연신 '야아!' 소리만 연발했다. 재주를 너무 잘 부려 도무지 사람 같지가 않았기 때문이다.

상도는 벌써 아까부터 엄마를 찾았다. 그러나 아무리 찾아도 엄마는 보이지를 않았다.

"에이 씨, 엄만 뭐 하느라고 여태 안 오지? 빨리 와야 재주부리는 걸 볼 텐데!"

상도는 몸이 달아 똥마려운 강아지 나대듯 안절부절 못했다. 이상한 일이었다. 아까 엄마는 분명

"상도야, 니는 아부지랑 먼저 가그라. 에민 머리 빗고 옷 갈아입고 금방 뒤따라 갈 테니께"

하며 고리짝에서 새물내263) 나는 흰 무명치마 저고리를 꺼내지 않았는가. 그런 엄마는 고미다락264)에서 동백기름을 꺼내고 참빗과 얼레빗265)을 꺼내 머리를 빗었다. 아무리 천한 종이지만 명색이 여자요 또 아직 서른을 갓 넘겨 새댁이라 해도 과언이 아닌데 그런 젊은 새댁이 부스스한 머리와 자릿내266)가 날지도 모를 옷차림으로 사람들이 백차일 치듯 많이 모인 자리에 갈 수는 없지 않은가.

줄꾼은 계속 줄 위를 앙감질 하듯 한 발로 경중경중 뛰어다녔다. 상도는 몸이 달아 다시 엄마를 찾았다. 그러나 엄마는 여전히 눈에 띄지를 않았다. 아버지는 다른 노복들과 함께 구경꾼 속에 있었고 하인과 머슴들도 모두 눈에 띄었으나 엄마는 끝내 보이지를 않았다.

"에이 씨, 엄만 왜 안 와. 좀 있으면 줄 타는 거 끝날지도 모르는데"

상도는 몸이 달고 심통이 나 그만 집을 향해 내닫기 시작했다.

"씨이, 엄마 집에 있기만 해봐!"

상도는 식닥거리며 두 주먹에 힘을 주었다.

"어라?"

엄마는 집에 없었다. 상도는 방으로 뛰어 들었다. 엄마는 방에도 없었다. 부엌에 있나싶어 부엌문을 열었으나 엄마는 부엌에도 없었다. 상도는 마당으로 쫓아 나왔다. 마당에는 교교한 달빛이 넘치도록 가득 깔려있었다.

어디 갔을까. 혹시 길이 어긋난 건 아닐까?

아니야. 길은 하나뿐이니 어긋날 리 없어. 그럼 칙간에라도 갔을까?

상도는 마당을 가로질러 칙간으로 뛰어갔다. 칙간에도 엄마는 없었다.

"에이 씨, 엄만 어디 갔어!"

상도는 그만 울고 싶었다. 그래 고개를 타라 맨 채 타박타박 걸음

을 옮겨놓는데 어디선가

"안 됩니다요 나으리마님! 안 됩니다요 나으리마님!"

하는 소리가 들렸다. 상도는 귀를 쫑긋 세웠다.

"지체 높으신 나으리마님께서……왜 이러십니까요. 쉰네는……천한 종년입니다요. 그리고 지아비가 있는 몸입니다요!"

소리는 끊겼다 이어졌다 하면서 몹시 다급하게 들려왔다. 엄마였다. 소리의 주인은 엄마였다. 소리는 나리마님 방에서 들려왔다. 상도는 팽이처럼 일각문을 넘어 나리마님 방 앞으로 뛰어갔다.

"가만히 있거라. 이 집엔 지금 아무도 없다. 모두 사당패 구경 가고 너와 나만 남았다. 네가 내 청을 들어주면 너를 비적(婢籍)[267]에서 빼버리고 전장도 먹고 살만큼 주어 멀리 가 살게 해 주겠다. 그리고 너희 내외를 속량(贖良)[268]시켜 양민으로 살게 해 주겠다"

나리마님이었다. 나리마님이 엄마한테 하는 소리였다. 이때 나리마님은 아직 정일품의 좌의정이 아닌 정오품의 홍문관 교리(校理)였다. 그랬는데 나라에서 사가독서(賜暇讀書)[269]의 특전을 주어 집에서 학문에 전념토록 했다.

상도는 몸이 달아 앉았다 섰다 바장이며[270] 애를 태우다 까치발을 하고 봉창을 짚었다. 가슴이 심하게 콩콩거렸다. 상도는 오른손 검지에 침을 발라 구멍을 뚫고 방안을 살폈다.

아, 그런데 저건!

상도는 눈을 질끈 감았다. 때마침 달빛이 봉창 가득 비추었으므로 방안의 광경은 불을 켜놓은 듯 환히 보였다. 엄마는 거의 알몸이 된 채 나리마님의 배 밑에 깔려 요동치고 있었다. 엄마는 머리를 흔들며 팔다리를 바둥거렸다. 그러면서 연신

132

"나으리마님 안 됩니다요. 쇤네는 천한 종년인데다 지아비가 있는 몸입니다요"

만을 되뇌었다. 한데도 나리마님은 들었는지 못 들었는지 계속 엄마의 몸만 내리눌렀다.

상도는 어떡해야 될지 알 수가 없었다. 문을 박차고 방으로 뛰어들어가 나리마님을 떠밀어야 할지, 아니면 마당숲 아버지한테 달려가 이 사실을 알려야 할지를. 문을 박차고 방으로 뛰어들어 나리마님을 떠밀자니 천한 종년의 새끼로 언감생심이고 아버지한테 쫓아가 알리자니 그 사이 엄마가 죽을 것만 같았다. 그리고 어린 소견에도 후환이 두려웠다.

"내 말 잘 듣거라. 좋은 게 좋은 게야. 이 일은 너와 나 우리 두 사람만 아는 비밀이다. 그러니 자자!"

나리마님은 뜨는 소처럼 거칠게 식식거렸다. 그것은 흡사 사나운 찌러기[271]나 부사리[272] 같았다. 그런데도 엄마는 한결같이

"안 됩니다요 나으리마님! 쇤네는 지아비가 있는 몸입니다요. 그리고 천한 종년입니다요. 어찌 지체 높으신 나으리마님께서 천한 종년한테 이러십니까요. 제발, 제발 쇤네를...."

하며 나리마님 배 밑에 깔린 채 두 손을 들어 싹싹 비볐다. 그런 엄마는 흑흑 느끼며 가늘게 울고 있었다.

"지아비가 무슨 대수냐. 그까짓 종놈! 너는 자색이 뛰어나 종놈한테는 너무 아까워. 너무 과분해!"

나리마님은 이러며 엄마의 젖가슴과 사추리를 마구 휘더듬었다.

"안 됩니다요 나으리마님! 정말 안 됩니다요!"

엄마는 한 손으로는 젖가슴을 다른 한 손으로는 아랫도리를 가리며

더욱 세게 몸부림쳤다. 그것은 몸태질273)이었다. 필사적으로 반항하는 몸태질이었다. 상도는 발을 동동굴렀다. 그러며 소리쳤다. "엄마! 일어나! 얼른 일어나! 나으리마님을 떠다밀고 벌떡 일어나!" 그러나 소리는 입안에서만 맴돌 뿐 입 밖으로 나오지를 않았다. 이때 나리마님이 호통 치듯

"아니 이년이 언감 뉘 앞에서, 종년 주제에, 상전도 몰라보고"

하더니 엄마의 귀뺨을 후려쳤다. 사품에 엄마는 '억!' 하는 외마디 비명과 함께 고개를 외로 꼬았다. 나리마님은 그러나 엄마의 양 귀뺨을 너댓 번이나 더 세게 후려치고는 엄마를 덮쳤다. 그러더니 식식거칠게 숨을 몰아쉬며 엉덩이를 들었다 놓았다 했다. 꼭 선불 맞은 멧돼지 같았다. 그런데도 엄마는 아무런 반응이 없었다. 상도는 그만 더럭 겁이 났다.

"엄마야 일어나! 빨리 일어나! 나으리마님이 엄마를 막 짓이긴단 말이야!"

그러나 이 말도 아까처럼 또 입안에서만 맴돌 뿐 입 밖으로 나오지를 않았다. 상도는 발을 동동구르며 가슴을 박박 쥐어뜯었다. 나리마님은 아직도 엄마의 배 위에서 부사리처럼 식식거리며 엉덩이를 들었다 놓았다 했다. 상도는 이런 나리마님이 한없이 미웠다. 그리고 나리마님 밑에 깔린 엄마가 한없이 가여웠다.

엄마 일어나! 빨리 일어나!

상도는 분하고 속상해 앙앙 울고 싶었다. 아, 엄마가 죽는다. 아니 엄마는 벌써 죽었는지도 모른다. 죽었으니까 가만히 있지. 나으리마님이 엄마의 배 위에서 저렇게 들었다 놓았다 하는데도 가만히 있는 것을 보면 엄마는 죽었어!

상도는 이를 사려 물고 담장께로 쫓아가 흙 한 줌을 움켜쥐었다. 그리고는

"나으리마님, 이 나쁜 놈!"

하며 봉창을 향해 흙을 뿌렸다.

엄마가 자액(自縊)[274]한 것은 다음날 새벽이었다. 아버지가 맞아죽은 것은 그 다음 날 아침이었다.

엄마는 이날 밤 밤이 이슥해서야 정신을 차렸다. 아버지는 남사당 구경에서 돌아와 정신을 잃고 누워 있는 엄마를 붙들고 안절부절 못했다. 아버지는 영도 철도 모르고 나리마님부터 찾았다. 엄마가 까닭 없이 정신을 잃고 늘어져 있는 게 애가 타 견딜 수가 없어서였다. 나리마님은 안방마님을 시켜 백비탕에 꿀을 타 들여보내고 그 밤으로 가령을 시켜 이웃 마을에 사는 의원을 데리고 와 진맥을 시키고 약첩도 쓰게 했다. 아버지는 이런 나리마님이 하늘처럼 고마웠다. 상도는 이런 아버지가 숙맥처럼 여겨졌다. 엄마가 깨어난 것은 이러고도 한참이 지나서였다.

"고마워! 고마워!"

아버지는 엄마가 깨어나자 계속 엄마의 손을 만지며 고마워 소리만 했다. 그런데도 엄마는 아버지를 피해 고개를 돌렸다. 그런 엄마는 한숨만 연해 쉬면서 그만 자자고 했다. 아버지는 그러자며 불을 껐다. 엄마는 불을 끄자 상도를 껴안으며 볼을 자꾸 비벼댔다. 엄마는 울고 있었다. 상도는 엄마의 젖꼭지를 만지작거리며 잠이 들었다.

엄마의 주검이 발견된 것은 새벽이었다. 그리고 주검이 발견된 곳은 헛간이었다. 엄마는 헛간 들보에 목을 맨 채 죽어있었다. 혀를 빼

문 채 죽어있었다. 엄마의 주검을 처음 본 사람은 종년 삼월이었다. 삼월이가 아침 쌀을 꺼내려고 광으로 가다 본 것이었다.

아버지는 엄마를 끌어안고 몸부림치며 황소울음을 터뜨렸다. 상도는 엄마를 부르며 악머구리275)처럼 앙앙 울부짖었다. 그러면서도 아버지한테 무슨 말이든 해야 한다고 생각했다. 그러나 무슨 말을 어떻게 해야 될지 알 수가 없었다.

"아부지! 엄만, 엄만……"

상도는 다음 말을 잇지 못했다. 아버지는 땅을 치며 더욱 섧게 울어댔다.

"엄만, 엄만, 나으리마님이…."

상도는 싸늘한 엄마의 가슴팍에 얼굴을 묻었다.

"거 봐 엄마. 빨리 일어났으면 안 죽잖어! 빨리 일어났으면 괜찮잖어!"

상도는 엄마의 가슴팍을 콩콩 쥐어박으며 앙앙거렸다. 이때 아버지가

"상도 니 지금 뭐라했나. 엄말 나으리마님이 어쨌다고? 그리고 빨리 일어났으면 안 죽는다고? 빨리 일어났으면 괜찮았다고?"

땅을 치며 황소울음을 울던 아버지가 홱 고개를 들어 상도를 쏘아봤다. 그런 아버지의 눈에서는 불꽃이 튀었다. 상도는 그런 아버지를 똑바로 볼 수가 없었다.

"상도 니 얼른 말해! 나으리마님이 엄말 어떡했어? 어떡했냐고?"

아버지가 상도의 손을 잡아 흔들며 빠른 말로 재우쳤다.

"….나으리마님이 엄말, 엄말 빨개 벗겨놓고…."

상도는 말을 중동무이 하고 아버지의 눈치를 살폈다. 아버지가 무섭고 두려워 말을 할 수가 없었다.

"뭐라고? 나으리마님이 엄말 빨개 벗겨놓고?"

아버지의 독촉은 성화같았다.

"아부지가 남사당패 구경 간 새 빨가벗겨놓고...엄마가 안 된다니까 막 때리면서...."

"막 때리면서?"

"막 때리면서 깔아뭉갰는데...."

상도는 더는 말을 이을 수가 없었다. 말이 목에 걸려 나오지를 않았다. 아버지가 낫을 들고 나리마님의 방으로 뛰어든 것은 이때였다.

"아니, 이놈이 미쳤구나! 이놈아, 여기가 어디라고 네 놈이 감히"

나리마님이 대경실색 소리쳤다.

"예, 미쳤습니다. 미쳐도 아주 단단히 미쳤습니다!"

아버지가 낫을 휘두르며 나리마님을 향해 한 발 한 발 다가갔다.

"네 이노옴! 당장 나가지 못하겠느냐. 네 놈이 지금 무슨 죄를 저지르고 있는지 아느냐?"

나리마님의 성난 목소리가 쩌렁쩌렁 용마루를 울렸다. 그런데도 나리마님의 목소리는 어딘지 모르게 겁에 질려 있었다. 아버지는 바른 대로 대라며 낫을 나리마님의 목 위로 들어 올렸다. 그러나 그뿐, 아버지는 곧 노복들에 의해 밖으로 끌려나왔다.

"놔! 이거 놔! 너희도 다 나 같은 종놈들이야!"

아버지는 양쪽 팔에 매달린 노복들에게 소리치며 몸태질을 했다.

"과부사정은 홀애비가 아는 거다. 우린 모두 종놈들이다. 종놈이 종놈 사정 모르면 누가 아나. 종놈도 인간이다. 양반처럼 밥 먹고 똥 싸는 인간이다. 이거 놔라. 내 저 놈의 양반 콱 죽이뿌리고 나도 죽을란다.!"

아버지는 눈을 까뒤집으며 미친 듯 날뛰었다.

"그래 쌍놈은, 종놈은 이래 살아야 되나? 양반은 종놈 여편네 겁탈해도 되고 종놈은 이런 상전한테 찍소리 못하고 있어야 되나? 누가 말좀 해봐라. 내 말이 맞나 틀리나"

아버지는 제 정신이 아니었다. 노복들은 아버지를 붙들고 울상을 지었다.

"아니 저, 저놈이. 저 천하에 도륙276)을 낼 놈이!"

나리마님이 얼굴을 일그러뜨리며 발로 대청을 쾅쾅 굴러댔다.

"여봐라. 저놈을 포박하여 계하에 꿇려라!"

나리마님의 호령이 서릿발처럼 대청을 울렸다.

"꿇리기가 아니라 죽여 보시오. 내가 할 말을 못하나. 하지만 상전이 종놈 마누라 겁간하는 건 어느 나라 법이요. 양반 법은 그렇소?"

아버지는 나리마님을 노려보며 소리소리 질렀다.

"아니 저놈이 못하는 소리가 없구나. 저놈이 지금 터무니없는 말을 하는 것을 보니 실성을 해도 단단히 한 모양이다. 여봐라. 저놈을 냉큼 계하에 꿇려 물고277)를 내라!"

나리마님이 얼굴을 일그러뜨리며 벽력같이 소리쳤다. 그러나 노복들은 냉큼 아버지를 계하에 꿇리지 않았다.

"무엇들 하는 게냐. 저놈을 당장 계하에 꿇리지 못할까? 만일 저놈을 계하에 꿇려 물고를 내지 않으면 너희들부터 물고를 내리라!"

나리마님이 대청 구석에 세워둔 홍두깨를 집어 마당으로 냅다 던지더니 우르르 계하로 뛰어내렸다. 사품에 노복들이 아버지를 꿇리며 홍두깨를 집어 들었다.

"잘 들으시오 나으리. 이왕 맞아죽을 몸이면 할 말 좀 하고 죽읍시다. 예부터 양반은 인의예지(仁義禮智)를 행실의 으뜸으로 삼는다 했소. 그런데 그런 양반이, 그러해야 할 양반이 남의 여편네를, 더욱이 종놈의 여편네를 겁간하고도 되레 뻔뻔하게 큰소리치니 이는 어느 양반의 법도요. 자기가 부리는 종을, 그것도 남편 있는 아낙을 종년이라 깔보고 겁탈하니 하늘이 두렵지 않소?

내 안 사람은 죽었소. 나으리한테 강제로 짓밟힌 몸이 더럽다 하여 헛간 들보에 목을 매 죄를 씻었소. 정작 죽어야 할 사람은 살아 있고 살아야 할 사람은 자결했소. 내 무식한 종놈이지만 귀동냥으로 들은 바로는 중국 진나라의 진승(陳勝)이란 사람은 왕후장상(王侯將相)에 씨가 없다했는데 어찌하여 우리 종놈은 평생 아니 대대로 종놈이고 양반은 대대로 양반이오. 상놈도 양반과 똑같이 생긴 인간인데 말이오.

이보시오, 나으리! 나으리는 인간으로 차마 할 수 없는 금수만도 못한 짓거리를 하고도 법도와 예절을 중히 여기는 사대부 양반이라 할 수 있소? 이런 금수만도 못한 나으리를 나라에서는 크게 될 인물로 보고 홍문관의 정오품 교리인 나으리를 사가독서의 특전을 내려 공부시키고 있으니 한심하기 짝이 없소. 이런 나으리가 장차 정승 판서의 반열에 오를 지도 모른다 생각하니 이 나라 사직이 한심하오. 그러니 나으리는 지금이라도 자신과 사직을 위해 자결하시오. 그래서 마지막으로 인간의 길을 택하시오!"

아버지는 갇혔던 봇물이 터지듯 일시에 퍼부어댔다. 그것은 거침없이 내닫는 급류요 막힘없이 쏟아지는 폭포였다. 그런데도 아버지는 자세하나 흐트러지지 않은 채 올연히 앉아있었다.

"아니 저 주리를 틀 놈이 있나. 터진 주둥이라고 함부로 나불거리는구나. 오냐, 양반을 능멸한 죄가 어떤 것인지 맛 좀 봐라!"

나리마님이 몸을 부들부들 떨더니 노복이 들고 있는 홍두깨를 빼앗아

"이놈을 이렇게 쳐라. 이렇게 말이다!"

하고 아버지의 어깨를 내려쳤다.

"으악!"

아버지가 비명을 지르며 옆으로 고꾸라졌다. 나리마님이 노복에게 홍두깨를 내밀며

"쳐라! 이놈이 아가리에서 똥물이 나올 때까지 매우 쳐라!"

했다. 그래도 노복은 아버지를 치지 않았다.

"오냐, 가재는 게편이다 이 말이렷다?"

나리마님이 이 말과 동시에 노복한테서 홍두깨를 빼앗아 노복의 어깨를 내리쳤다. 노복이 "아이쿠!" 하며 그 자리에 주저앉았다.

"이래도 이놈을 안 치겠느냐? 안 치겠다면 네 놈부터 물고를 내겠다!"

나리마님이 다시 홍두깨를 을러멨다. 노복은 그제야 나리마님의 홍두깨를 채뜨려 아버지를 치기 시작했다.

"타악! 탁!"

홍두깨가 아버지의 어깨 위에 떨어지며 둔중한 소리를 냈다. 아버지가 나리마님을 도끼눈으로 쏘아보며 이를 바드득 갈았다. 그런 아버지의 눈에서 불이 철철 흘렀다.

"더 세게 쳐라. 사정 두는 놈은 그놈부터 내 손으로 물고를 내겠다!"

나리마님은 이 말과 함께 헛간으로 쫓아가 모말278)과 곤장을 손수 들고 나왔다.

"저 놈을 모말꿇림279) 시키고 곤장으로 쳐라!"

나리마님이 모말과 곤장을 노복들 앞으로 던졌다. 모말은 엉덩이도 안 들어갈 정도로 작았고 곤장은 길이 다섯 자 여섯 치, 너비 네 치 너 푼, 두께 여섯 푼으로 곤장 중 가장 큰 대곤(大棍)이었다. 곤장은

모말, 압슬기와 함께 세도가나 사대부가에서 하인이나 노비들에게 사형(私刑)을 가할 때 쓰던 형구(刑具)로 관아에서 쓰는 것과 같았다.

"냉큼 저놈을 모말꿇림 시키고 곤장질을 하라는데도 왜 꾸물거리느냐. 네 놈들부터 죽고 싶으냐?"

나리마님이 벽력같이 소리치며 곤장을 집어 들고 노복들을 무차별 난타했다. 노복들은 그제서야 양쪽에서 아버지의 겨드랑이를 들어 모말 위에 올려놓고 아버지를 치기 시작했다. 모말이란 곡식 따위를 되는 네 모 반듯하게 생긴 말을 말함인데 죄인을 이 모말의 아가리 위에 무릎 꿇린 자세로 앉혀놓고 무릎이 모말의 아가리에 끼어 고통을 당하게 하는데 이 형벌이 모말꿇림이다. 이 모말꿇림은 죄인의 두 다리를 한데 묶고 다리 사이에 두 개의 주릿대를 끼워 양쪽에서 힘껏 비틀어 고통을 주는 주릿대질이나, 죄인을 기둥에 묶어 사금파리를 깔아 놓은 자리에 무릎을 꿇게 하고 그 무릎 위에 무거운 압슬기나 돌을 얹어 고통을 주는 압슬만큼 혹독한 고문이어서 한 번 당했다 하면 죽거나 아니면 초주검이 된다. 그러므로 죽음을 각오하지 않는 한 모말꿇림은 말할 것도 없고 압슬이나 주릿대질을 당하면 술술 자백을 했고 설사 죄인이 아니라 해도 고통을 못 이겨 거짓자백을 하기도 했다.

아버지가 의식을 잃은 것은 모말꿇림의 고문으로 초주검을 시키고 장틀을 꺼내다 그 위에 엎어놓고 곤장 백 장을 친 다음이었다. 아버지는 모말꿇림의 혹독한 고문을 당하면서도 나리마님을 호통쳤다.

"이것보시오, 양반나으리! 당신이 양반이란 세도로 천한 종놈 하나 죽일 수는 있을지 몰라도 세상인심은 못 죽일 거요. 인심은 천심이니 곧 하늘이오. 당신은 반드시 천벌을 받을 것이오!"

아버지는 고통으로 얼굴을 일그러뜨리면서도 눈빛만은 형형해 불이 흐를 것 같았다.

"저, 저놈이 지금 뭐라 하느냐. 당신이라 하지를 않느냐. 그리고 천벌을 받을 것이라 하지를 않느냐. 당장 놈의 아가리를 짓이겨 놓아라, 아니다. 장 틀에 엎어놓고 살려 달라 할 때까지 곤장을 쳐라!"

대청의 보료방석에 앉아 계하의 아버지를 친히 국문하던 나리마님이 몸을 부들부들 떨며 소리쳤다. 아버지는 나리마님의 명령이 떨어지기 급하게 사지가 장틀에 묶이었다.

"쳐라! 곤장 하나 더 가져다 양쪽에서 쳐라! 인정사정 두는 놈은 내가 살려두지 않을 것이야. 알겠느냐?"

나리마님이 보료방석을 걷어차고 벌떡 일어났다.

"상전을 능멸한 죄, 상전을 폄하한 죄, 무고한 상전을 터무니없는 말로 날조해 욕보인 죄가 어떤 것인지 보여주어야 한다. 알겠느냐?"

나리마님이 발로 마룻바닥을 쾅쾅 울리며 물었으나 아무도 대답하지 않았다.

"왜 대답이 없느냐. 알겠느냐 모르겠느냐!"

나리마님이 큰 소리로 호통쳤다. 호통소리가 어찌나 큰지 용마루가 들썩이는 듯했다.

"알겠습니다요!"

한 사람의 노복이 기어드는 소리로 대답을 했다.

"왜 한 놈만 대답하느냐. 네 놈은 내 말에 복종 안 하겠다는 게냐?"

나리마님이 호통소리가 또 한 번 용마루를 들썩이게 했다.

"아, 아닙니다요 나으리마님"

"알겠다는 뜻이냐?"

"예, 나으리마님!"

"그럼 저놈의 주둥이에서 잘못했으니 살려달라는 소리가 나올 때까지 쳐라!"

"예!"

두 사람의 노복이 흙빛이 된 얼굴로 아버지의 둔부를 내리치기 시작했다.

"타악! 철썩!"

아버지는 곤장이 내리쳐질 적마다 땡볕의 깨벌레 나대듯 몸을 뒤채며 단말마280)의 비명을 질렀다. 그러며 아버지는

"내가 죽어도 항복할 줄 아는가? 내가 죄 없음을 하늘이 알고 땅이 알고 당신이 알고 내가 아는데 무슨 잘못을 빌란 말인가. 내 안 사람이 당신한테 겁간 당하고 목매달아 죽은 것을 하늘이 알고 땅이 알고 당신이 알고 내가 알고 노복 노비들까지 다 아는데, 대체 누가 누구한테 용서를 빌어야 한단 말인가. 이 더러운 양반 놈아! 어서 날 죽여라. 내 구천에 가서도 네 놈을 지켜볼 것이다!"

아버지는 가물가물한 의식 속에서도 할 말을 다했다.

"저, 저 능지처참할 놈이 있나. 저놈이 이제 환장을 했구나. 주둥이질 더 못하게 아가리를 짓찧어라!"

그러나 이때 아버지는

"이 개돼지만도 못한 놈! 하늘이 네 놈을 용서치 않을 것이다!"

하더니 나리마님을 향해 침을 뱉었다. 그리고는 그만이었다. 곤장백 장을 맞고서였다. 상도는 그만 더럭 겁이 나 아버지를 더 이상 볼수가 없었다. 상도는 아무소리도 듣지 않기 위해 두 검지손가락으로양쪽 귀를 틀어막고 밖으로 뛰쳐나왔다. 밖에는 눈부신 아침 햇살이찬란히 내리고 있었다. 상도는 아무 데로나 마구 내달았다.

"아부지 죽지 마! 죽으면 안 돼! 엄마도 죽었는데 아부지까지 죽으면 어떡해. 아부지 죽지 마!"

상도는 산매²⁸¹⁾들린 듯 논틀밭틀²⁸²⁾을 헤매며 제발 아버지가 죽지 않기를 마음속으로 간절히 빌었다. 그러나 상도의 이런 간절한 기원에도 불구하고 아버지는 죽고 말았다.

상도가 아버지의 죽음을 안 것은 이날 저녁 새때였다. 상도는 아버지가 제발 살아 있기를 바라며 저녁 새때쯤 기진맥진 돌아왔다.

"쯧쯧쯧! 상도가 불쌍치. 그 어린 게 백줴"

"누가 아니래. 개밥에 도토리로 하루아침에 애비 에밀 다 잃었으니 원"

어디를 어떻게 돌아쳤는지 긴 봄 해가 한쪽으로 척 기울어서야 돌아온 상도를 보고 노비(老婢)들이 목멘 소리로 한 마디씩 했다.

"에이그, 하늘도 무심하시지. 저 어린 게 앞으로 어떻게...."

"종신세가 가엾지. 종이 어디 사람이여?"

머리가 희끗희끗 센 늙은 계집종들이 숙설간²⁸³⁾에 앉아 나리마님 방 쪽을 힐끔거리며 조근조근 지껄였다. 그런데도 늙은 사내종의 노복(老僕)과 젊은 사내와 계집종 노비(奴婢)들은 한 사람도 보이지 않았다. 늙은 계집종을 제외한 모든 종들은 이때 뒷골 공동묘지에서 상도 아버지와 상도 어머니를 끌어 묻고 있었다. 관도 없고 수의도 없이 죽을 때 입은 옷 그대로의 시신을 거적에 싸서 지게로 져다 묻고 있었다. 그러니까 거적영장²⁸⁴⁾에 지게송장²⁸⁵⁾으로 장례를 치르고 있었다. 이는 마치 죽은 짐승이나 객사한 거지 끌어 묻듯 그렇게 끌어 묻는 장례였다.

이날 밤 덕이 아버지 삼돌이는 상도의 손을 꼬옥 잡고 울먹이는

144

소리로

　"상도야 가거라. 낼 아침 날이 새거덩 뒤도 돌아보지 마고 가거라. 니 아부지 어머이는 뒷골 공동무지에 모셨다. 어디 가서 담뱃불 심부름을 하더라도 니는 가야한다. 여기 있어서는 절대 안 된다. 니는 아직 어려서 잘 모르지만 이제 좀 크면 알 수 있다. 내가 왜 니를 가라 했는지 알 수 있다. 열대엿 살만 되면 알 수 있다. 어디를 가더라도 억울하게 죽은 니 아부지 어머이 생각을 해야 한다. 나는 니 아부지하고 젤 안친했나. 맘도 맞았고 나이도 동갑이고. 아무 데를 가더라도 니만 잘하면 산다. 독하게 맘먹고 이를 갈아붙이거라. 다 천한 상놈으로 태어나서 그런 거다!"

　덕이 아버지 삼돌이는 상도에게 엽전 몇 닢을 쥐어주고 머리를 쓰다듬었다. 그러며 소리 없이 울었다. 무슨 말인가를 더 하려했지만 울음이 복받쳐 올라 말을 할 수가 없었다. 이때 건넛산에서 소쩍새가 삼돌이 대신 소쩍소쩍 하고 울었다.

열쭝이[286] 부둥깃[287] 세상 속으로

    날이 새기 급하게 상도는 덕이 아버지 삼돌이가 일러준 대로 뒷골 공동묘지를 찾아 아버지와 어머니 합폄[288]에 성묘를 하고 부지거처 길을 떠났다. 어디를 가는 것인지, 어디로 가야하는 것인지도 모르면서 가고 있었다. 밤새 내린 이슬로 정강이가 함초롬히 젖어 몸이 오소소 떨렸지만 들길로 접어드니 이슬도 없고 또 한참을 걷다보니 해도 솟아 몸에 훈기가 돌았다. 상도는 들길을 지나고 논길 밭길을 지나 걷고 또 걸었다. 개울도 건너고 마을도 지나고 등성이도 넘어 작정 없이 걸었다.

    이렇게 얼마를 걸었을까.

    두어 식경은 좋이 걸었지 싶자 여기 저기 몇 집씩 띄엄띄엄 모여 있는 뜸마을[289]이 나타나고 그 뜸마을 뒤로 야트막한 고갯길이 하나 보였다. 하얀 외줄기 고갯길이었다. 상도는 하얀 고갯길을 넘고 싶었다. 왠지 하얀 고갯길이 마음에 들었다. 저 하얀 고갯길만 넘으면 근사한 새 세상이 있을 것 같았다. 상전도 없고 종놈도 없는 세상이 있을 것 같았다. 양반도 없고 상놈도 없는 세상이 있을 것 같았다.

    상도는 땀을 뻘뻘 흘리며 고갯길을 추어 올랐다. 고갯마루에는 길손들을 위해 지어 놓았는지 조그마한 정자가 하나 있었다. 추어 오른 고개 밑으로 짙푸른 보리밭이 훈풍에 물결쳤다. 보리밭 끝자락 아른대는 아지랑이 위로 종다리가 삐삐거리며 보리밭으로 굴러 내렸다. 어디선가 다람쥐 한 마리가 쪼르르 나와 정자 건너편 바위에서 앞발을 비비며 코를 벌름거리더니 다시 어딘가로 쪼르르 달아났다. 훈풍은 여전히 짙푸른 보리밭을 일렁이며 지나갔다. 그 일렁임은 굼실굼실 물결치는 파고 같았다.

"음!"

상도는 잔망스레 한숨을 토했다. 가슴이 벅차거나 기분이 상쾌해 나오는 한숨이 아니었다. 날씨가 좋거나 경관이 빼어나 터지는 한숨도 아니었다. 어머니가 죽어도 마음 놓고 울지 못하고 아버지가 죽어도 소리쳐 울지 못하는, 분하기도 하고 슬프기도 하고 억울하기도 한, 그러면서도 어찌해야 될지 몰라 바장이는 마음. 상도는 지금 그런 마음에서 저도 몰래 한숨이 나온 것이다. 아직 어려 밥투정할 나이여서 뭐가 뭔지 잘은 몰랐지만 어머니가 상전한테 겁간 당해 자결하고 아버지가 그런 상전한테 덤벼들다 맞아죽은, 그래서 분하고 억울한 것만은 어렴풋 알고 있었다.

얼마를 걸었을까. 산기슭 한터에 꽤 큰 옹달샘이 하나 있었다. 나무꾼이나 풀꾼들이 나무를 해 오거나 풀을 베어 오다 쉴 때 마시는 샘인 듯했다. 샘이 깨끗하게 손질된 것으로 보아 나무꾼과 풀꾼만 마시는 물이 아닌, 등짐장수290)나 방물장수291), 그 밖의 길손들도 쉬다 마시고 가는 모양이었다. 샘가에는 노간주나무가 두어 그루 심어져 있고 양푼만한 크기의 둥글넓적한 돌도 두어 개 깔려있었다.

상도는 옹달샘을 보자 문득 배고픔을 느꼈다. 그리고 보니 해는 벌써 중천에 떠 있었다. 상도는 샘가의 넓적한 돌에 앉아 저고리 안주머니에서 주먹밥 한 개를 꺼냈다. 오늘 새벽 덕이 엄마가 아무도 몰래 저고리 안쪽의 양쪽에다 주머니를 달아 주먹밥 한 개씩을 넣어주며 가다가 배고프거든 샘가나 물가에 앉아 물마시고 꼭꼭 씹어 먹으라던 주먹밥이었다. 덕이 엄마는 그래도 마음이 안 놓이는지 가다가 날이 저물면 큰 기와집 머슴방이나 봉놋방292) 같은 데 찾아가 사정해 끼어 자고 밥도 얻어먹으라 했다. 그러며 세상인심이 아무리 야박하고 몰인정해도 자식 키우는 사람이면 매몰차고 얀정없이293) 내쫓지는 않을 것이라 했다. 이러고도 덕이 엄마는 걱정이 되는지

"상도 니는 앞으로 괜찮을 게다. 니가 몸만 천한 종의 자식이지 얼굴은 귀티 있고 덕성스러워 궁도령294)이나 고량자제 저리가라다. 그러니 상도야, 니만 잘하면 어디 가더라도 귀염 받고 살 것이다. 그리고 누가 또 아냐? 앞으로 언젠가 세상이 천지개벽이라도 해서 상놈도 인간 대접 받고 살날이 올는지!"

덕이 엄마는 치마를 뒤집어 눈을 훔치더니 상도를 담쑥 품에 안았다. 그러며 목울음 소리로

"에이그, 이 어린 게 하루아침에 부모 잃고 혼자 험한 세상으로 나가야 하다니 기가 차지도 않구나. 한창 밥투정 할 나이 아홉 살에 이런 고초를 겪어야 하다니. 하늘님, 부처님, 천지신명님! 부디 상도가 잘 되게 도와주옵소서!"

덕이 엄마는 터지려는 울음을 비손질295)과 이령수296)로 삼키며 상도의 머리를 쓰다듬었다.

"그래, 상도야, 어디든지 가서 잘 살아라. 세상천지 너른데 니 한

몸 기댈 곳이 없겠니. 그저 독하게 맘먹고 어떤 고생도 이겨야 한다. 상도 니는 남자다. 남자는 울어도 안 되고 맘이 약해서도 안 된다. 알았지? 니는 아직 잘 모르겠지만 초년고생은 금을 주고 사랬다는 말이 있다. 사람은 고생을 해봐야 되고 또 고생한 사람이래야 어려움을 이겨내기 때문에 어릴 때는 일부러라도 고생을 해야 된다는 뜻이다. 그러니께 상도야, 맘 굳게 먹고 살아야 한다. 우리가 니 사주팔자를 몰라 그렇지 니는 이렇게 살아라 하고 벌써 정해져 있다. 어디 부잣집이나 권문세가에서 니를 기다리고 있을 지도 모르니 너를 거둬들이는 집이 생기면 입의 침처럼 부닐어 잘 살어라. 그리고 얼른얼른 커서 엄마 아부지 생각을 해야 한다. 억울하게 죽은 엄마 아부지 생각을 해야 한다. 알겠지 상도야?"

덕이 엄마는 그예 울음을 터뜨리며 상도를 더 세게 껴안았다. 그런 덕이 엄마한테서는 엄마 냄새 같은 시큼하고 구수한 냄새가 났다.

옹달샘 가에 앉아 주먹밥 한 개로 초다짐을 한 상도는 옹달샘에 엎드려 물을 벌떡벌떡 들이켜 배를 불렸다. 어디서 나타났는지 조금 전까지 안 보이던 가재 한 마리가 나타나 슬금슬금 뒷걸음질을 쳤다. 이상한 일이었다. 조금 전까지도 안 보이던 가재가 어디 숨었다 나타났을까. 상도는 가재굴을 찾기 시작했다. 가재가 있으니 굴도 반드시 있을 것이었다. 그리고 가재는 한 마리가 아닌 암수 두 마리여서 또 한 마리가 있을 것이었다. 아니 어쩌면 가재는 새끼도 몇 마리 있을지 모를 일이었다. 상도는 옹달샘에 바짝 엎드려 열심히 가재 굴을 찾았다.

있었다. 가재굴은 산을 향한 쪽으로 뻐끔 뚫려 있었다.

"야아 있다. 가재굴이 있다!"

상도는 좋아라 손뼉치고 저고리 안주머니에 들어 있는 주먹밥을 꺼내 가재 굴 앞에 밥풀 몇 개를 떨어뜨렸다. 그러자 한 동안 아무 기척이 없던 가재 한 마리가 슬슬 기어 나와 밥풀 하나를 물고 굴속으로 들어갔다.

"야아, 가재가 밥풀을 물고 굴로 들어갔다!"

상도는 또 한 번 손뼉을 치고 이번에는 밥풀을 좀더 많이 굴 앞에 떨어뜨렸다. 그런 다음 몸을 엎드려 샘 안의 동태를 살폈다. 가재는 얼마 후 상도의 예상대로 암수 두 마리가 나타나 밥풀을 물고 뒷걸음질쳐 굴로 들어갔다.

"야아, 가재가 두 마리다. 새끼도 있겠다!"

상도는 신이나 밥풀을 가재굴 앞에 허옇게 풀어놓았다. 그러자 신기도 하다. 한참 후 가재굴에서는 애비가재인 듯한 수카재가 앞장서 궁둥이를 내밀었고 그 뒤로 새끼가재가 고물고물 궁둥이를 내밀었다. 어미가재인 듯한 암카재는 맨 뒤에 기어 나왔다. 애비가재 어미가재가 앞뒤에서 보호하느라 그런 모양이었다.

새끼가재는 모두 다섯 마리였다. 상도는 재미있어 숨을 죽였다. 가재들은 먹을 것이 없어서 그런지 비쩍 말라있었다. 가재는 웬만하면 통통하게 살이 오르는 법인데 못 먹어 생배를 곯아 비영비영했다. 그런데도 새끼를 쳐 다섯 마리씩이나 기르고 있으니 신기한 일이었다.

상도는 문득 가재가 불쌍해졌다. 어느 곰살궂은 길손이 이 길을 지나다 도랑에서 가재 한 쌍을 잡아다 옹달샘에 넣은 게 분명했다. 안 그렇고야 옹달샘에 가재가 서식할 리 만무였다.

상도는 주위를 두리번거렸다. 길 저 아래로 도랑이 보였다.

"야아, 도랑이다!"

상도는 도랑을 향해 겅중겅중 노루뜀으로 뛰어갔다. 도랑은 봇도랑처럼 조붓한 실개천이었다. 실개천 양쪽 둑에는 앙바틈한 버드나무들이 쭉 늘어서 있고 중간 중간 찔레나무가 섞여 있었다.

"야아, 이 도랑에 가재 많겠다, 야아!"

상도는 신이 나 도랑 가에 쭈그리고 앉아 제 머리만한 돌을 들췄다. 한참을 들추자 돌 밑에 숨어 있던 가재들이 슬금슬금 기어 나와 진동한동297) 꽁무니를 뺐다.

"요놈, 요놈!"

상도는 뒷걸음질쳐 내빼는 가재를 양 손으로 잡아 높이 쳐들었다. 그러며 좋아라 팔딱팔딱 뛰었다. 그러다 무슨 생각에서인지 양 손에 쥔 가재를 도랑에 넣더니 옹달샘을 향해 달음질을 쳤다.

가재는 옹달샘에 한 마리도 없었다. 그 사이 모두 굴로 들어간 모양이었다. 상도는 굴 앞에 다시 밥풀을 떨어뜨리고는 가재들이 나오기를 기다렸다.

가재는 한참이 지나서야 슬금슬금 기어나왔다. 물론 아까처럼 또 애비가재 어미가재가 앞뒤에서 새끼들을 호위한 채였다. 상도는 가재들이 샘 복판으로 다 나오자 주먹만한 돌 한 개를 주워들고 살금살금 가재굴 앞으로 가 잽싸게 가재굴을 돌로 틀어막았다. 그러자 가재들이 일시에 산지사방으로 흩어져 숨을 곳을 찾았다. 상도는 우선 큰 가재 두 마리부터 잡아 한 손에 틀어쥐고는 새끼가재 다섯 마리를 한 마리 한 마리 잡았다. 새끼가재는 얼마나 날렵하고 약빠른지 다섯 마리를 잡는데 여간 애먹은 게 아니었다.

"아, 씨, 쬐그만 게 되게 약빠르네"

상도는 옷이 다 젖어 물에 빠진 생쥐 꼴로 가재 일곱 마리를 양 손으로 움켰다. 가재는 움큼 안에서 발버둥을 쳤다. 어른가재 두 마리는 힘이 세어 손가락을 물었다. 상도는 아픈 것을 가까스로 참고 도랑으로 뛰어가 가재를 풀어놓았다.

"야아, 이제 됐다. 가재야, 니들은 도랑에 살아야 먹을 게 있지 샘엔 먹을 게 없잖어"

상도는 저고리 안주머니에 하나 남은 주먹밥을 꺼내 도랑바닥이 허옇게 밥알을 떨어뜨렸다. 그러자 어디서 나타났는지 송사리가 떼로 몰려와 밥알을 집어 먹었다. 상도는 도랑 가에 턱을 괴고 앉아 밥알을 집어먹는 송사리 떼를 하염없이 들여다봤다.

긴 봄 해가 서쪽으로 한 발이나 척 기울어서야 상도는 고개를 넘었다. 도랑 가에 턱을 괴고 앉아 송사리 떼가 밥알 먹는 것을 구경하고 또 송사리를 손으로 움켜잡고 노느라 시간 가는 줄을 몰랐던 것이다. 또 설령 시간 가는 줄을 안다 해도 딱히 갈 데가 없으니 서두를 필요가 없었다. 상도는 어디로 가는지 그리고 어디로 가야하는지 알지도 못하면서 아까처럼 동네를 지나고 들판을 지나고 산자락의 푸서릿길298)도 지나 그냥 걸었다. 그러며 산딸기도 따먹고 오디299)도 따먹었다. 산꽃300)은 이미 오래 전에 져서 잎이 무성했고 산자락에 지천인 찔레는 새 순이 세어져 먹을 수가 없었다.

상도는 오디와 산딸기를 퇴가 나도록 따먹어 배가 불렀지만 밥이 먹고 싶었다. 그러나 어디서 밥을 구해 먹는단 말인가. 여기서 밥을 구해 먹는다는 것은 연목구어(緣木求魚)301)였다.

상도는 고개를 타라 맨 채 타박타박 걸었다. 이제는 다리까지 아파 잘 걸을 수가 없었다. 이마에서 진땀이 바작바작 났다.

이렇게 얼마를 걸었을까. 다리가 점점 더 아프고 배도 점점 더 고파 상도는 그만 풀숲 아무데나 털썩 주저앉았다. 해는 그 사이 서쪽으로 두어 발이나 더 기울어 있었다. 몸이 나른하게 축 처져 자울자울[302] 눈이 감겼다. 상도는 꾸벅꾸벅 졸면서도 이래서는 안 되는데 이래서는 안 되는데 했다. 어린 소견에도 이런 데서 잠이 들면 큰일이다 싶었던 것이다. 어디든 집이 있는 동네로 가야 밥도 얻어먹고 잠도 얻어 잘 수 있을 것 같았다. 덕이 엄마가 말하지 않았던가. 가다가 날이 저물면 큰 기와집 머슴방이나 봉놋방 같은 데 찾아가 사정해 끼어 자고 밥도 얻어먹으라고. 아무리 세상인심이 야박하고 몰인정해도 자식 키우는 사람이면 매몰차고 얀정 없이 내쫓지는 않을 것이라고.

상도는 일어나 다시 걸었다. 어디로 가야하는지, 누구를 만나야 하는지 목적도 이유도 모른 채 덮어놓고 걸었다. 그러나 상도는 얼마 못 가 다시 주저앉았다. 배가 접치고 다리가 끊어져나가는 것 같아 더는 걸을 수가 없었다. 상도는 불현듯 덕이 엄마가 저고리 안주머니 양 쪽에 하나씩 넣어주던 주먹밥이 생각났다. 아니 아까 옹달샘에서 하나를 먹고 하나 남은 주먹밥을 가재와 송사리 떼한테 다 털어준 게 후회됐다.

상도는 그만 덜컥 겁이 났다. 해는 서산으로 자꾸 기울고 배는 고픈데 밥은 없고 다리는 아픈데 어디든 가야하니 겁이 났던 것이다.

이제 어디를 가지? 어디로 가야 밥을 먹고 잠을 자지?

상도는 겁이 난데다 무섭고 두렵기까지 해 징징 울며 길을 걸었다.

이렇게 얼마를 애면글면[303] 걸었을까. 한 두어 마장 실히 걸었지 싶자 산모롱이 하나가 나오고 그 산모롱이를 돌자 동네가 나왔다. 네댓집씩 서너군 데 모여 있는 뜸마을이었다. 상도는 덕이 엄마 말이

154

생각나 뜸마을 중 제일 큰 기와집부터 찾았다. 그런데 아무리 찾아도 큰 기와집은 보이지 않았다. 상도는 걸음을 멈추고 서서 한 집 한 집 눈으로 집을 세었지만 큰 기와집은 어디에도 없었다. 큰 기와집은커녕 작은 기와집도 눈에 띄지 않았다. 해는 벌써 설핏 서산을 넘었고 해가 서산을 넘자 높은 산의 잔양도 스러지기 시작했다.

"엄마야! 아부지!"

해가 넘어가고 산 그림자마저 없어지자 상도는 엄마 아버지를 부르며 울음을 터뜨렸다. 해가 져 날이 저물자 갑자기 엄마가 보고 싶고 아버지가 보고 싶어 견딜 수가 없었다.

"엄마야! 아부지! 나는 어떡해. 배도 고프고 다리도 아픈데 나는 어떡해!"

상도는 그 자리에 주저앉아 두 다리를 뻗고 악머구리처럼 울어댔다. 마을은 저녁연기가 안개처럼 고즈넉이 깔리기 시작했다. 땅거미가 산에서부터 어둠을 뿌리며 한 발짝 한 발짝 마을을 향해 기어내려 왔다. 논에서는 개구리 우는 소리가 요란했고 논틀밭틀에서는 농부의 소 몰고 돌아오는 워낭304)소리가 댕강댕강 들려왔다.

"아니, 너 누구냐?"

얼마나 울었을까. 상도의 울음소리가 시나브로 잦아들며 흑흑 느끼는 소리로 변할 때 누군가가 상도 앞에서 걸음을 멈췄다. 바지게에 쇠꼴을 베어 지고오던 농부였다.

"너는 누군데 여기서 울고 있니"

농부가 꼴짐을 진 채 상도에게 물었다. 땅거미는 내리고 있었지만 아직 가까운 데를 분별 못할 만큼 어둡지는 않았다.

"너 이 동네 아이가 아니구나. 너 어디 사는 누구냐?"

농부가 이상하다 싶었는지 다잡아물었다. 상도는 그제서야

"금골 사는 상도요"

하고 들피진 소리로 대답했다.

"금골 사는 상도? 그렇다면 너는 금골에 사는 상도라 이 말이지?"

"예!"

상도가 머리를 끄덕였다.

"금골이면 오십여 리 밖인데 왜 여기서 울고 있니 응? 저문 날에"

상도는 그러나 대답하지 않았다. 농부가 안 되겠다 싶은지 꼴짐을 괴어놓고 상도의 손을 잡았다.

"상도야, 너 이름이 상도라 했지? 괜찮아. 겁내지 말고 말해라. 너 올해 몇 살이지?

"아홉 살이요"

상도가 시르죽은 소리로 대답했다.

"그런데 왜 여기서 이러고 있니?"

상도는 또 대답하지 않았다. 농부는 계속 상도의 손을 잡은 채 조근조근 물었다.

"괜찮아 말해봐. 너 지금 어딜 가고 있는 중이냐?"

"예!"

상도가 아까처럼 또 고개를 끄덕였다.

"어디를?"

"몰라요"

"몰라?"

"예!"

"아니 니가 가고 있는 데를 니가 몰라?"

"예!"

"금골엔 그럼 부모님이 계시냐?"

상도는 다시 입을 다물었다. 농부가 재우쳐 물었다.

"금골에 아부지 엄마가 안 계시냐?"

상도는 대답하지 않았다. 대답할 수가 없었다. 무슨 말로 어떻게 대답할 수 있단 말인가. 엄마는 나리마님한테 겁간 당해 자결하고 아버지는 그런 나리마님한테 대들다 사매질에 맞아죽었다는 말은 할 수 없지 않은가. 그래서 부지거처 아무 데나 가고 있다는 말은 할 수 없지 않은가.

"거 참 이상하구나. 어째 중요한 대목에서는 꼭 입을 다무는 게냐"

농부는 잠시 무슨 생각인가를 하더니

"상도 너 혹시 누구한테 말 못할 사연이라도 있니?"

했다. 그러자 상도가 농부를 쳐다보며

"사연이 뭔데요?"

하고 물었다. 농부는 뭐라고 대답할까 하다

"아, 사연이란 말이다, 사정과 까닭을 말하는 게야. 그러니까 상도 니가 내가 묻는 말에 대답 못할 사정이나 까닭이 사연이야. 너 그런 사연이 있어?"

농부는 말하고 얼른 상도의 표정부터 살폈다. 한데도 상도는 직수굿 고개를 숙인 채 아무 말이 없었다.

아하, 이놈이 무슨 말 못할 사연이 있기는 있구나.

농부는 더는 채근하지 않았다. 하지만 이 어린 게 대체 무슨 말 못할 사연이 있을까 싶자 괜히 측은하게 여겨지며 어떤 범연찮음마저 느껴졌다.

무엇일까? 무엇이 이 어린 것으로 하여금 입을 다물게 하는 것일까.

어제와 그제 이틀 사이 금골 김 진사댁에서 벌어진 엄청난 사단을 알 리 없는 농부로서는 이 아이 상도가 도무지 풀 수 없는 수수께끼였다. 그러나 이 엄청난 사단이 내일 아니면 모레쯤 이곳에도 파다하게 소문이 나 알 것이었다.

"그래, 말하기 싫으면 안 해도 된다. 그런데 너 지금 배가 몹시 고프지? 그리고 다리도 무척 아프지? 무슨 사정인지는 모르겠지만 나하고 같이 우리 집으로 가자"

농부가 상도의 머리를 쓰다듬고는 꼴짐을 짊어졌다. 상도는 그제야 큰소리로

"예. 배가 많이 고파요. 다리도 많이 아파요"

했다. 그러면서도 상도는 아직 가녀르게 흐느끼며 어깨로 숨을 쉬고 있었다.

꽃님이

"아이구, 저 밤 좀 봐. 밤! 금방 떨어질 것 같다, 그지?"

꽃님이가 돌로 개암305)을 깨 오도독 씹으며 밤나무를 손짓했다. 꽃님이는 상도와 함께 산자락 너덜겅과 밭두둑 가에 지천인 개암을 따먹으며 이곳 당재로 알밤을 주우러 왔다.

"그러게"

꽃님이가 손짓한 밤나무는 아람이 쩍 번 빠알간 알밤이 금세라도 떨어질 듯 간당거렸다. 이때 바람이 우우소리를 내며 건넛산 자락의 보춤나무를 흔들었다. 알밤은 외롭게 혼자 들어앉은 외톨박이 밤부터 두 개가 사이좋게 들어앉은 형제밤, 그리고 세 개가 나란히 들어앉은 삼형제밤 등이었는데 어떤 것은 벌써 알밤이 다 떨어져 빈 밤송이만 입을 벌리고 있었다. 알밤이 떨어진지 얼마 안 된 밤송이는 알밤 박혀 있던 자리가 하얬지만 알밤이 떨어진지 오래된 밤송이는 알밤 박혀 있던 자리가 없어져 하얀 자국이 사라졌다.

"저 알밤 딸 수 없을까? 조금만 건드려도 톡 떨어질 것 같은데"

꽃님이가 풀숲을 헤치고 주워온 알밤을 까 개암처럼 또 오도독 씹다가 얼굴을 찡그리며 퉤퉤거렸다. 아마 떫은 보늬306)를 씹은 모양이었다. 풀숲에는 동네 아이들이 밤새 떨어진 알밤을 주우려고 날이 채 새기도 전에 등불을 들고 나와 주워갔기 때문에 아침 새참 때가 다 된 지금까지 알밤은 몇 개 떨어져 있지 않았다.

"나무에 올라가 한 번 흔들어볼까? 그러면 알밤이 우수수 떨어질 텐데. 그지?"

상도는 꽃님이와 밤나무를 번갈아 쳐다보며 안타까워했다.

"올라갈 수 있겠어? 저 높은 델?"

꽃님이는 혀를 쏘옥 내밀며 고개를 저었다. 올라갈 수 없다는 뜻이었다.

"까짓 꺼 못 올라가. 난 올라갈 수 있어!"

상도가 자신 있게 말했다.

"정말?"

"그럼!"

"우엽할 텐데"

"그래도 난 올라갈 수 있어!"

상도는 괜히 밤나무 밑을 빙빙 돌며 용을 썼다. 꽃님이를 위해서라면, 꽃님이가 저 알밤을 갖고 싶다면 상도는 얼마든지 올라갈 수 있었다. 가아맣게 높은 밤나무를 다람쥐처럼 올라가 가지를 잡고 힘차게 흔드는 그 장한 모습을 꽃님이에게 보여주고 싶었다. 그래서 우수수 떨어지는 알밤을 꽃님이가 좋아라 폴짝폴짝 뛰며 줍는 모습을 보고 싶었다.

"돌팔매나 물매질307)을 해보면 어떨까. 저 꼭대기까지 안 올라갈까?"

꽃님이는 안타까운 눈으로 또 간당거리는 알밤을 쳐다봤다. 입을 딱 벌린 채 금세 떨어질 듯 땅을 내려다보는 알밤은 모두 다섯 송이었다. 그 외의 것은 반은 아람이 벌고 어떤 것은 이제 막 아람이 벌려하고 있었다.

"돌팔매나 물매질?"

상도가 말하며 고개를 갸웃했다.

"응, 안 될까?"

꽃님이가 상도에게 눈을 주며 물었다.

"한 번 해보지 뭐!"

상도가 손아귀에 들어갈 동글납작한 돌 다섯 개를 주워다 꽃님이 앞에 놓더니 풀숲에서 생나무 물매 세 개를 주워왔다. 상도보다 좀더 큰 아이들이 밤을 따먹기 위해 낫으로 지겟작대기 굵기 만한 생나무를 두어 자 길이로 베어 만들어 써먹고는 풀숲에 버린 물매였다.

상도는 깊이 숨을 들여 마시며 돌을 집어 들었다. 그런 다음 가장 큰 아람을 향해 힘껏 돌을 던졌다.

그러나 어림없었다. 돌은 아람 근방에도 안 갔다. 상도는 다시 돌을 집어 던졌다. 이번에도 돌팔매는 도사였다. 상도는 세 번 네 번 팔매질을 했지만 모두가 아람까지는 못 미쳤다. 마지막 다섯 번째 돌은 어찌어찌 제일 큰 아람까지 올라갔는가 싶었으나 아람 아닌 가지에 맞아 무위로 끝났다.

씨잇, 내년만 돼도 돌팔매로 저 밤을 실컷 딸 텐데....

상도는 분하고 속상해 꽃님이를 똑바로 볼 수가 없었다. 어떻게 해서라도 저놈의 알밤을 떨어뜨렸어야 여봐란 듯이 꽃님이를 볼 수 있는데.....

상도는 괜히 얼굴이 확확 달아올라 꽃님이의 눈길을 피했다. 창피

스럽고 낭패스러워 몸둘 바를 몰랐던 것이다.

좋아! 물매를 멋지게 던져 더 근사하게 밤을 따면 되지 뭐!

상도는 콩콩거리는 가슴을 진정시키지 못한 채 물매를 집어 힘껏 던졌다.

"에이, 물매는 더 안 올라가네!"

꽃님이가 두 발을 폴짝 뛰며 속상해했다. 상도는 점점 더 얼굴이 화끈거려 견딜 수가 없었다. 상도는 그래도 물매질을 계속했다. 두 번 세 번.

물매는 그러나 돌팔매보다 훨씬 더 무거워 반도 안 올라갔다.

"안 되겠어 높아서. 그만둬 상도야"

꽃님이가 한숨을 포옥 쉬며 말했다. 상도는 이런 꽃님이를 보자 화나고 속상하고 분하고 안타까워 견딜 수가 없었다.

"조금만 기다려. 내 저 알밤 따줄께!"

상도가 밤나무를 쳐다보며 허리끈을 바짝 조여맸다.

"어쩔려구?"

꽃님이가 걱정스런 얼굴로 물었다.

"올라가 나뭇가지를 흔들려구"

상도가 밤나무 밑둥으로 다가갔다.

"안 돼! 우염해!"

꽃님이가 말렸지만 상도는 이미 밤나무를 오르고 있었다.

"내려와 상도야. 이따 저녁때가 되면 제절로 떨어질 거야. 그때 주우면 돼. 그러니까 내려와!"

꽃님이가 고개를 젖혀 밤나무를 쳐다보며 어서 내려오라 손짓했다. 그러나 이때 상도는 이미 밤나무를 반나마 올라가 있었다.

"괜찮겠어? 안 되겠으면 지금이라도 내려와. 응?"

꽃님이가 애타게 쳐다보며 마른침을 꼴깍 삼켰다.

"괜찮어! 조금만 기다려!"

그러나 상도는 괜찮은 게 아니었다. 상도는 다리가 후둘후둘 떨리고 가슴이 콩닥콩닥 뛰어 도저히 더는 올라갈 수가 없었다. 땅을 내려다보니 천야만야 높아 어질증이 났고 위를 쳐다보니 알밤이 있는 우듬지까지는 아직 먼 거리였다. 상도는 겁이 났다. 무서웠다.

괜히 올라왔구나!

상도는 나무에 올라온 게 후회스러웠다. 무섭고 두려워 더는 올라갈 수가 없었다.

어쩌지? 그만 내려갈까? 안 돼! 올라가야 돼! 끝까지 올라가 나무를 흔들어야 돼! 그래서 저 알밤을 꽃님이가 줍도록 해야 돼!

그러나 상도는 더는 올라갈 수가 없었다. 도무지 발이 떨어지지를 않았다. 한사코 떨어지지를 않았다.

아, 어쩌지? 정말 어쩌지?

상도는 울고 싶었다. 올라가자니 나무에서 떨어져 죽을 것 같고 내려가자니 꽃님이를 볼 낯이 없었다.

아, 꽃님아! 꽃님아!

상도는 매미처럼 나무에 찰싹 달라붙어 있다가 우듬지를 향해 몸을 밀어 올렸다. 나무는 우듬지로 오를수록 점점 더 힘이 없어 건들거리고 휘청거렸다. 그런데 바로 이때 난데없는 왜바람308)이 갑자기 불어와 나무를 마구 흔들었다. 방향 없이 함부로 부는 왜바람은 일진광풍의 노대바람309) 같았다.

"상도야, 우엽해! 나무 꼭 붙잡아!"

꽃님이가 나무를 쳐다보며 발을 동동 굴렀다. 나무는 미친 듯 불어대는 왜바람에 가지가 부러질 듯 휘며 이리저리 춤을 췄다. 이 바람에 입을 딱 벌린 채 땅을 내려다보고 있던 알밤은 모두 다 떨어졌다. 알밤만이 아니었다. 이제 막 아람이 벌기 시작한 밤은 송이째 떨어졌다.

얼마나 지났는지 모른다.

상도가 눈을 뜨자 안 노마님이 근심어린 눈으로 상도를 내려다보고 있었다. 그리고 그 곁에 불난 산의 토끼처럼 놀란 눈을 한 꽃님이가 상도를 지켜보고 있었다.

"그래, 이제 정신이 좀 드누?"

안방 노마님이 상도의 이마에 손을 얹으며 나직이 물었다.

"예, 노마님!"

상도는 어안이 벙벙한 채 대답했다.

"큰일 날 뻔했지 뭐누. 무슨 대수로 그 높은 밤나무엔 올라가누 그래. 떨어진 알밤만 주어먹으면 되는 게지. 에이그 저정스럽기는 쯧쯧쯧!"

안방 노마님이 혀를 끌끌 차더니 바깥에다 대고

"약 가져오게"

했다. 그러자 대기라도 하고 있었는지

"예, 노마님"

하는 대답과 함께 부엌데기 노미 에미가 쟁반에 탕약을 받쳐 들고 들어왔다.

"이 약 마시고 한 잠 푹 자. 그럼 괜찮을 게야. 나무에 떨어져 놀라고 높은 데 떨어져 응혈진 데는 이 탕제가 즉효라 했어"

안 노마님이 자리에 누워 있는 상도를 손수 일으켜 안고는 노미에미로부터 약사발을 받아 먹였다.

"꽃님이 너 어디 가지 말고 상도 곁에 있어. 알았지?"

상도가 약사발을 다 비우자 안 노마님이 자리를 일어나며 말했다.

"예, 노마님"

꽃님이는 발딱 일어나 공수[310]로써 대답했다. 언제 봐도 꽃님이는 상냥하기가 참배 맛 같아 사근거렸다. 어린 게 어쩌면 그리도 어른 대하는 게 깍듯하고 상냥한지 마치 입의 혀 같았다.

"한 잠 푹 자. 안 노마님께서 자랬잖아"

안 노마님이 밖으로 나가자 꽃님이가 폭 한숨을 쉬며 말했다. 꽃님이는 아직도 가슴이 콩콩 뛰고 있었다.

"꽃님아, 내가 나무에서 떨어진 건 알겠는데 그 담은 모르겠어. 내가 곤두박질쳤어?"

상도가 꽃님이를 쳐다보며 물었다.

"말도 마. 난 니가 죽는 줄 알았어. 그 높은 데서 떨어졌으니...."

꽃님이는 또 한숨을 폭 내쉬었다. 그런 꽃님이의 두 눈에 눈물이 갈쌍거렸다.

"미안해. 난 알밤을 너한테 따 주려고 그랬어. 니가 알밤을 갖고 싶어 해서..."

"알아. 그래서 미안한 건 니가 아니라 나야. 나만 아니었음 나무에도 안 올라가고 나무에 안 올라갔음 떨어지지도 않았잖아"

꽃님이는 그예 상도의 얼굴에 눈물을 떨궜다. 그런 꽃님이의 눈물은 상도의 볼과 인중에도 뚝뚝 떨어졌다. 상도는 흘러내리는 꽃님이의 눈물을 혀로 핥으며 눈을 감았다. 눈물은 짠맛이 있어 건건찝찔했다. 꽃님이는 이런 상도를 지키듯 바라보며 큰 탈 없이 깨어난 게 얼마나 다행한지 모른다 싶었다. 만일 상도가 죽거나 다리라도 부러졌다면 어쩔 뻔했는가. 꽃님이는 몸이 오므라들었다.

아까 상도가 나무에서 떨어졌을 때 꽃님이는 식겁을 해 간이 콩알만 해졌다. 바람은 지동치듯 불지, 상도는 정신을 잃은 채 꼼짝도 안 하지, 주위를 살펴봐도 사람은 없지. 두 주먹을 부르쥐고 집을 향해 달리는 꽃님이는 "죽지 마 상도야! 죽으면 안 돼 상도야!"만을 되뇌며 죽기 기를 쓰고 달렸다.

사흘 동안 상도는 안 노마님의 극진한 대접을 받으며 자리에 누워 있었다. 물론 이 사흘 동안 안 노마님이 자리를 뜨거나 비울 때마다 곁에는 꽃님이가 그림자처럼 붙어 있었다. 안 노마님이 잠시도 상도 곁을 비우지 말고 고수련[311]하라 엄명을 내렸기 때문이었다. 그랬으므로 꽃님이는 안 노마님이 곁에 있든 없든 상도의 머리맡을 지키고 앉아 수발을 들었다.

사흘 동안 상도는 참으로 즐거웠다. 세상에 태어나 이 사흘처럼 즐거운 때는 일찍이 없었다. 상도는 무엇보다 꽃님이와 함께 있는 게 즐거웠고 밤마다 안 노마님의 동남(童男)으로 윗방아기[312] 노릇을 안 하는 게 즐거웠다. 한데도 꽃님이는 밤만 되면 바깥 노마님의 침소로 가 윗방아기의 동녀(童女) 노릇을 해야 했는데 상도는 이게 슬프도록 가슴 아팠다.

그만 아프다고 핑계대고 더 누워 있을까? 못 일어나겠다고 꾀병부리고 더 누워 있을까?

상도가 아프다고 핑계대거나 꾀병 부려 누워 있는 한 안 노마님은 밤마다 상도를 윗방아기로 안고 자지는 못할 것이다.

상도와 꽃님이는 동갑내기 아홉 살로 낮에는 상노(床奴)나 담뱃불 심부름 또는 요강담살이를 하다가도 밤에는 각기 노마님의 품에 안겨 윗방아기 노릇을 했다. 상도는 안노마님의 품에서 동남노릇을 했고 꽃님이는 바깥 노마님의 품에 안겨 동녀노릇을 했다. 그러나 두 노마님이 한 달에 두 번 초하루와 보름은 예외여서 윗방들임을 하지 않았다. 이 두 날은 바깥마님과 안 마님이 합방을 하는 날이었다. 동남동녀로부터 기를 옮겨 받았다고 생각하는 노부부는 초하루와 보름은 운우지정313)을 나누는 날로 정해 놓았던 것이다. 볼이 연지를 찍은 것처럼 발그레한 아이들을 바깥노인은 여자 아이를 안 노인은 사내아이를 품에 품고자면 아이의 기가 노인에게로 옮겨져 회춘이 된다는 윗방들임. 이 윗방들임은 권세깨나 있는 세도가나 밥술깨나 먹는 부잣집 노인들은 통과의례처럼 해오고 있는 일이었다.

윗방들임을 하는 노인들은 동뇨(童尿) 즉 아이들 오줌도 예사로 받아 마셨다. 동뇨가 몸에 좋아 정력은 물론 회춘에도 크게 도움을 준다고 믿었기 때문이었다.

상도는 윗방아기노릇이 죽기만큼 싫었다. 이는 말을 안해 그렇지 꽃님이도 마찬가지일 터였다. 꽃님이는 일곱 살 때부터 바깥 노마님의 윗방아기 노릇을 했다니 올 봄부터 시작한 상도보다는 삼 년이나 더 빨리 그리고 더 많이 한 셈이었다. 안 노마님은 올해 환갑을 맞은 예순 한 살이었고 바깥 노마님은 올해 진갑을 맞는 예순 두 살이었다. 상도는 처음 한동안은 하는 일 없이 배불리 밥 먹고 편히 지내는 게 좋아 참 후덕한 상전을 만났구나 했다. 그랬는데 한 열흘쯤 지나자 가령이 조용히 불러

"상도 너는 오늘밤부터 안 노마님을 모시고 자야한다. 니가 하는 일은 아무것도 없고 안 노마님의 품에 안겨 윗방아기 노릇만 하면 된다. 알겠느냐?"

했다. 상도는 그때 윗방아기가 뭔지도 모르면서

"예!"

하고 대답했다. 그러자 가령이

"얼마 전까지 안 노마님을 모시고 자던 윗방아기가 있었는데 나이 열세 살로 너무 많아 내보냈다. 그래서 여남은 살짜리 윗방아기를 구하던 차에 상도 너를 만났다. 그러니 이게 어찌 좀한 인연이겠느냐. 상도 니가 입의 혀처럼 안 노마님을 잘 모시고 자면 너는 잘 먹고 잘 입고 귀염받으며 호강할 수 있다. 우선 바깥 노마님의 윗방아기 꽃님이를 보아라. 얼마나 사랑받고 잘 지내냐. 꽃님이는 팔년 전 어느 날 업둥이로 이 댁에 들어와 지금까지 귀염 받으며 살고 있다. 그날, 꽃님이가 이 댁에 업둥이로 들어오던 날은 쌀쌀한 밤이었는데 대문밖에서 웬 아기울음소리가 들려 나가보니 갓난아기가 강보에 싸여 울고 있었다. 후덕하신 이 댁에서는 그 아기를 부처님이 보내주신 업둥이로 알고 길렀다. 그때 강보에는 이 죄 많은 에미가 도저히 이 아이를 키울 수 없어 마님댁 대문 앞에 놓고 가니 부디 잘 길러주십사라는 당부의 서찰과 함께 이 아이 이름은 꽃님이고 생년월일시는 언제언제라는 게 적바림[314] 돼 있었다. 그런데 알 수 없는 것은 이 아이 꽃님이가 왜 강보에 싸인 채 버려졌는지 꽃님이 부모는 무엇하는 누구였는지 하는 점이다. 그리고 꽃님이 부모가 큰 죄를 짓고 야반도주 하느라 꽃님이를 버렸는지 아니면 꽃님이 어머니가 상피나 불륜 또는 강상[315]을 어그러뜨리는 중죄를 짓고 아무도 몰래 혼자 내빼느라 그랬는지 모른다는 점이다. 이는 그러나 상도 너도 마찬가지여서 수수께끼투성이다. 아직 열 살도 안 된 어린 니가 왜 울며불며 골목을 헤매야 했는지, 집은 어디며 부모는 무엇을 하는 누구인지 아무리 물어도 도무지 입을 열지 않으니 알 수가 없다는 점이다. 꽃님이는 강보에 싸인 채 버려졌으니 그 연유를 모른다쳐도 상도 너는 그만 것을 알 나이니 반드시 사연이 있을 것 아니냐. 한데도 너는 니 신상에 대해 묻기만 하면 입을 굳게 다문 채 말이 없으니 궁금증 투성이다. 이렇듯 너희들 둘이 안개에 가려 있어도 노마님 내외분은 너희들에 대해 아무것도 묻지 말고 잘 먹이고 잘 입혀 귀여워해주라는 분부가 계셨다. 그러니 너희 두 사람은 출신 성분은 모르겠다만 상전을 잘 만나 호강하는 줄 알아라!"

가령은 장황하게 설명을 하고 상도의 머리를 쓰다듬었다. 상도는 가령이 업둥이니 상피니 불륜이니 강상이니 하는 말을 하나도 알아들을 수가 없었다. 그러나 이 말들은 윗방아기에 비하면 덜 어려운 편이어서 뭔가 조금은 알 것 같았다. 그날, 상도가 노마님 댁에 들어온지 열흘인가 되던 날 가령은 상도를 조용히 불러

"상도 너는 오늘밤부터 안 노마님을 모시고 자야한다. 니가 하는 일은 아무것도 없고 안 노마님의 품에 안겨 윗방아기 노릇만 하면 된다. 알겠느냐?"

했다. 상도는 윗방아기가 뭔지도 모르면서 "예!" 하고 대답했지만 하룻밤이 지나고 이틀밤이 지나고 열흘 보름밤이 지나자 상도는 안 노마님의 품에서 잠이 들고 품에서 잠이 깼다. 처음 며칠 동안은 초조하고 불안하고 긴장돼 잠이 잘 안 왔지만 닷새가 지나고 열흘이 지나자 엄마 품처럼 잠이 왔다. 그래도 상도는 안 노마님의 품이 싫었

다. 안 노마님이 자꾸 상도의 고추를 만지기 때문이었다. 상도가 꿈결인가 싶어 잠에서 깨면 안 노마님은 그때마다 상도의 고추를 만지작거리고 있었다. 그러면 고추는 상도의 의사와는 상관도 없이 빳빳하게 서서 상도를 당황하게 했다. 어떤 날은 팔마구리316)만한 고추가 얼마나 빳빳하게 골이나 있는지 뻐근하게 아프기까지 했다. 상도는 겁나고 부끄럽고 민망해 두 손으로 사추리를 감싸 쥐며 모로 돌아누웠지만 이상하게 싫지가 않았다. 싫기는커녕 몸이 새큰거리고 오므라들어 배배 꼬이기까지 했다. 이럴 때마다 상도는 꽃님이도 이럴까? 바깥 노마님도 꽃님이 것을 만질까? 하고 자신에게 물었지만 대답은 늘 설마였다. 상도는 그날 왼쪽 길이나 오른쪽 길로 갔더라면 어찌 됐을까 싶자 문득 왼쪽 길과 오른쪽 길에 대한 알 수 없는 동경이 새록새록 떠올랐다.

그날 밤, 이름도 성도 모르는 고마운 농부의 집에서 저녁을 먹고 잔 상도는 다음 날 아침을 먹자 또 길을 걷기 시작했다. 농부가 웬만한 집에 상노가 아니면 담뱃불 심부름을 해주고 밥이나 얻어먹게 해주겠다 했지만 상도는 고개를 저었다. 이유는 몰라도 상도는 어딘가로 한도 끝도 없이 자꾸 가야하고 또 그래야 될 것 같았다.

상도는 들길을 걷고 산길을 걷고 내를 건너고 고개를 넘었다. 들길을 걸을 때는 오디를 따먹고 산길을 걸을 때는 산딸기를 따먹었다. 내를 건널 때는 동글납작한 돌을 주워 물수제비317)를 떴고 고개를 넘을 때는 고갯마루에 앉아 고향 금골이 어디쯤일까 하고 살폈다. 아무리 돌이키기조차 싫은 금골이지만 상도가 나서 자라던 곳이니 고향이었다.

물수제비뜨는 일은 특히 재미있어 시간가는 줄 모르고 놀았다. 잔잔한 수면 위로 둥글고 얄팍한 돌을 오른손 엄지와 검지 사이에 끼워 던지면 수면 위로 돌이 차르르 미끄러지며 담방담방 수제비가 떠졌다. 잘못 던지면 텀벙하고 돌이 물에 빠져 한 방도 못 뜨지만 잘하면 다섯 여섯 방을 뜨고 어떤 것은 일고여덟 방도 떠졌다. 그러면 상도는 혼자 신이나 손뼉을 쳐댔다. 그러다 배가 고프거나 다리가 아프면 엄마를 부르며 울고 아버지를 찾으며 걸었다. 낮에는 오디를 따먹고 산딸기를 따먹어 그런대로 버틸 수 있었지만 날이 저물면 오디나 산딸기를 따먹을 수 없는데다 엄마 아버지는 더 보고 싶어 앙앙 울음만 나왔다. 그러면 상도는 고픈 배를 끌어안고 철철 울며 어느 짚북데기 속에 들어가 하룻밤을 잤고 어떤 날은 온기가 있는 어느 사랑채 추녀 밑의 굴뚝을 끌어 앉고 밤을 새우기도 했다. 그리고 아침때가 되면 이집 저집 다니며 문전걸식으로 고픈 배를 채웠다.

이렇게 애면글면 며칠을 걸었을까.

금골을 떠나 닷새째 걷던 날 석양 무렵, 상도는 어느 세 갈림길 앞에서 풀썩 주저앉았다. 다리가 떨어져 나갈 듯 아파서만은 아니었다. 길이 세 갈래라 어디로 가야할지 몰라서였다.

어디로 가지?

망양지탄³¹⁸⁾이었다. 상도는 이리 갈까 저리 갈까 한참 고민하다 가운데 길을 택했다. 왼쪽 길은 꾸불꾸불 험해 보여 가기가 싫었고 오른쪽 길은 협로인데다 산으로 이어지는 것 같아 복판 길을 택했다. 복판 길은 왼쪽 길처럼 꾸불꾸불 험해 보이거나 오른쪽 길처럼 산으로 이어지는 협로가 아닌 넓고 곧은길이었다.

그래, 넓고 곧은 복판 길로 가자!

상도는 일어섰다. 그리고는 복판 길로 걸었다. 한참을 걷자 야트막한 등성이가 나오고 등성이를 넘자 널찍한 들과 함께 큰 동네가 나왔다. 얼핏 봐도 백여 호는 됨직한 초실한 동네였다. 동네 뒤로는 산이 빙 둘러져 있고 동네 앞에는 큰 내가 흘렀다. 전형적인 배산임수(背山臨水)[319]의 촌락이었다. 상도는 먼저 큰 기와집부터 찾았다. 문득 덕이 엄마가 한 말이 또 떠올라서였다. 덕이 엄마는 상도가 떠나던 날 상도의 손을 잡고 가다가 날이 저물면 큰 기와집 머슴방이나 봉놋방 같은 데 찾아가 사정해 끼어 자고 밥도 얻어먹으라 했다. 세상인심이 아무리 야박하고 몰인정해도 자식 키우는 사람이면 매몰차고 얀정머리 없이 내쫓지는 않을 것이라면서....

기와집은 뜻밖에도 다섯 집이나 됐다. 웬만한 동네는 기와집은 구경할 수 없고 동네가 크고 부촌소리를 들어야 고작 두 셋집인데 이 동네는 자그마치 기와집이 다섯 군데나 됐다. 상도는 이 다섯 군데의 기와집 중에서도 제일 크고 근사한 기와집을 찾았다. 산 밑으로 아늑하게 들어앉은 기와집이 제일 크고 근사해 대궐 같았다.

그래, 저 대궐 같은 기와집으로 가자!

집을 정하자 상도는 가슴이 들고 뛰었다. 동네는 저녁연기가 자욱이 깔려 앙금처럼 가라앉아 있었다.

이날 밤, 상도는 산 밑으로 아늑하게 들어앉은, 동네에서 제일 크고 근사한 대궐 같은 기와집을 찾아갔다. 처음에는 덕이 엄마 말대로 밥을 얻어먹고 잠은 머슴방에 끼어 자려 했는데 용기가 안 나 밤이 꽤 깊을 때까지 집밖에서 배돌았다. 기와집이 어찌나 크고 으리으리한지 감히 들어갈 엄두가 나지 않았다. 대궐 같은 기와집의 위의로 보건대 장안갑제(長安甲第)[320] 저리 가라여서 삼한갑족(三韓甲族)의 권문세가가 아니면 만석지기의 부잣집 같아 생의를 낼 수가 없었다.

상도는 배고프고 다리 아파 아무데나 주저앉고 싶었지만 그럴 수가 없었다. 왠지 대궐처럼 으리으리한 기와집 앞에서 그래서는 안 될 것 같았기 때문이었다. 상도는 어둠이 내려 캄캄할 때까지 기와집 주위를 배돌았다. 대낮처럼 환하게 등을 밝힌 기와집 안에서는 이제 한창 저녁상을 차리는지 밥 푸는 냄새와 고기 굽는 냄새로 진동했다. 찬모들은 상을 차리느라 분주했고 상노들은 저녁상을 나르느라 분주했다. 집이 크니까 식구도 많은 모양이었다. 하기야 이런 대가에서는 가령을 비롯해 노비와 노복, 그리고 하인과 머슴만 수십 명은 족히 될 것이었다. 상도는 입으로 들어가는 듯한 밥을 군침으로 꿀꺽 삼키고는 사랑채 굴뚝을 찾았다. 봄이라고는 해도 밤이 깊어가자 오소소 한기가 느껴졌다. 상도는 굴뚝을 껴안고 철철 울기 시작했다. 굴뚝은 군불을 땐 지 얼마 안 돼서인지 아랫목처럼 따스했다. 상도는 추위도 추위지만 배가 고파 견딜 수가 없었다. 그런데도 잠이 소나기처럼 쏟아졌다. 피곤한 몸에 따뜻한 굴뚝을 안으니 잠이 퍼부었다. 아무리 잠을 안 자려해도 소용없었다. 상도는 흡사 기면병[321]에라도 걸린 듯 꾸벅거렸다.

이러고 몇 각이나 흘렀을까.

누군가가 흔들어 깨우는 바람에 상도는 잠을 깼다.

"야가 누구지? 거지 아니여?"

"글쎄, 굴뚝 안고 자는 걸 보니 거지같기도 하고...."

상도 앞에는 등불을 든 중년의 건장한 두 사내가 서 있었다.

"야, 너 누구여? 누군데 여기서 굴뚝을 안고 자는 거여?"

사내 하나가 묻자 다른 한 사내도

"너 첨보는 놈인데 어디 사는 뉘기여? 이름은 뭐구?"

하고 물었다. 그러나 상도는 대답하지 않았다. 상도는 울며 잠이 들어서인지 아직도 가볍게 흐느끼며 어깨로 숨을 쉬고 있었다.

"야가 이거 벙어리가 마빡을 쳤나, 왜 말을 안 해. 너 벙어리여?"

앞의 사내가 상도 가까이 등불을 들이대고 묻자 뒤의 사내도

"야, 너 벙어리가 아니면 말해 봐. 너 어디 사는 뉘긴데 여기서 이러구 있어. 자세히 보니 거지는 아닌 것 같은데....."

하며 상도를 빤히 들여다봤다. 이들은 이댁의 노복 고지기322)들로 밤이 되면 시각마다 집 안팎을 도는 야순(夜巡)꾼들이었다. 이 야순은 노복들이 밤마다 교대로 하는 일이어서 하루도 빠뜨리지 않는 일과였다. 이날도 이들은 집 안팎을 야순하다 상도를 발견한 것이다.

"안 되겠다. 가령님한테 알리자. 암만 봐두 거지는 아닌 것 같애"

앞의 사내가 말하자 뒤의 사내가

"알았어. 내 쫓아가 가령님 모시고 올께"

하더니 어디인가로 번개같이 달려갔다. 상도는 춥고 배고픈데다 무섭고 두렵기까지 해 몸을 잔뜩 오므라뜨렸다.

"야, 가령어른 모시고 왔으니 묻는 말씀에 잘 대답해. 알았지?"

뒤의 사내가 가령인가 하는 사람을 금세 데려오더니 그 앞에 허리를 굽신 꺾었다.

"얘야, 너는 누구냐. 이름은 뭐구?"

가령이 상도의 머리를 쓸어내리며 다정하게 물었다. 상도는 대답하지 않았다.

"그놈 참 자알 생겼다. 나는 이 댁에 가령으로 있는 사람이다. 그러

니 겁내지 말고 말하거라. 내가 너를 도울 수 있으면 도울 터이니"

상도는 그래도 대답하지 않았다.

"너 지금 춥지? 그리고 배고프지?"

가령이 이번에는 상도의 두 손을 꼬옥 잡고 물었다. 상도는 그제야

"예!"

하고 머리를 끄덕였다.

"그럼 안으로 들어가자. 들어가서 우선 밥부터 먹고 보자"

가령은 속으로 쾌재를 불렀다. 얼핏 봐도 상도는 깎은 밤처럼 준수하게 생긴데다 나이도 여남은 살쯤으로 보여 안 노마님의 윗방아기 감으로는 안성맞춤인 것 같았기 때문이었다.

옳거니!

가령은 상도의 출현을 부처님의 가피 덕으로 여겼다. 그렇지 않고야 이 밤에 이 아이가 부르듯 이렇게 나타날 리 없다 싶었다. 더욱이 이 아이가 밤에 남의 집 추녀 밑에서 굴뚝을 껴안고 자면서 춥고 배고파 우는 것으로 보면 필시 부모 없이 유리걸식하며 동가식서가숙하는 아이에 틀림없었다.

이날 밤 상도는 가령 덕에 고량진미로 저녁을 먹고 원앙침323) 비취금324)을 덮고 잠을 잤다. 난생 처음 먹어보는 고량진미요 난생 처음 덮어보는 비취금이었다. 맛있는 음식으로 저녁을 먹고 비단이불을 덮어서인지 잠도 수잠325)이나 토끼잠326)이 아닌 귀잠327)과 통잠328)을 잤다. 머슴방이나 봉놋방에 끼어서 잘 때처럼 칼잠329)이나 발칫잠330)도 아니요 멍석잠331)이나 등걸잠332)도 아닌, 그렇다고 좁은 방에서 여럿이 모로 끼어 자는 갈치잠333)도 아닌, 온밤을 편안하게 숙면을 한 온잠334)이었다.

다음 날 상도는 급수비(汲水婢)335)에 의해 목욕을 하고 의금비(衣衾婢)336)에 의해 비단옷으로 바꿔 입었다. 안 노마님 댁은 명문거족의 환족일 뿐만 아니라 전장도 수십 리에 가득 뻗쳐 만석꾼 소리를 듣는 대부호였다. 그래서 사람들은 이 댁을 김 대갓댁이라 불렀다.

상도가 꽃님이를 만난 것은 다음 날 아침이었다. 꽃님이는 눈이 크고 목이 길어 슬퍼 보이는 얼굴이었다. 게다가 살결이 하얘 더 슬프게 느껴졌다.

가을이 깊어 낙목한천이 되자 꽃님이는 전기수(傳奇叟)337)가 됐다. 아니 책비가 됐다. 밤이 되면 안 노마님이 사랑채의 바깥 노마님 방으로 가 꽃님이가 읽어주는 이야기책을 들었기 때문이었다.

이야기책은 거의 망라돼 있어 처음에는 춘향전과 심청전, 홍부전과 옹고집전 같은 것을 읽고 그 다음으로 장끼전과 토끼전, 두껍전과 이춘풍전, 장화홍련전과 콩쥐 팥쥐 등을 읽었으며 세 번째는 숙향전 옥단춘전 숙영낭자전 임진록 임경업전 유충렬전 장국진전 홍길동전 인현왕후전으로 이어져 한중록 계축일기 구운몽 금오신화 최고운전 사씨남정기까지 읽는다. 그리고 마지막에 연암 박지원의 호질(虎叱)과 양반전 허생전을 읽는데 밤마다 이 많은 삼십여 권의 책을 한 권 한 권 읽는 사이 긴 겨울밤도 함께 깊어갔다. 이 많은 책 중에 몇 권의 책을 제외하면 술이 얇아 하룻밤에 한 권도 읽고 두 권도 읽고 어떤 것은 읽고 또 읽어 두세 번씩 읽는 것도 있었다.

꽃님이가 두 노마님의 책비가 된 것은 여덟 살이 되던 작년부터였다. 가령은 꽃님이가 여덟 살이 되자 언문을 가르쳤다. 책비로 만들 요량에서였다. 겨울밤 밤이 이슥토록 고담 책을 읽어 두 노마님을 즐겹게 하는 책비. 재작년까지는 겨울이면 찾아와 전문적으로 고담 책을 읽어주는 전기수가 있었지만 작년부터는 꽃님이 한테 언문을 가르쳐 꽃님이로 하여금 고담 책을 읽히었다. 꽃님이는 영리하고 총명해 며칠 사이 언문을 깨우쳤다.

꽃님이가 두 노마님의 책비로 겨우내 고담 책을 읽는 동안 가령은 상도에게도 언문을 가르쳤다. 상도도 꽃님이처럼 영리하고 총명해 사흘만에 언문을 다 깨우쳤다. 가령은 상도가 언문을 깨우치자 이번에는 한문을 가르치기 시작했다. 한문은 천자문과 동문선습(童蒙先習)만 가르쳤는데 이는 상도가 인간의 도리를 알고 또 면무식이면 족할 것 같아 더 이상은 가르치지 않았다.

그랬다. 식자(識字)는 우환(憂患)이었다. 글을 많이 알면 아는 것만큼 속썩이는 일도 그만큼 더 생길지 모르고 또 식자인(識字人)이면 무슨 일을 도모할지 모르기 때문에 마음을 놓을 수가 없었다. 그러니 천자문에 동몽선습만 읽으면 족해 더 이상의 글은 오히려 우환덩어리였다. 이는 꽃님이도 마찬가지여서 언문만 틔워줬다. 아니 꽃님이는 여자아이라 더 조심스러워 한문은 숫제 한 자도 가르치지 않았다. 시경(詩經)에 이르기를 잘난 사내는 나라를 일으키지만(哲夫成城) 잘난 계집은 나라를 기울인다(哲婦傾城)하지 않았는가. 가령이 보기에 꽃님이는 잘난 여자아이였다.

꿈속에서

겨울이 가고 봄이 왔다.

앞개울의 버들개지가 목화송이처럼 하얗게 피고 뒷동산의 참꽃이 분홍색으로 온 산을 뒤덮었다. 들에는 아지랑이가 아른아른 피어오르고 공중에는 노고지리가 삐삐거리며 보리밭으로 굴러내렸다. 찔레꽃 향기는 명지바람338)에 살포시 실려와 코끝에 전해졌고 건넛산 솔보득이 밑에는 봄 꿩이 꿩엉 꿩엉 울다가 푸드득 날아올라 등성이 너머로 내려앉는다. 양지쪽 산자락 묵정밭이나 비탈진 돈들막 언덕배기에는 냉이 달래 캐는 댕기머리 여자아이들의 재잘거림이 꿈결인 양 들려오고 나무를 해오다 쉼터에 지게를 받쳐놓고 쉬는 초동들은 지게 밑에 모로 누워 재잘대는 여자아이들을 꿈결인 양 바라봤다.

"꽃님아, 이 꽃 받어. 참 이쁘지?"

상도가 호드기339)를 불다말고 꽃방망이를 내밀었다. 호드기는 아까 상도가 개울가에서 물오른 버드나무 가지를 비틀어 만든 것으로 꽃님이도 갖고 있었다. 꽃님이는 호드기를 즐겨 불었는데 이는 풀피리나 보리피리보다 소리가 더 낭랑하고 청아해 들으면 들을수록 정이갔다.

"야아, 꽃방망이 만들었네. 이거 집에 가져가 병에 꽂아두면 더 이

쁘겠다 그지?"

꽃님이가 참꽃 방망이를 받아들며 팔짝거렸다. 어지간히 좋은 모양이었다.

"좋아?"

"응, 좋아"

"그깐 꽃방망이가 뭐 그렇게 좋아"

"그래도 난 좋아"

"그럼 꽃 더 꺾어다 이 방 저 방 꽂아둘까?"

"이 방 저 방?"

"응. 이 방 저 방. 아니다. 우리 꽃 많이 꺾어다 꽃대궐 만들자!"

"꽃대궐?"

순간 꽃님이의 눈이 반짝 빛났다.

"그래. 꽃대궐!"

"그럼 엄청 많이 꺾어야겠네"

"응. 한 짐 가량. 아니 어쩜 두 짐 가량 꺾어야할 지도 몰라"

"그렇게 많이?"

꽃님이가 지천으로 핀 참꽃밭을 휘이 한 바퀴 둘러보며 포옥 한숨을 내쉬었다. 이때 상도는 이미 참꽃떨기 속으로 들어가 참꽃을 꺾기 시작했다.

"안돼, 상도야, 꺾지마!"

상도가 꽃떨기 속에 파묻혀 꽃을 꺾자 꽃님이가 소리쳐 상도를 불렀다.

"왜 안돼. 왜 꺾지 말라 그래"

상도가 꽃떨기 사이로 얼굴을 내밀었다.

"글쎄, 안돼. 그러니까 빨리 나와 빨리!"

꽃님이가 다급하게 소리치며 발을 굴렀다.

상도는 참꽃을 못 꺾어 아쉬운지 몇 번이나 뒤를 돌아보며 꽃밭을 나왔다.

"왜 그래 꽃님아. 점심 때까지 꺾으면 엄청 많이 꺾을 텐데"

상도가 그 사이 꺾은 참꽃을 가슴에 안고 꽃님한테로 오자 꽃님이가 잽싸게 상도의 손을 잡고 뛰기 시작했다.

"왜 그래 꽃님아. 뭣 땜에 그래 꽃님아"

상도가 영문을 몰라 물었지만 꽃님이는 대답하지 않았다. 이런 꽃님이가 상도의 손을 놓고 입을 연 것은 애두름340)을 넘어 평지에 다다라서였다. 꽃님이는 할딱거리며

"상도야, 그만 집에 가자!"

하고 가쁜 숨을 몰아쉬었다. 그런 꽃님이는 그 자리에 주저앉아 참꽃이 지천으로 흐드러진 참꽃밭을 망연히 올려다봤다.

"왜, 왜 그래 꽃님아. 어디 아퍼? 아퍼서 그래?"

상도가 꽃님이를 따라 참꽃밭을 쳐다보며 빠른 말로 물었다.

"아아니"

꽃님이가 고개를 저었다.

"그럼 왜 그래?"

"꽃문둥이 땜에"

"꽃문둥이?"

"응. 꽃떨기 속에 숨어 있다 금세 뛰어나올 것 같아서"

꽃님이는 무서운지 몸을 부르르 떨었다.

"난 또 뭐라고"

상도는 아무렇지 않은 듯 말했지만 꽃문둥이라는 말에 실상은 겁이 났다.

꽃문둥이!

참꽃 떨기 속에 숨어 있다가 아이들이 참꽃을 꺾으러 오면 잡아먹는다는 꽃문둥이.

문둥병에는 아이들의 간이 제일 좋다 여겨 문둥이들이 참꽃 떨기 속에 숨어 있다가 아이들을 잡아 간을 꺼내 먹는다는 꽃문둥이. 꽃문둥이는 참으로 무서운 존재였다. 호랑이보다 더 무섭고 귀신보다 더 무서운 게 꽃문둥이었다.

그랬다. 아이들은 봄이 돼 먹을 게 없으면 보릿동까지 참꽃을 비롯해 찔레순, 메, 무릇, 송기, 오디, 딸기, 잔대, 등속으로 고픈 배를 채웠다. 참꽃은 봄꽃 중 제일 먼저 피는 꽃인데다 다른 꽃과 달리 먹는 꽃이기 때문에 허기진 아이들은 참꽃이 피었다하면 움큼으로 훑어 아귀아귀 먹었다. 상큼하고 달싸하고 향긋하고 알키한 참꽃은 곧잘 배고픈 아이들에게 구황노릇을 했다. 그런데도 아이들은 이런 참꽃 떨기에 냉큼 접근을 못해 멀찍이 떨어져서 돌팔매만 풀풀 던졌다. 참꽃 떨기 속에 아이들을 잡아 간을 빼먹는 꽃문둥이가 숨어 있을 지도 모른다싶어서였다. 아니 그런 꽃문둥이가 있나 없나 확인하기 위해서였다. 한참을 참꽃 떨기를 향해 돌을 던져 꽃문둥이가 없는 게 확인되면 아이들은 그제야 참꽃을 따먹고 꽃방망이를 만들었다. 그러면서도 마음 속 한편으로는 켕기고 겁이나 연신 좌고우면 했다. 금세 꽃문둥이가 다른 꽃떨기 속에 숨어 있다가 "요노옴" 하고 쫓아나와 목덜미를 나꿔챌 것 같았기 때문이었다.

꽃문둥이가 겁이나 상도를 산 밑으로 허겁지겁 끌고 내려온 꽃님이는 지천으로 핀 참꽃밭이 아슬하게 보이자 비로소 마음이 놓였다. 이제는 꽃떨기 속에서 꽃문둥이가 나타난다 해도 애줄없는[341] 거리여서 무섭지 않을 것 같았다. 만의 하나 저 꽃밭 속에 숨어 있던 꽃문둥이가 요놈들 하고 쫓아온다 해도 동네가 가깝고 또 길도 좋아 냅다 뛰면 제아무리 살파라움에 난든집이 된 꽃문둥이라해도 따라올 수 없는 것을.

"꽃님아, 이제 배고픈데 집에 가자!"

상도가 이마에 송글송글 맺힌 땀방울을 소매로 닦으며 해를 쳐다봤다. 해는 어느새 하늘 복판에 와 있었다.

"벌써 배고파?"

꽃님이도 콧등에 땀방울이 송글송글 앉아 있었다.

"벌써가 뭐여. 해가 하마 한나절인데"

상도가 다시 해를 쳐다봤다.

"그럼 우리 꽃쌈 한 번 하고 가"

"꽃쌈?"

"응"

"그래. 그럼!"

상도는 참꽃 속의 꽃술을 따 꽃님이의 꽃술과 열십자로 맞걸어 당겼다. 머리를 맞대고 숨을 죽인 채 꽃술을 맞걸어 당긴 꽃쌈은 그러나 상도의 일방적인 완패였다. 꽃술을 걸어 당기는 족족 상도의 꽃술만 끊어졌기 때문이었다.

"야아, 또 내가 이겼다. 야아 신난다!"

꽃님이가 팔딱팔딱 뛰며 좋아했다.

"참 이상하다. 왜 나만 자꾸 지지?"

상도가 믿기지 않는다는 듯 고개를 갸웃했다.

"한 번 더 해봐. 자!"

상도가 꽃술을 내밀었다. 그러나 결과는 마찬가지였다. 상도는 오기가 생겨 열 번이고 스무 번이고 이길 때까지 했다. 그러다 꽃술을 당기는 쪽이 불리하고 꽃술을 쥐고 있는 쪽이 유리하다는 사실을 알았다.

아하, 그래서 꽃님이가 번번이 이겼구나!

상도는 그러나 이런 꼼수342)를 전혀 모르는 것처럼 몽따고343) 한 번은 꽃술을 당겨서 져주고 한 번은 꽃술을 대쳐서 이기고 했다.

마을 안 고샅 울너머로 연분홍 살구꽃이 구름처럼 피어오르자 얼마 후 앞산 골짜기와 건넛산 등성이에는 또 화사한 산벚꽃이 현란하게 피기 시작했다. 그러자 우물가 둔덕 언덕배기에 분홍색 복사꽃이 졸듯이 피고 산기슭 밭두둑 양지녘에는 소금을 뿌려놓은 듯 하얀 조팝꽃이 시샘하듯 흐들겼다. 다 울너머로 구름처럼 핀 살구꽃이 불을 붙인 까닭이다. 이럴 때는 두목지(杜牧之)가 읊조린 '목동요지 행화촌(牧童遙指杏花村)'이 새삼 그리워 목동이 살구촌을 손가락질 하지 않더라도 살구꽃은 마을마다 눈부시다.

하지만 어찌 두목지의 행화촌 뿐이랴. 소동파(蘇東坡)도 '춘야(春夜)'에서 '춘소일각 치천금(春宵一刻値千金)'이라 하여 봄밤의 한 시각은 천금에 값한다 하지 않았는가. 봄밤의 짧은 한 시각이 얼마나 귀하고 값지면 천금에 값한다 했겠는가.

살구꽃이 흐드러져 고샅 담장을 넘고 산벚꽃이 현란히 인근 산을 에워싸면 사람들은 꽃에 취해 어질어질 꽃멀미344)를 한다. 여기에 몽

환적인 복사꽃까지 가세하면 꽃멀미는 절정에 달해 어리어리 취한다. 이럴 때, 이런 날 정든 이나 그리운 사람 맞아 어리어리 취하는 복사꽃 그늘이나 구름 같은 살구꽃 그늘 아래 앉아 일배 일배 부일배로 권커니 잣커니 정담을 나눈다면 그 정취와 운치가 얼마나 도연할 것인가. 금상첨화로 교교한 달빛까지 있어 복사꽃 살구꽃에 쏟아지기라도 한다면 도원경이 따로 없어 환몽 속에 빠진다.

꽃의 아름다움과 향기에 취해 어리어리 일어나는 어지러운 증세 꽃멀미. 그러나 정녕 꽃에 취해 꽃멀미가 날 때는 눈부신 햇살이 누리를 찬란히 비출 때다.

생각해 보라

온 산은 기화요초345)가 다투어 피지, 화사한 산벚꽃은 무더기무더기 흐드러져 환상적이지, 모든 초목은 연초록색 이파리로 야드르르하지, 파아란 하늘은 구름 한 점 없이 맑아 투명한 유리알 같지, 산새들은 이 나무에서 저 나무로 포록포록 날아다니며 저마다 목소리 자랑으로 청아하게 우짖지, 소소리바람346)은 솔솔 불어 꽃향기와 풀향기를 실어나르니 이 아니 양춘가절인가.

꽃멀미는 그러나 살구꽃과 산벚꽃, 그리고 복사꽃에만 있는 게 아니다. 산야가 소금을 뿌린 듯 하얗게 핀 조팝꽃과 군락을 이룬 채 군생하는 진분홍 싸리꽃을 봐도 꽃멀미는 난다.

하지만 어찌 또 조팝꽃과 싸리꽃 뿐이랴. 초롱꽃, 은방울꽃, 금낭화(며느리밥풀꽃), 개불알꽃(복주머니꽃), 매발톱꽃(보금취), 풀솜대, 쥐오줌풀, 타래붓꽃 괭이눈, 복수초, 금붓꽃, 현호색, 단풍제비꽃, 바위말발도리 같은 꽃도 오래 보고 있노라면 어질어질 취해 연한 꽃멀미를 느낀다.

"상도야, 쉬었다 가. 숨차 죽겠어!"

꽃님이가 상도를 따라 애면글면 산을 오르며 할딱할딱 숨을 몰아쉬었다.

"그래, 쉬었다 가자, 나도 다리아프다"

상도가 손을 뻗어 두어 발 아래 서서 할딱거리는 꽃님이를 끌어올렸다.

"아이구 더워 죽겠네. 다리도 아프고"

꽃님이가 무명 수건으로 이마의 땀을 훔치며 풀숲에 주저앉았다.

"거기 앉지 말고 이리 와 여기 앉어"

상도가 여남은 발 위쪽에 있는 돈들막 바위께로 뛰어가 앉으며 꽃님이를 손짓했다. 꽃님이는

"아이고 숨차. 아이고 힘들어"

하면서도 상도가 앉은 바위께로 허위허위 올라갔다. 바위는 맷방석만 한데다 평평하기까지해 앉기에 아주 편했다. 더욱이 바위는 큰 갈참나무 밑 그늘에 있어 펄펄 끓는 폭양에도 뜨겁지를 않았다.

"아, 이제 좀 살겠다. 아이고, 덥고 숨차고 다리 아퍼 죽을 뻔했네"

꽃님이는 아직도 핵핵거리며 혀를 쏘옥 내밀었다.

"그렇게 힘들어?"

상도가 산 저 밑으로 눈을 주며 물었다.

"넌 힘 안 들어?"

꽃님이도 산 밑으로 눈을 주며 물었다.

"나도 힘들어"

"근데 뭐"

산 저 밑으로 내려다보이는 세상은 장난감 같았다. 백 호나 되는

큰 동네는 한 눈에도 안 찼고 대궐처럼 으리으리한 김 대갓댁은 됫박 몇 개 엎어 놓은 것처럼 작아보였다.

"야아, 우리가 엄청 높은 데까지 올라왔다. 그지?"

상도가 아랫 세상을 내려다보며 놀라운 표정을 지었다.

"그러게. 동넷길이 실같이 가늘어 보인다 그지? 큰 개울물도 봇도랑물 같이 작아 보이고"

꽃님이도 놀라운지 눈을 동그랗게 떴다.

"근데 정말 이 대봉산을 넘으면 별똥별이 있을까?"

꽃님이가 산을 올려다보며 또 혀를 쏘옥 내밀었다.

"있겠지 뭐. 저녁마다 별똥별이 이 산 너머로 찌익 떨어졌잖아. 그러니까 있을 거야"

상도도 꽃님이를 따라 대봉산을 올려다봤다. 산은 가아맣게 높았다. 산을 엄청 높이 올라와 조금만 더 오르면 될 줄 알았는데 꼭대기까지는 아직 반의반도 못 오른 것 같았다.

"우리 그만 내려갈까?"

꽃님이가 산을 올려다보며 말했다.

"여기까지 올라와 놓고?"

상도가 애쓴 게 아까운지 또 산 위를 올려다봤다.

"그래도 너무 힘들어. 저 산꼭대기까진 아직 멀었잖아. 우리 그만 내려가자 응?"

꽃님이가 상도를 쳐다보며 애원조로 말했다. 그런 꽃님이의 목소리는 시르죽어 힘담[347]이 없었다. 산을 오르는 게 어지간히 힘드는 모양이었다. 그러나 상도는 냉큼 꽃님이의 뜻에 동의할 수가 없었다.

어떻게 해서 이 산을 올랐는가.

아니 이 산을 오르기 위해 얼마나 벼르고 별렀는가. 별똥별이 찌익 획을 그으며 이 산 너머 어디쯤에 떨어질 때마다 그것을 바라보며 상도와 꽃님이는 약속했었다. 저 대봉산을 넘어 별똥별을 주우러 가자고. 저 산만 넘으면 별똥별은 반드시 있을 거라고.

이렇게 약속한 상도와 꽃님이는 매양 벼르기만 하다 오늘서야 용기를 내 산을 올랐다. 산이 너무 높고 험해 엄두가 나지 않았던 것이다.

엄두가 나지 않는 것은 오늘도 마찬가지였다. 아니 오늘이 더 엄두가 안 나 자신이 없었다. 이 산을 넘어 별똥별을 주우러 가야지 하고 벼르던 때는 산을 오르지 않고 먼 데서 바라보기만 할 때여서 산을 오르는 게 얼마나 힘드는지 몰랐다. 그런데 막상 산을 오르기 시작하고 보니 이게 보통 힘든 게 아니어서 꽃님이 말이 아니라도 산을 내려가고 싶은 마음이 간절했다. 길도 없다시피 가풀막진 산은 가아맣게 높았고 지돌이 안돌잇길은 태반이 돌닛길이 아니면 푸서리길과 너덜겅길이었다.

꽃님이 말대로 그만 내려갈까?

상도는 다시 산을 올려다봤다. 그런데 이때 갈뫼봉 자락으로 비가 부옇게 묻어왔다. 소나기가 한 줄금 퍼부을 모양이었다.

"상도야, 저기 봐. 비가 묻어 와!"

꽃님이가 손을 들어 갈뫼봉을 가리켰다.

"어쩌지? 비 오면 어쩌지? 우비도 없는데 어쩌지?"

꽃님이가 갈뫼봉에 눈을 준 채 안절부절 못했다.

"괜찮겠지 뭐. 설마 비가 여기까지 올려구"

상도는 설마하는 마음으로 갈뫼봉을 바라봤다. 그러나 비는 이런 상도를 놀리기라도 하듯 기세 좋게 달려왔다. 그것은 쳐들어오듯 빨라 순식간이었다. 비는 바람까지 동반해 사납게 달려와 뚝뚝 듣는 소리를 내더니 이내 쏴아 하고 늣날 드리듯 쏟아졌다. 폭우였다. 아니 작달비였다.

"어머, 어떡해! 우리 이제 어떡해!"

꽃님이가 무서운지 무릎을 세운 자세로 쭈그리고 앉았다. 그런 꽃님이는 무릎 위에 손을 얹은 채 몸을 바짝 오므라뜨렸다. 비는 처음한 동안은 나뭇잎이 막아줘 괜찮았으나 한참이 지나자 나뭇잎이 쳐지면서 빗물이 주르르 흘러 금세 옷이 다 젖고 말았다.

"아이구 엄마, 옷이 다 젖네. 우리 이제 어쩌지?"

꽃님이가 울상을 지으며 몸을 더 오므라뜨렸다.

"괜찮아. 소나긴 삼형제라니까 두어 차례 더 퍼부으면 그칠 거야"

상도는 어른스레 말하고 윗도리를 벗어 물이 안 나게 꾹꾹 짜 꽃님이의 어깨를 덮었다. 한여름인데도 비를 한참 맞으니 한기가 일었다. 더욱이 산에서 맞는 비는 평지에서 맞는 비보다 훨씬 더 차가워 추위마저 느껴졌다.

"넌 어쩌구?"

꽃님이가 몸을 바르르 떨며 상도를 쳐다봤다. 그런 꽃님이는 입술이 파랗게 변해 있었다.

"난 괜찮아. 난 남자잖아!"

상도는 여봐란 듯 양 팔을 휘저었다.

"그래두"

"괜찮다니까!"

상도는 비를 노박이로 맞으며 꽃님이 곁에 쭈그리고 앉았다. 이때 갈뫼봉 쪽에서 번개가 몇 차례 번쩍이더니

"따따다 딱, 우르르 쾅!"

하고 하늘이 두 동강으로 쪼개져 박살나듯 요란한 천둥소리가 났다.

"아이구 엄마!"

천지가 무너앉듯 요란한 천둥소리에 꽃님이가 소스라치게 놀라 손가락으로 귓구멍을 틀어막으며 상도의 가슴에 얼굴을 묻었다.

상도는 꽃님이를 어미닭이 병아리 품듯 담쑥 안아 몸으로 비를 가렸다. 꽃님이는 포수한테 쫓기다 몸을 숨긴 노루처럼 숨을 할딱거렸다. 상도는 그럴수록 꽃님이를 더 세게 감싸 안았다. 꽃님이는 어미품을 꼬물꼬물 파고드는 강아지처럼 상도의 품을 파고들었다. 살맛348)이 따뜻이 느껴져 무척 좋았다. 비는 억수로 퍼부어 등허리와 목덜미는 선뜩했지만 가슴은 부둥켜안은 체온으로 하여 아늑하고 따스했다. 둘은 이런 자세로 안고 안긴 채 서로 가쁜 숨만 쌔근거렸다.

"쏴아아!"

비는 한 순간도 멎지 않고 줄기차게 쏟아졌다. 소솜349)으로 지나가는 소나기라면 한참을 쏟아지다 그쳐야 하는데 비는 한 식경이 지나도 그칠 기미가 없는 것으로 봐 노박비인 것 같았다. 사방이 온통 부우연 비보라350)에 묻혀 자욱했다. 비가 이렇게 놋날 드리듯 몇 식경만 쏟아지면 시위가 나고 물마가 생겨 개력이 될 것 같았다. 상도는 비가 더 세게 퍼부었으면 했다. 아니 차라리 천둥번개가 더 요란하게 번쩍이고 쿵쾅거렸으면 했다. 그러면 꽃님이를 더 세게 그리고 더 힘껏 안을 수 있을 것 같았다. 아니 꽃님이가 무섭다며 상도의 가슴을 더 세게 파고들 것 같았다.

줄기차게 퍼붓던 비가 그친 것은 두어 식경이 좋이 지난 다음이었다. 비가 그치자 세상은 새로 태어난 듯 밝고 맑고 눈부셨다. 햇살은 이파리마다 보석인 양 내려앉아 반짝반짝 빛났고 갈뫼봉은 손에 닿을 듯 가까이 다가와 있어 손만 내밀면 잡힐 것 같았다. 이때 꽃님이가 큰 소리로

"상도야, 저 무지개 좀 봐. 오늘도 그때처럼 쌍무지개네!"

하며 갈뫼봉을 가리켰다.

"야아, 정말 쌍무지개네. 오늘도 그때처럼 무지 곱다 그지?"

상도는 꽃님이가 가리키는 곳으로 눈을 보냈다. 무지개는 동네 앞 비석거리에서 갈뫼봉 중허리에 반타원으로 하나 걸려 있었고 다른 하나는 황토마루에서 갈뫼봉 끝자락 쪽으로 걸려 있었다.

한 열흘 전이었다. 저녁나절이었다.

그날도 오늘처럼 비가 왔고 오늘처럼 공교롭게 쌍무지개가 떴었다. 그날은 여우비351)가 왔는데 비가 그치자 쌍무지개가 동구의 느티나무께서 갈뫼봉 쪽으로 하나 떴고 앞개울 너럭바위에서 길마재 쪽으로 하나가 떠 있었다. 무지개는 두 개 다 어찌나 고운지 마치 색동옷을 입혀놓은 것 같았다.

"야아, 저 무지개 참 곱다 그지? 우리 저 무지개 잡으러 갈까?"

꽃님이가 손뼉을 치며 깡총거렸다. 그런 꽃님이는 두 개의 무지개를 번갈아 보며

"상도 넌 어느 무지개가 더 곱니? 난 저 무지개가 더 고운데"

꽃님이가 너럭바위에서 길마재 쪽으로 떠 있는 무지개를 가리켰다.

"무지갠 다 같지, 더 곱고 덜 고운 게 어딨어"

상도는 꽃님이가 가리키는 무지개를 응시했다.

"그래도 더 곱게 생각되는 게 있잖아. 난 너럭바위 쪽 무지개가 더

고와"

꽃님이가 단정적으로 말하며 너럭바위와 길마재를 번갈아 봤다.

"꽃님이 니가 곱다니까 나도 그런 것 같다야"

"그럼 우리 더 고운 무지개 잡으러 갈까?"

꽃님이가 귀를 쫑긋 세우며 눈을 반짝였다.

"무지개 잡으러?"

"응!"

"무지개가 손에 잡히나 뭐"

"그래도 가 봐. 누가 또 알아. 혹시 잡힐는지"

"그래 가보자!"

둘은 앞개울의 너럭바위께로 달려갔다. 그런데 이상했다. 조금 전까지 무지개가 분명 이 너럭바위에서 길마재 쪽으로 뻗쳐 있었는데 너럭바위에 와 보니 무지개는 흔적도 없었다.

"참 이상하네. 아깐 무지개가 이 너럭바위에서 길마재 쪽으로 떠 있었잖아. 그지?"

꽃님이가 고개를 갸웃거리며 주위를 두리번거렸다.

"맞어. 이 너럭바위에서 길마재로 무지개가 떠 있었어"

"근데 어디 가고 없지?"

"글쎄 말이야. 참 희안하다. 저기 저 길마재는 아직도 무지개가 있는데"

상도가 길마재를 턱짓했다.

"그러게 말이야. 길마재는 무지개가 있는데 왜 여긴 없지? 우리 길마재에 가볼까?"

"길마재?"

"응!"

"너무 멀잖아"

"왜, 다리 아파서 그래?"

"아니야. 가다보면 무지개가 없어질 것 같아서"

"그래도 한 번 가보자"

"그래 그럼"

둘은 길마재를 향해 종종걸음을 쳤다. 그러나 둘은 곧 이게 대체 어찌 된 영문인가 싶어 걸음을 멈췄다. 무심코 뒤돌아 본 너럭바위는 아까처럼 또 고운 빛깔의 무지개가 선연히 박혀 있었기 때문이었다.

"야아, 그것 참 희안하다 그지?"

꽃님이가 알 수 없다는 듯 또 고개를 저었다.

"글쎄 말이야. 우리 얼른 너럭바위로 뛰어가 보자!"

둘은 너럭바위를 향해 달리기 시작했다. 희한한 일은 너럭바위에 이르자 다시 나타났다. 멀리서 보면 무지개가 있고 가까이 와 보면 무지개가 없기 때문이었다.

"아이구, 또 없네! 참 이상하다. 왜 멀리서 보면 있는데 가까이 와 서 보면 없지?"

꽃님이가 속상한지 길마재 쪽을 보며 쫑알댔다.

"여기 있다고 생각해. 바로 여기야"

상도가 발로 제가 서 있는 곳을 쿵쿵 울리며 길마재를 바라봤다. 길마재는 아직도 이곳 너럭바위에서 뻗쳐간 무지개가 선명히 떠 있었 다. 상도는 눈을 돌려 이번에는 동구의 느티나무께서 갈마산 쪽으로 떠 있는 무지개가 있나 없나 살폈다. 있었다. 무지개는 처음처럼 선명 하지는 않았지만 있었다. 무지개는 사위는 잿불처럼 희미하게 스러지는 중이었다.

느티나무 쪽에서 갈마산 쪽으로 떠 있는 무지개가 스러지자 너럭바위에서 길마재 쪽으로 뻗친 무지개도 스러지기 시작했다.

두 개의 무지개가 소리 없이 스러지자 불덩어리 같은 햇볕은 모든 것을 태워버리기라도 하듯 이글거렸다. 그렇게도 극성스레 울부짖던 매미들도 날씨가 너무 더워서인지 찍소리조차 없었다. 상도와 꽃님이는 땀을 뒤발한 채 개울로 향했다. 누가 먼저랄 것도 없었다. 꽃님이는 가기만 하면 무지개가 없어지고 가기만 하면 무지개가 없어지고 해 잔뜩 속이 상해 있었다. 무지개를 만져보지는 못하더라도 가까이서 보기는 해야 하는데 이 두 가지를 하나도 못하고 보니 속이 상할 대로 상한 것이다.

땀범벅이 돼 개울로 온 상도와 꽃님이는 옷을 입은 채 풍덩 물로 뛰어들었다. 그렇게도 시원하던 개울물이 오늘은 불에 데운 듯 뜨뜻미지근했다. 그런데도 오랫동안 자맥질을 하자 더위가 가셔지며 한기가 났다. 상도와 꽃님이는 약속이나 한 듯 개울을 나왔다.

개울가 풀밭 잔디로 나온 상도와 꽃님이는 서로 돌아보지 않기로 하고 풀숲에 들어가 옷을 벗어 짜 입고는 밖으로 나왔다. 잔디는 마침 산그늘이 내려와 있어 시원했지만 통째로 젖은 옷을 입고 있어 더 시원했다. 상도와 꽃님이는 두 손을 깍지 껴 베개 삼은 채 잔디에 나란히 누웠다. 풋풋하고 향기로운 잔디 냄새가 코에 물씬 전해졌다.

아, 좋다!

상도는 기지개를 켜며 하늘을 올려다봤다. 파아란 하늘에 목화송이 같은 흰 구름이 둥실 떠 있었다.

"저 구름 참 푹신해 보인다 그지?"

꽃님이가 목화송이 같은 구름을 쳐다보며 말했다.

"그러게. 저 속에 파묻혀 잤으면 좋겠다. 그지?"

상도가 계속 구름에 눈을 주며 말했다.

"어머, 저 서쪽 하늘 좀 봐. 저긴 또 꽃구름이 피어올라!"

꽃님이가 발딱 일어나 앉으며 서쪽 하늘을 가리켰다.

"야아, 정말 그러네. 저건 빨간 목화송이 같아 더 근사하다 그지?"

상도는 구름에 노을이 져 붉게 물든 뭉게구름을 바라봤다. 노을에 반사된 꽃구름은 햇볕에 반사된 까치놀[352]처럼 아름다웠다.

"저 구름에 폭 파묻혀 자고 싶다. 폭신하게"

꽃님이가 한숨을 포옥 쉬며 강아지풀의 뻘기[353]를 뽑아 잘근잘근 씹었다. 습관적으로 한숨을 쉬는 꽃님이는 애젖하거나[354] 애줄없을 때면 깔축없이 한숨을 포옥폭 내쉬었다.

"꽃님이 너도 그런 생각을 하는구나. 나도 뭉게구름을 보면 그런 생각을 하는데"

상도가 고개를 주억거리며 붉게 물든 목화구름을 쳐다봤다. 이때 산기슭 소나무에서 참매미 한 마리가 '맴맴맴'하고 울기 시작했다. 그러자 이게 신호이기나 하듯 자드락밭가의 뽕나무에서 지울매미가 '지울지울지울' 울어댔다. 그러자 또 이번에는 내가 너희에게 질소냐 하고 말매미가 개울둑 버드나무에서 큰소리로 '쩨에에' 울어댔다. 놈은 소리가 어찌나 큰지 귀가 다 먹먹했다.

"꽃님아, 매미 잡아줄까?"

상도가 몸을 발딱 일으켜 앉으며 말했다.

"잡을 수 있어?"

꽃님이가 눈을 동그랗게 뜨며 물었다.

"그럼 못 잡아? 난 세 마리 다 잡을 수 있어"

상도는 큰소리치며 일어났다. 어떻게 해서라도 매미 세 마리를 다 잡아 그 장하고 멋진 모습을 꽃님이에게 보여주고 싶었다.

"세 마리 다?"

"그래, 세 마리 다. 그러니 조금만 기다려!"

상도는 자신 있게 말하고 참매미가 우는 소나무께로 조심조심 다가 갔다. 참매미는 '맴--'하고 다 울면 십중팔구는 오줌을 찌익 갈기며 다른 나무로 날아가기 때문에 여간 민첩하지 않으면 놓쳐버리기 십상이다. 상도는 숨을 죽이고 매미한테로 접근했다. 매미는 다행히 까치발을 하고 손을 뻗으면 닿을 수 있는 높이에 앉아 울고 있었다. 상도는 오른손 두매한짝[355]을 쫙 펴 오목하게 만들어 가지고 잠자리 잡는 걸음을 했다. 이때 놈이 자기를 노리는 포획자가 있음을 눈치 챘는지 옆걸음질로 나무를 빙빙 돌며 '맴--'하고 끝울음을 울었다. 상도는 잽싸게 손을 뻗어 매미를 덮쳤다.

'째에 째에'

놈이 날개를 파닥이며 소리소리 질렀다.

"잡았어?"

꽃님이가 눈을 반짝이며 뛰어왔다.

"그럼. 내가 누군데 못 잡아. 이번엔 지울매미 잡아 줄께"

상도는 참매미를 꽃님이에게 건네고 자드락밭가의 뽕나무로 달려갔다. 지울매미는 아직도 '지울지울' 하고 울고 있었다. 코딱지만한 게 어디서 그렇게 큰소리가 나는지 엉덩이까지 달싹이며 울어댔다.

요노옴!

상도는 뽕나무 가지에 한 발을 올려놓고 손을 뻗어 놈을 잡았다.

"또 잡았어? 지울매미야?"

꽃님이가 신나는지 환하게 웃으며 달려왔다.

"그럼 잡고말고. 자, 받어. 이번엔 제일 큰 말매미 잡을 차례야"

상도는 지울매미도 꽃님이한테 건네주고 개울둑 버드나무께로 뛰어 갔다. 그러나 말매미는 놓치고 말았다. 상도가 막 버드나무를 오르려 하는데 말매미가 어딘가로 후룩 날아가 버렸다.

"에이 씨"

상도는 분한 씨름에 샅바가 끊어져 진 듯한 기분이었다.

"왜, 왜 그래. 못 잡았어?"

꽃님이가 이쪽으로 뛰어오며 물었다.

"응 날아가 버렸어!"

상도가 힘담 없이 시르죽은 소리로 대답했다.

"할 수 없지 뭐. 그렇지만 괜찮아. 여기 참매미와 지울매미가 있잖아"

꽃님이가 어른스레 말하며 상도를 위로했다. 상도는 잠시 무슨 생각인가를 하더니 산자락 한 곳으로 뛰어갔다.

"꽃님아, 그 매미 이리줘 봐"

상도가 산자락에서 뜯어온 왕고들빼기를 들어올렸다. 상도가 뜯어 온 왕고들빼기에서는 쌀뜨물 같은 하얀 점액이 맺혀 있었다. 상도는 꽃님이 한테서 받은 매미의 눈에 왕고들빼기의 하얀 점액을 발라 공중으로 날렸다. 참매미와 지울매미는 공중으로 공중으로 맴을 돌며 한없이 날아올랐다.

"왜 그래. 왜 매미 눈에 그걸 발라 날려보내?"

꽃님이는 상도가 두 마리의 매미 눈에 왕고들빼기 액을 발라 공중으로 날려 보낸 게 궁금했다. 그리고 불쌍했다.

"응. 매미 시집보내느라고"

상도가 뚱한 표정을 지으며 대수롭지 않게 말했다.

"매미 시집보내느라고?"

"그래!"

상도는 심드렁하게 대답하고 개울가로 내려가 동글납작한 돌을 주워 물수제비를 떴다. 작년 봄 금골을 떠나던 날 어느 개울에서 뜨고 오늘이 처음이었다. 수제비는 동글납작한 돌이 수면을 차르르 미끄러져 나아가며 참방참방 잘도 떠졌다.

"야아, 참 근사하다! 상도야. 더 해 봐!"

꽃님이가 손뼉을 치며 좋아했다. 상도는 그제서야 입가에 미소를 띠며

"알았어!"

하고 수제비 뜰 돌을 찾았다.

"한 번에 수제비 다섯 방 뜰 수 있어?"

꽃님이가 신기한지 상도에게 바짝 다가서며 말했다.

"그럼 못 떠. 자, 봐?"

상도가 허리를 옆으로 틀며 멋지게 돌을 날렸다. 담방담방담방. 수제비는 모두 여섯 방이나 떠졌다.

"야아, 여섯 방이다 여섯 방!"

꽃님이가 손뼉을 치며 폴짝거렸다. 상도는 기분이 좋아 싱글거렸다. 무지개잡기는 도사였으나 물수제비로 하여 기분이 날아갈 듯했다. 이날 상도와 꽃님이는 띠앗356) 좋은 오뉘처럼 옴살357)이 돼 집으로 돌아왔다. 이런 상도와 꽃님이는 이날 이후로도 메밀벌 마냥 늘 함께 붙어 다녔다.

별똥별을 줍기 위해 가아맣게 높은 대봉산을 오르다 놋날 드리듯 쏟아지는 작달비 때문에 중도이폐[358]한 상도와 꽃님이는 날이 들고 해가 나자 엉금엉금 기다시피 산을 내려왔다.

"언제 또 별똥별 주우러 가지?"

산을 다 내려 들길로 접어들자 상도가 아쉬운지 대봉산을 돌아보며 말했다.

"글쎄. 내년에 갈까?"

꽃님이도 미련이 남는지 대봉산을 돌아다 봤다.

"내년에?"

하늘은 언제 비가 왔더냐 싶게 불볕이 쏟아졌다. 상도와 꽃님이는 앞서거니 뒤서거니 사랫길[359]을 걷고 장찬밭[360]을 지나 마을로 들어섰다.

이날 밤 상도와 꽃님이는 저녁을 먹자마자 앞개울 너럭바위로 나왔다. 잠자리에 들 시각은 해시 말[361]이나 자시 초[362]였으므로 윗방아기 노릇은 그 시각이 돼야 했다. 그래 그때까지 너럭바위에 누워 대봉산 너머로 떨어지는 별동별을 구경할 요량이었다. 아니 별똥별이 어디 쯤에 떨어지는지 똑똑히 봐 두었다가 다음에 좀 수월히 산을 오를 요량에서 너럭바위로 나온 것이었다.

해가 진 시각이 두어 식경쯤 지났는데도 너럭바위는 아직 후끈후끈 달아있었다. 아까 비가 그치고 퍼부어댄 불볕이 어지간히 달궈놓은 모양이었다. 상도와 꽃님이는 팔베개를 하고 너럭바위에 누웠다. 갈마산에서 불어내리는 재넘이가 건들마처럼 시원했다. 게다가 너럭바위는 작벼리[363] 가까이 있었으므로 더욱 시원했다. 스무남은 명이 누울

만큼 널찍하고 편편한 너럭바위는 개울가 작벼리에 있었기 때문에 낮에는 하동(河童)들이 옷을 벗어놓고 자맥질과 함께 멱을 감았고 밤에는 또래들이 팔베개를 하고 누워 쏟아질 듯 현란한 별무리를 쳐다봤다. 물은 갈마산 안쪽에서 발원해 산지의 깊은 구릉지를 구불구불 휘돌아 흐르는 감입사행(嵌入蛇行)[364]에서 마을 가까이 평탄한 지역에 이르러 비로소 속도가 느려지다 너럭바위 윗쪽 츠렁바위들에 부딪혀 물의 방향이 활처럼 휘어져 흐르는 자유사행(自由蛇行)[365]이어서 냇물은 마을을 새을(乙)자 형국으로 안고 흘렀다. 그래서인지 내(川) 이름이 을천(乙川)이었고 바위 이름은 너럭바위였다. 이 너럭바위는 이 마을 인곡리(仁谷里)가 이곳에 취락하기 전부터 도린곁[366]이 아니어서 여름이면 사람들의 발길이 번다했다.

"상도야, 오늘 밤은 별이 더 많은 것 같다. 그지? 하도 많아서 막 쏟아질 것 같애"

꽃님이가 하늘에다 눈을 준 채 한숨을 포옥 내쉬었다.

"어디 별 뿐이야? 반딧불도 오늘 밤이 더 많은 것 같다. 봐. 수백 수천 마리가 하늘 빽빽이 날아다니잖아"

상도가 반석에 뉘었던 몸을 벌떡 일으켜 앉으며 말했다.

그랬다. 별은 하도 많아 쏟아질 것 같았고 반딧불이는 수백 수천 마리가 날아다녀 하늘이 빽빽했다. 별들은 초롱거려 반짝반짝 빛났고 꽁무니에 불을 켰다 껐다 하는 반딧불이는 현란한 밤하늘의 군무(群舞)였다. 구름 없이 맑은 날 밤이나 비온 뒤 활짝 갠 날 밤은 별이 더 총총했고 반딧불이도 더 많이 날아다녀 하늘이 온통 꽃밭천지였다. 오늘이 바로 그런 날 밤이었다.

이런 날 밤은 별똥별도 더 많이 떨어져 장관을 이뤘다. 어떤 것은 갈마산 쪽 하늘에서 대봉산 쪽 하늘로 포물선을 그으며 떨어졌고 어떤 것은 갈마산 쪽 하늘에서 대봉산 쪽 하늘로 찌익 획을 그으며 일직선으로 날아가다 사위어 들기도 했다. 그런가 하면 또 어떤 것은 갈마산 쪽에서 대봉산 쪽으로 불줄을 그으며 줄달음질쳐 가기도 했다.

"상도야. 저 하늘에 별이 전부 몇 개나 될까. 한 이백 개쯤 될까? 아니 삼백 개는 될 걸. 그지?"

꽃님이도 어느새 일어나 앉아 하늘을 쳐다봤다.

"사백 개도 넘어. 아마 한 오백 개쯤 될 걸. 어쩜 육백 개쯤 될 지도 몰라"

"그렇게도 많아?"

"그렇게 안 될까?"

"안 될 거야 아마"

"그럼 몇 개나 될까?"

"글쎄. 우리 한 번 세어볼까?"

"저렇게 많은 걸?"

"그래도 한 번 세어봐"

"그럴까. 그럼"

둘은 곧 머리를 까딱거리며 별을 세기 시작했다. 그러나 둘은 별을 채 육십 개도 못 세고 중동무이하고 말았다. 쉰 개 까지는 그런대로 세었는데 그 다음부터는 어떤 별이 어떤 별인지 알 수가 없고 또 센 별인지 안 센 별인지 구분이 안 돼 헷갈렸다.

"안 되겠다. 못 세겠어"

꽃님이가 먼저 세던 별을 중동무이하고 상도를 쳐다봤다.

"너도 그러니? 나도 그런데"

상도도 꽃님이를 돌아보며 별 세기를 포기했다. 바람은 여태도 건들마처럼 건듯건듯 불어왔고 반딧불이는 상기도 꽁무니에 불을 켰다 껐다 하며 어지러이 날아다녔다.

"저 별은 여기서 얼마나 멀까!"

꽃님이가 또 한숨을 포옥 쉬며 말했다.

"몇 십 리쯤 될까? 아니아니 백 리쯤 될 거야. 그지?"

꽃님이는 제가 묻고 제가 답하면서도 상도를 쳐다봤다.

"백 리? 그렇게 멀까?"

상도가 별을 쳐다보며 고개를 갸웃했다. 상도는 북두칠성을 쳐다보고 있었다.

"백 리 안 될까?"

"글쎄. 넘을까?"

"근데 저 많은 별을 누가 다 만들었지?"

"글쎄"

"하느님일까?"

"옥황상제님인지도 모르지 뭐"

"옥황상제님이 하느님 아니야?"

"아참 그런가?"

"그리고 해와 달은 또 누가 만들었을까?"

"별을 하느님이 만들었으면 해와 달도 하느님이 만들었겠지 뭐?"

"그렇겠다 그지?"

"응!"

"하느님은 참 재주도 좋다. 어떻게 해와 달과 별을 만들었지?"

"그러게 말이야. 참 희안한 재주다 그지?"

"누가 아니래. 우리는 팽이도 하나 잘 못 깎고 연도 하나 잘 못 만드는데"

"그러니까 하느님이지. 하느님은 뭐든지 다 잘한대"

"그럼 하느님은 죽은 사람도 살리겠네"

"그렇대. 하느님은 죽은 사람도 살린대"

"누가 그래. 누가 하느님은 죽은 사람도 살린대?"

"바깥 노마님이"

"바깥 노마님이?"

"응!"

"....."

상도는 꽃님이가 바깥 노마님이라고 하는 말에 그만 저도 몰래 입이 다물어졌다. 마음 같아서는 바깥 노마님에 대해 묻고 싶고 또 알고 싶은 게 많아 잘 됐다 싶으면서도 막상 바깥 노마님에 대해 물어보려니 입이 떨어지지 않았던 것이다.

상도가 바깥 노마님에 대해 궁금하게 생각하는 것은 두 가지였다. 한 가지는 바깥 노마님도 안 노마님처럼 꽃님이를 꼭 껴안고 자느냐였고 다른 한 가지는 안 노마님이 상도의 고추를 만지듯 바깥 노마님도 꽃님이의 사추리를 만지는지 알고 싶었다. 이럼에도 상도는 한사코 입이 떨어지지 않아 물을 수가 없었다. 야속한 일이었다. 언제가 되든 바깥 노마님에 대한 이야기가 나오면 이 두 가지는 꼭 물어보리라 작심했는데도 그 작심이 무위가 되고 보니 떡심이 풀렸다.

상도는 밤이 싫었다.

한 달에 두 번 초하루와 보름날 밤은 두 노마님이 합방하는 날이어서 해방이 되지만 그 외의 날은 해시 말이나 자시 초면 잠자리에 들어

안 노마님의 품에 안겨 자야했으므로 밤이 싫었다. 그렇다고 안 노마님이 뻑사리 같은 사람이나 애사내367) 같은 사람은 아니었다. 하지만 상도가 안 노마님의 품에 안겨 있는 한, 그리고 안 노마님이 상도의 고추를 시도 때도 없이 만지는 한 상도는 안 노마님이 싫었다. 이는 꽃님이도 마찬가지여서 밤이 싫었다. 아니 바깥 노마님이 싫었다. 바깥 노마님의 품에 안겨 자는 게 싫었던 것이다. 꽃님이는 어떡하면 이런 바깥 노마님의 윗방아기 노릇을 면할까 하고 혼자 궁리했지만 도망가기 전에는 방법이 없었다. 방법이 있다면 얼른 열세 살이 돼 안노마님이 다른 아이로 하여금 윗방아기를 들이는 일이었다. 그러나 열세 살까지는 아직 삼 년이나 남아 있었다.

삼 년.

긴 세월이다. 그동안 꽃님이는 윗방아기로 부잣집 고명딸처럼 잘 먹고 잘 입고 사랑옵게368) 살았지만 마음 밑바닥에는 어떡해야 윗방아기 노릇을 면할까 하고 하루도 생각하지 않는 날이 없었다. 그러나 아무리 생각해도 열쭘이 부등깃으로는 이렇다 할 방법이 떠오르지 않았다.

방법이 떠오르지 않는 것은 꽃님이만이 아니었다. 윗방아기 노릇한 지 일 년밖에 안 된 상도도 어떡하면 윗방아기 노릇을 면할까 하고 혼자 있을 때면 의건모369)를 했다. 하지만 아무리 의건모를 해도 이렇다 할 방법이 생각나지 않았다. 상도와 꽃님이는 서로 말을 안 해서 그렇지 사실은 제여곰370) 의건모를 생각하고 있었다.

산 넘고 물 건너

세월이 유수라 했던가.

이러구러 유수 세월은 흘러흘러 수 삼년의 광음이 지났다. 그러고 보니 상도와 꽃님이는 어느덧 지학(志學)[371]에 가까운 나이 열세 살이 돼 꽃님이는 처녀티가 완연했고 상도는 장부티가 완연했다. 천애고아 상도는 관옥 같은 미소년으로 성큼 자라 있었고 개구멍받이[372] 꽃님이는 한 떨기 부용이듯 탐스레 피기 시작했다. 한참 크는 아이들은 콩나물처럼 물만 먹고도 쑥쑥 자란다더니 과시 그런 모양이었다. 수삼 년 새 상도와 꽃님이는 어른 손으로 장뼘[373] 하나는 좋이 자라 있었다.

이러던 어느 날이었다.

상도와 꽃님이가 열세 살이 되던 봄, 해토머리의 따지기때였다. 이날은 봄을 재촉하는 해동비가 추적추적 내렸고 그 비는 마침내 는 개[374]로 변해 종일을 두고 누리가 안개 낀 듯 부앴다.

"오늘 내가 너희를 부른 것은 다름이 아니고...."

가령은 무릎 꿇음 자세로 앉아 있는 상도와 꽃님이를 한 동안 말 없이 지켜보다 입을 열었다.

"너희도 짐작하겠지만 너희는 올해로 벌써 열세 살이다. 그렇지?"

"예!"

"예!"

상도와 꽃님이가 동시에 대답했다.

"그래서 말인데, 이 봄으로 너희는 윗방아기를 그만둔다. 윗방아기는 열세 살 졸업이 불문율이다. 이것도 알고 있지?"

"예!"

"예!"

"한데도 두 노마님께서는 너희한테 각별히 마음을 쓰셔서 너희가 원한다면 이 댁에 눌러 살아도 좋다하셨다. 이는 여태까지의 윗방아기들한테는 한 번도 없던 일로 너희에게만 베푸시는 특전이시다. 이는 다 너희가 두 노마님들한테 잘 보인 탓도 있지만 두 노마님께서 너희를 사랑옵게 보신 탓이다. 그러니 어떠냐. 이 댁에 눌러 살겠느냐?"

그러나 상도와 꽃님이는 대답하지 않았다. 가령이 다시 입을 열었다.

"물론 이 자리서 대답하라는 것은 아니다. 하지만 이삼일 안으로 결정은 해야 한다. 알겠지들?"

"예!"

"예!"

상도와 꽃님이는 또 동시에 대답했다.

"너희가 딴 데 어디로 가겠다면 몰라도 이 댁에 있겠다면 상도 너는 들무새[375]로 가동(家僮)[376] 노릇을 하다 어른이 되면 가복(家僕)으로 살면 되고, 꽃님이 너는 책비나 안저지[377] 업저지[378]로 있으면서 이 담에 동자아치[379]가 되면 좋을 것이다. 그러니 잘 생각들 했다가 며칠 안으로 대답하기 바란다. 알겠지들?"

했다. 상도와 꽃님이는 다음 날 동네가 내려다보이는 뒷동산으로 올라가 앞으로 어떡해야 좋을까를 의견모았다. 그러나 아무리 의견모를 해도 이렇다 할 묘책이 떠오르지 않았다.

"어쩌지? 어떡하지?"

머리를 맞대고 궁리에 궁리를 거듭해도 뾰족한 수가 안 생기자 꽃님이가 낙심천만한 표정으로 말했다.

"우리 그만 어디로 멀리 떠나 버릴까?"

상도가 돌을 주워 동산 아래로 냅다 던지며 말했다.

"멀리?"

"그래. 여기 있어봐야 종노릇밖에 못하잖아"

"멀리 가면 종노릇 안 할 수 있을까?"

"그럴지도 모르지 뭐"

"어떻게?"

"그건 나도 몰라!"

둘은 땅거미가 깔려서야 동산을 내리기 시작했다.

"그럼 우리 낼 이곳을 떠나자!"

꽃님이가 단호하게 말하며 상도를 쳐다봤다.

"그렇게 할 수 있어?"

상도가 흠칫 놀라며 걸음을 멈췄다.

"난 할 수 있어!"

꽃님이가 이번에도 단호하게 말하며 걸음을 멈췄다.

"정말?"

"그럼 정말이잖구!"

"좋아. 우리 낼 떠나자!"

"알았어. 낼 아침 가령님한테 말씀드리고 떠나자"

"두 노마님한테도 인사드려야잖아"

"그래야지"

이날 밤 상도와 꽃님이는 토끼처럼 겉잠380)을 잤다. 아무리 잠을 청해도 눈이 말똥거려 잠이 오질 않았다. 내일 떠나면 어디로 가야하고 또 무엇을 하고 살아야 할지 막막했다. 천한 종놈의 자식이니 종노릇은 대물림 될 것이 뻔하고 그럴 바에야 차라리 이 김 대갓댁에 그대로 눌러앉아 종노릇 하는 게 나을지도 몰랐다. 그런데도 왠지 이 김 대갓댁에는 더 이상 있기가 싫었다. 이 댁에 눌러 종살이를 한다면 먹고 입고 잠자는 데는 아무 걱정이 없어 큰 고생 없이 살 수는 있다. 더욱이 이 댁은 인심이 후하고 아랫것들 대하는 것도 인자하니 사랑받고 살 수도 있다. 이럼에도 상도는 이 댁을 떠나야 된다 마음먹었다. 그동안 상도는 이 김 대갓댁에서 궁도령이나 고량자제처럼 호의호식하며 지냈다. 다 안 노마님이 윗방아기 상도를 사랑한 덕이었다. 그러므로 상도가 만일 이 댁에 비천한 종복으로 머물러 산다할지라도 인간 이하로 대접하거나 금수처럼 대접받지는 않을 것이다. 이럼에도 상도가 이 댁을 떠나야 한다고 생각하니 마음이 언짢으면서도 홀가분했다. 다만 말할 수 없이 죄스러운 것은 부모님 산소에 성묘 한 번 못 갔고 이번에도 또 성묘를 못하고 떠난다는 점이었다. 벌초는 덕이 아버지가 한다 했으니 마음 놓을 수 있으나 사 년 동안 부모님 산소를 한 번도 못 찾아뵌 것은 어린 마음에도 죄스러워 견딜 수가 없었다. 그러나 어쩌겠는가. 상도가 장성해 제 앞가림을 할 때까지 성묘는 할 수가 없는 것을. 벌초도 할 수가 없는 것을.

그동안 말을 안해 그렇지 상도는 하루도 부모님 생각을 안 한 날이 없었다. 그래 상도는 얼른 커 어른이 돼야지 했다. 얼른 나이 먹어 어른이 돼야지 했다.

이날 밤 잠 한 숨 제대로 못자고 수잠으로 밤을 밝히다시피 한 것은 꽃님이도 마찬가지였다. 꽃님이는 이날따라 핏줄에 대한 궁금증이 더 일어 자신의 정체가 못 견디게 알고 싶었다. 나는 누구인가, 내 아버지는 누구이고 내 어머니는 누구인가. 나는 정말 이 김대갓댁의 개구멍받이로 자라 오늘에 이르렀는가. 어머니는 왜 나를 이 댁 대문 앞에 놓고 갔는가. 무슨 말 못할 사연이 있었기에 핏덩어리인 나를 버리고 갔을까. 아버지는 어떤 집안의 무엇하는 사람이었고 어머니는 어떤 집안의 규수로 아버지와 혼인했는가. 어느 한 날 핏줄과 집안 내력에 대해 궁금증이 일지 않는 날이 없었지만 이날은 핏줄에 대한 궁금증이 더 크게 일어 꽃님이를 괴롭혔다. 그러나 꽃님이가 아무리 괴로워해도 꽃님이 어머니가 양반댁 며느리로 하인 머슴과 난질³⁸¹⁾을 해 꽃님이를 수태한 사실은 알 수가 없었다. 꽃님이 아버지, 그러니까 꽃님이 어머니의 남편은 책상물림의 선비로 장가들기 전부터 시난고난 앓다가 남편 구실 한 번 못한 채 죽었는데 이때 꽃님이 어머니는 뱃속에 이미 꽃님이를 수태하고 있었다. 이 사실을 안 문중에서는 하인 머슴을 조리돌림과 멍석말이에 회술레³⁸²⁾까지 시키고 압슬과 주리 틀기, 곤장과 모말꿇림 등으로 초주검을 시킨 뒤 내칠까 하다 그만둔 채 조용히 밤을 도와 며느리와 하인 머슴을 내보내기로 했다. 자칫 내 밑 들어 남 보이고 봄 꿩이 스스로 꿩꿩 울어 제 있는 자리를 알릴 것 같았기 때문이었다.

그런데 이 무슨 생게망게한 일인가. 밤을 도와 아무도 몰래 며느리와 하인 머슴을 고비원주(高飛遠走)시키려 했는데 웬 동티가 났는지 하인 머슴이 헛간 들보에 목을 매 죽는 바람에 며느리 혼자 집을 나왔다. 며느리는 가지고 온 패물을 팔아 시댁에서 멀리 떨어진 어느 저잣거리 한편에 해산어미와 함께 방 하나를 얻어 몸을 풀었다. 그런 다음 삼칠일이 지난 어슴새벽 꽃님이를 안아다 김 대갓댁 솟을대문 앞에 놓고 산매 들린 듯 돌아치다 어느 강변 안돌잇길 벼루에서 치마를 뒤집어 쓴 채 강물로 뛰어내렸다.

이튿날 아침을 마치자 상도와 꽃님이는 가령을 통해 뜻을 밝히고 두 노마님한테 큰절로써 하직 인사를 올렸다. 두 노마님은 잠시 얼굴에 어두운 그늘이 지는가 싶더니

"너희가 간다면 굳이 붙잡지는 않겠으나 고생이 심하거나 배가 몹시 고프면 언제라도 찾아오너라"

하고 바깥 노마님이 먼저 입을 열었다. 그러자 안 노마님이

"어린 너희가 이 험한 세상에 나가 어찌 살려하누. 너희가 가봐야 뉘 집 상노나 요강담살이밖에 더 하겠느냐. 그것도 아니면 자칫 거렁뱅이나 각설이꾼이 첩경일 터인데"

하며 상도와 꽃님이의 손을 포개어 잡았다. 그러면서 안 노마님은 어디 가서 무엇을 하든 몸성히 잘 지내다 다시 만나자는 덕담까지 잊지 않았다. 두 마님은 이러고도 마음이 안 놓이는지 비단옷 한 벌씩과 가죽으로 된 당혜383) 한 켤레씩을 내놓았다. 비단옷은 두 벌 다 남자 것으로 꽃님이가 벌써 열세 살이니 남장을 해야 된다는 것이었다. 그리고 또 입은 거지는 얻어먹어도 벗은 거지는 못 얻어먹는다는 속설이 있으니 옷은 잘 입어야 된다는 것이었다. 그러나 선물은 이것만이 아니었다. 두 노마님은 두 개의 전대에다 동전 백 냥 한 꾸러미

씩을 넣어 괴나리봇짐 두 개를 만들었다. 두고 봐도 인심 하나는 후덕한 집이어서 대갓집 소리를 들을 만했다. 부자라고 다 인색한 것은 아니지만 부자 중에는 다랍고 치사해 자린고비 저리 가라로 인색한 위인도 있어 이웃이야 굶든 말든 아랑곳없이 저 혼자만 산해진미와 죽지육림에 파묻혀 천년만년 살고지고 하는 수전노도 있다. 그런데도 이 김 대갓댁은 이런 따위 수전노 부자들과는 달리 인심이 후덕해 어느 한 날 길손 식객이 그칠 날이 없었다. 길손 식객도 한두 사람이 아니어서 하루 보통 기십 명이었다. 그래서겠지만 바깥사랑채는 온채 한 채가 언제나 길손 식객으로 들끓었다. 길손 식객도 유(類)가 많아 글하는 선비로부터 소리하는 가객, 그림 그리는 화공, 음택 잡는 풍수, 소금 새우젓 질그릇 등을 파는 등짐장수와 머리에 이고 다니며 파는 방물장수의 노파도 있었다.

이런 김 대갓댁은 가보처럼 지키는 몇 가지 원칙이 있었다. 그것은 첫째 사방 오십 리 안에 있는 사람은 누구를 막론하고 절대 굶어 죽는 사람이 있어서는 안 되고, 둘째 흉년이 든 해에는 소작료를 반으로 탕감하거나 심한 흉년에는 소작료를 하나도 받지 않으며, 셋째 흉년이 든 해에는 전장을 사지 않고 산다 해도 풍년이 들 때까지 전장을 판 사람이 몇 년이고 소작료 없이 땅을 부쳐 먹게 하는 것 등등이었다.

이렇듯 인심이 후한 김 대갓댁은 그러므로 언제나 사람의 발길이 번다해 길손이 매일 잔칫집처럼 문전성시를 이뤘다. 이 댁은 누가 찾아가도 홀대하는 법이 없어 매양 성심껏 대접했고 걸인이나 각설이꾼, 심지어는 하늘병384)으로 일컬어지는 천형병(天刑病)385)의 문둥병자까지도 내치거나 괄시하는 법이 없어 상에 밥을 차려 방에서 대접

했고 날이 저물면 객사에 재워 배불리 먹여 보냈다. 참으로 보기 드문 인심이요 찾기 힘든 보시였다. 그래서인지 이 김 대갓댁의 좌우명은 '문전 나그네 흔연대접'이었다.

　　김 대갓댁의 두 노마님 앞을 물러난 상도와 꽃님이는 정처 없는 발길을 발밤발밤386) 옮겨놓았다. 어디 일정한 목표가 있는 것도 아니고 그렇다고 딱히 찾아갈 데도 없고 보니 노량387)으로 가다가 쉬고 가다가 쉬고 했다.

　　"상도야, 이제 우리 어디로 가지?"

　　김 대갓댁을 나와 어디인지도 모를 곳으로 한참을 걷던 꽃님이가 걱정되는지 상도를 보고 물었다.

　　"글쎄. 발길 닿는 데로 가지 뭐. 길을 물어 한양으로 갈까?"

　　"한양?"

　　꽃님이가 한양이라는 말에 화들짝 놀랐다.

　　"응!"

　　둘은 산을 넘고 물을 건너 앞서거니 뒤서거니 했다. 농사철이어서 그런지 들에는 농부들이 많았다. 마을을 벗어나 두어 식경쯤 걷자 사람이 별로 다니지 않는 후미진 산협의 도린곁이 나오고 그 도린곁을 지나 또 한 식경쯤 걷자 야트막한 고개 하나가 나왔다. 고개에 오르니 앞이 탁 트인 일망무제의 들이 보였다.

　　"야아, 들이 엄청 넓다 그지?"

　　꽃님이가 눈을 동그랗게 뜨며 말했다.

　　"그러네. 들이 넓은 걸 보니 부자들이 많은가보다"

　　들은 넓은 벌방388)이어서 논과 밭이 많았다. 둘은 고개에서 한참을 쉬었다가 다시 한 식경쯤 걸어 들 끝자락에 있는 어느 객점에 다다랐다. 해는 그새 하늘 복판에 와 있었다. 둘은 국밥 한 그릇씩으로 점심을 때우고 다시 걷기 시작했다.

이렇게 또 얼마를 걸었을까. 아마 한 이십여 리 걸었지 싶자 다리가 아프고 발가락이 부르터 잘 걸을 수가 없었다. 노량으로 쉬엄쉬엄 걷는데도 한꺼번에 갑자기 많이 걸으니 발가락에 물집이 생겼던 것이다.

"안 되겠다. 우리 가까운 객점에서 푹 쉬었다 내일 가자!"

상도가 길가에 주저앉아 부르튼 발가락을 들여다보며 말했다. 발가락은 세군 데가 말갛게 부풀어 올라 있었는데 이는 꽃님이도 마찬가지여서 발가락 몇 군데가 꽈리처럼 부풀어 있었다.

"가까운 데 객점이 있을까?"

꽃님이가 절룩이며 앞장서 걸었다.

"있겠지 뭐. 대처로 가는 길목엔 객점이 총총히 있대"

상도도 일어나 절룩절룩 걸었다. 상도는 절룩거리는 꽃님이가 안쓰럽고 가련해 업고 갈까 하다 그만뒀다. 발가락이 아파 도저히 업고 갈 수가 없을 것 같았다. 얼마를 절룩이며 애면글면 걷자 밋밋한 산자락 끝으로 주막을 겸한 객점이 하나 나타났다. 둘은 우선 객점으로 들어 감발부터 풀었다. 해는 이제 겨우 서쪽으로 서너 뼘 가량 기울어져 있어 아직 한낮이었다. 상도는 주모에게 오늘은 여기서 쉬고 갈 것이니 그리 알라 이르고 장띠³⁸⁹⁾ 두 개와 막입을 남자옷 두 벌만 구해달라 했다. 신발은 마침 객점에서 팔아 육날 미투리 두 켤레씩을 샀다. 처음에는 짚신 열 켤레 한 죽을 사서 반씩 나눠 괴나리봇짐에 매달고 갈까 하다 짚신은 금방 해져 좀 비싸더라도 질긴 미투리로 산 것이었다. 두 노마님이 준 당혜를 신을까하다 당혜는 닳는 게 아까워

신을 수가 없었다.

물집이 생겨 꽈리처럼 부풀어 오른 발가락을 따서 물을 빼고 발을 찬물에 담가 씻고 주무르자 발이 한결 시원하고 편안해졌다. 그런데도 양쪽 허벅다리 윗부분 안쪽에 밤톨만한 가래톳[390]이 생겨 용신을 제대로 할 수가 없었다. 가래톳이 욱신거리고 화끈거려 걸음을 잘 걸을 수가 없었기 때문이었다. 이는 꽃님이도 마찬가지여서 발가락에 물집이 생기고 허벅다리 안쪽에 가래톳이 생겨 쩔쩔맸다. 상도도 그랬지만 꽃님이는 난생처음 발가락이 부르트고 가래톳이 생겨 어쩔 줄을 몰라했다. 상도는 사년 전 더 어린 나이에도 금골을 떠나 애면글면 길을 걷고 허위단심 고개를 넘어 며칠 몇 날을 걸을 때도 발이 부르트지 않고 가래톳도 안 생겼는데 오늘은 그 때보다 훨씬 더 커 열세 살이 됐는데 왜 이러는지 모른다 싶었다.

해거름이 되자 주모가 사내 아이 바지저고리 두 벌과 장띠 두 개를 안고 사립을 들어섰다. 어디서 구해오는지 주모의 두름성[391]이 보통이 아니었다. 아마 가까운 거리에 저자라도 있는 모양이었다. 상도는 주모에게 고맙다 인사하고 값을 치른 후 꽃님이에게 바지저고리를 잘 갈무리하라 일렀다. 하루 이틀도 아닌 쇠털같이 수많은 날을 치마 저고리의 여장으로는 곤란할 것 같아 막입을 남장을 구했던 것이다. 앞으로는 남자들 판에 섞여 살게 될 지도 모르고 또 남자 행세를 하며 살게 될 일이 있을지도 모르기 때문이었다. 더욱이 꽃님이는 열세 살 여자 아이 답지 않게 키가 컸고 가슴도 벌써 종지를 엎어놓은 듯 볼록하니 융기돼 있어 남장을 하지 않을 수가 없었다. 이런 꽃님이는 이름도 남자 이름으로 빼어날 수, 사내남의 수남(秀男)으로 바꿨다. 이는 물론 상도가 지은 이름으로 김 대갓댁의 가령한테 배운 한문이

유용하게 써먹혔다. 수남은 글자그대로 빼어난 사내로 아름답고 훌륭한 남자라는 뜻이었다. 상도는 꽃님이와 둘이 있을 때만 꽃님이라는 이름을 쓰고 그 외 남이 있거나 남자들이 많을 때는 꼭 수남이라는 이름을 쓰기로 약속했다.

밤을 새고 나니 발가락의 물집이 꾸덕꾸덕 잡혀 걸을만했다. 양쪽 허벅다리 윗부분 안쪽에 생긴 밤톨만한 가래톳도 얼추 삭아 있었다. 밤에 가래톳에 침을 많이 바른 덕이었다. 다리에 말이 서거나 가래톳이 생겼을 때는 밤에 말하지 않은 입의 침을 바르는 게 제일이라는 소리를 들은 적이 있어 상도는 꽃님이와 함께 밤이 깊도록 가래톳에 침을 발랐다. 그래 그런지 가래톳은 신기하게도 거의 삭아 있었다. 꽃님이도 밤새 다 삭았다며 생긋 웃었다.

아침을 마치자 상도와 꽃님이는 주모가 만들어 준 주먹밥을 받아 봇짐에 넣고 다리에 장띠를 치고 들메끈을 단단히 동여 맨 다음 한양 가는 길을 물어 객점을 나섰다. 사람은 나서 한양으로 가고 말은 나서 제주로 보낸다는 말이 생각나 한양 가는 길을 택했던 것이다. 한양 가는 길은 들길과 산길로 구분돼 있었는데 들길로 가는 한양은 길은 좋아도 멀리 돌아가고 산길로 가는 한양은 길은 험해도 많이 질러 가기 때문에 힘 좋은 젊은이들은 거의 이 산길로 한양을 간다 했다. 이 산길은 하늘재라는 이름을 가진 험준한 재로 재 이쪽이 삼십 리 재 저쪽이 삼십 리로 도합 육십 리의 큰 재라 했다. 하늘재는 한양으로 과거보러 가는 선비들이 가장 많이 넘는 재로 호남 선비들은 서쪽에 있는 추풍령(秋風嶺)을 넘고 영남 선비들은 동쪽에 있는 죽령(竹嶺)과 가운데 있는 새재 조령(鳥嶺)을 넘어 하늘재에 이른다 했다. 때문에 이 하늘재는 선비를 비롯해 등짐장수와 도부꾼 그리고 일반 행인을 합쳐 하루 수백 명씩 넘는다 했다. 이 중에서도 과거보러 가는 선비들은 거의가 다 이 하늘재를 넘어 한양으로 간다 했다. 왜냐하면 선비들은 하늘재를 넘어서 과거를 봐야 하늘처럼 장원급제해 크게 된다는 속설을 믿고 있기 때문이었다. 이런 속설을 믿는 선비들은 또 추풍령과 죽령은 넘기를 꺼려 상당수가 조령 새재를 넘어 하늘재로 간다 했다. 추풍령을 넘으면 추풍낙엽처럼 떨어지고 죽령을 넘으면 대나무처럼 쭐쩍 미끄러져 낙방한다 해서 기피했던 것이다.

하늘재는 듣던 대로 높고 험해 오르기가 여간 힘든 게 아니었다. 게다가 골이 깊고 숲이 무성해 한낮인데도 어두컴컴했다. 군데군데 스러져 죽은 진대나무392)는 건성드뭇했고 선 채로 말라 죽은 강대나무393)는 고주박과 함께 지천으로 늘비했다. 그런데 이상하게도 하늘재는 오를수록 편편해졌고 잿마루에 올라서자 광활한 초원이 전개됐다. 그러나 더욱 이상한 것은 아니 희한한 것은 재를 오를 때는 돌닛길과 너덜겅길의 가파롭고 험한 골산(骨山)이 잿마루에 다다르자 순한 육산(肉山)으로 변해 널따란 초원의 개활지가 펼쳐져 있다는 점이었다. 초원 여기저기에는 화전민이 사는 것으로 보이는 귀틀집394)과 너와집395), 그리고 굴피집396) 대여섯 채가 옹기종기 모여 있었다.

"야아, 저 사람들 여기서 산전 일궈먹고 사는 모양이다 그지?"

잿마루에 올라서자 앞이 탁 트인 개활지를 바라보며 상도가 말했다.

"그런가부네. 재밌겠다 그지? 오순도순"

꽃님이가 괴나리봇짐을 벗어놓고 그 자리에 앉았다.

"재미? 아니야. 오죽하면 저런 집에 살면서 산전을 파먹겠어"

상도도 봇짐을 내려놓고 그 자리에 앉았다. 해는 그새 하늘 복판에 와 있었다. 장대처럼 긴 봄 해라고는 하나 거악한 잿길 삼십 리를 톺아 오르고 보니 한낮이 마빡에 붙은 것이다.

"우리 여기서 밥 먹고 쉬었다 가자. 난 배고픈데 넌 배 안 고파?"

상도가 봇짐 속에서 주먹밥을 꺼내들며 꽃님이를 쳐다봤다.

"나도 배고파. 저기 마침 샘도 있네!"

꽃님이가 큰 발견이라도 한 듯 손을 들어 샘을 가리켰다. 꽃님이가 가리킨 곳은 여남은 걸음 떨어져 있는 산비탈이었는데 그 곳에는 신기하게도 샘이 하나 있었다.

"야아 참 희안하다. 이 높은 산 잿마루에 샘이 있다니!"

상도가 눈을 번쩍 뜨며 놀라워했다.

"그러게 말이야. 이렇게 높은 곳에 어떻게 물이 날까"

꽃님이도 놀라운지 눈을 크게 떴다. 둘은 샘가로 가 앉아 주먹밥을 먹기 시작했다. 샘은 이 하늘재를 넘나드는 사람들을 위해 이곳 화전 민들이 손질해 놓았는지 아니면 이 재를 넘나드는 길손들이 직접 손질을 한 것인지 알 수는 없으나 무척 청결하게 꾸며져 있었다. 둘은 주먹밥이지만 맛있게 먹고 두 손을 오므려 물을 떠마셨다. 그런데 이게 웬일인가. 시장이 반찬이라 찬 없는 주먹밥일망정 맛있게 먹고 일어서는데 꽃님이가 갑자기

"아이구 엄마!"

하는 외마디 비명을 지르며 그 자리에 꼬꾸라졌다.

"꽃님아, 왜 그래? 왜 그래 꽃님아?"

상도가 생급스레 꽃님이를 붙들며 큰 소리로 물었다.

"배, 배가, 아파!"

꽃님이가 배를 움켜쥐며 자반뒤집기를 했다.

"배가? 많이 아파?"

상도가 꽃님이를 안아 일으키며 빠른 말로 물었다.

"응, 창, 창, 창자가 막, 끊어지는 것, 같애!"

배를 움켜쥐고 자반뒤집기를 하던 꽃님이가 대굴대굴 구르며 말을 중간 중간 끊었다. 그런 꽃님이는 눈을 까뒤집어 흰자위만 허옇게 드러냈다. 상도는 큰일 났다 싶었으나 어찌해야 될지 몰라 잠시 똥마려운 강아지처럼 쩔쩔매다 꽃님이를 들쳐 업었다. 어린 소견에도 점심으로 먹은 주먹밥이 꽉 막혀 급체가 된 것 같았다.

꽃님이를 들쳐 업고 천둥에 개 걸음으로 달려 내린 상도는 "여보세요 여보세요"를 연호하며 제일 가까운 집으로 들어갔다. 통나무를 우물정(井)자로 귀를 맞춰 지은 귀틀집이었다.

"누구요오?"

반쯤 열려 있던 방문이 활짝 열리며 환갑도 훨씬 넘어 보이는 노인이 얼굴을 내밀었다. 노인은 점심을 먹고 있었는지 방 한가운데 개다리상이 놓여 있었다.

"예, 어르신네, 이 아이가 지금 배가 아파 숨을 잘 못 쉬어요!"

상도가 발을 동동거리며 노인을 쳐다봤다.

"배가 아파 숨을 잘 못 쉰다고?"

노인이 상을 들어 윗목으로 밀쳐놓더니 몸을 일으켰다.

"예, 어르신네!"

"체한 모양이구먼. 누군지는 모르겠으나 사정이 딱한 듯하니 좌우지간 들어오라구!"

노인이 꽃님이를 받아 방안에 눕히며 말했다. 방바닥은 갈대를 엮어서 만든 삿자리397)여서 제릅398)처럼 미끄러웠다.

"어허, 손발이 차고 식은땀이 나는 걸 보니 체했구먼. 체해도 아주

218

단단히 체했어. 급체여!"

꽃님이의 맥을 짚고 팔다리와 이마까지 만지고 난 노인이 윗목에 있는 함지박에서 침통을 찾아 들며 말했다.

"오다가 어디서 뭘 먹었노?"

노인이 침통에서 침을 뽑아 들었다.

"예, 조금 전 저 잿말랑 샘가에서 주먹밥을 먹었어요. 저 재넘어 객점에서 아침에 주모가 싸준 주먹밥을요"

상도는 몸이 달아 마른침만 꼴깍꼴깍 삼켰다. 꽃님이는 계속 배를 움켜쥐고 자반뒤집기를 했다.

"그게 체했구먼!"

노인이 침 끝을 머리에 쓱쓱 몇 번 문지르더니 꽃님이의 양쪽 엄지손가락 소상(少商)³⁹⁹을 땄다. 소상에서는 기다렸다는 듯 피가 주르르 흘렀다. 검은 피였다.

"아주 꽉 막혔구먼. 큰일 날 뻔 했어"

노인이 혀를 끌끌 차며 약쑥으로 피를 닦아냈다. 그러더니 꽃님이를 일으켜 앉혀 상도에게 붙들게 하고는 목 뒤에서부터 허리까지 등줄기를 사정없이 두들겨댔다. 이는 급체나 곽란 등으로 기운이 막혔을 때 손가락 끝에 있는 요혈들을 사혈해 기운의 소통을 원활히 하고 식도에 걸려 있는 음식물을 내려가게 해 효험을 보게 하는 민간요법이었다.

"이제 조금 있으면 괜찮아질 걸세. 마침 인가가 있었으니 망정이지 사람 없는 무인지경이었다면 어쩔 뻔 했어 그래"

노인이 곰방대에 담배를 쟁여 물고 부싯돌을 타악탁 쳤다. 이때 죽겠다고 소리소리 치며 굼벵이처럼 몸을 또르르 만 채 자반뒤집기를 하던 꽃님이가 끄르륵 트림을 하며 하품을 했다.

"아, 이제 내려가는구먼!"

노인이 꽃님이를 바라보며 담배에 부싯불을 붙였다.

"고맙습니다. 어르신네! 고맙습니다. 어르신네!"

상도는 일어나 노인에게 연해 고개를 숙였다. 이렇게 고맙고 죄스러울 수가 없었던 것이다.

"천만에. 고생을 덜 하려니까 나 같은 사람도 만나는 게지. 인연이여!"

노인은 담배를 뻑뻑 빨며 상도와 꽃님이를 번갈아 봤다.

"이런 산 속에 살면 혼자 사관 따고 경락 따는 것쯤은 알아야 돼. 보라고. 오늘처럼 갑자기 체하면 약도 없고 의원도 없어 큰일이잖어. 그래 여기 사는 화전민들은 급체는 침으로 돌리고 그 외에도 무슨 병에는 무슨 풀뿌리를 캐먹고 어디가 아프면 무엇을 먹어야 낫는다는 민간요법은 알고 있지. 자, 이제 한 잠 푹 자라구. 푹 자고나면 거뜬할 것이니"

노인이 다 탄 담뱃재를 나무 재떨이에 탁탁 털며 말했다.

"뉘 집 도령들인지는 모르겠으나 행색으로 봐선 고량자제나 양반댁 도령들 같은데 어디를 가시는지. 어린 나이에 종자도 없이"

노인이 혼잣소리로 말하더니 윗목에 밀쳐놓았던 상을 들고 밖으로 나갔다. 아마 부엌으로 가 상을 치울 모양이었다. 상도는 얼른 노인을 따라 밖으로 나갔다. 무엇이든 도울 게 있으면 돕고자 해서였다. 그러나 상도가 도울 일은 아무것도 없었다. 이름만의 부엌은 난달400) 난벌401)에 다름 아니어서 찬바람이 씽씽일었다. 그릇이나 물건 등속을 올려놓을 시렁402)이나 살강403) 따위는 아예 없고 흙으로 된 부뚜막에

조그마한 무쇠솥 하나가 달랑 걸려 있고 그 옆으로 물동이 하나 식기 한 벌 수저 한 벌 이남박[404] 두개가 편편한 돌 위에 놓여 있었다. 그리고 울도 담도 없는 부엌 한쪽에 화라지[405]와 고주박 물거리[406]등의 땔감이 수북이 쌓여 있고 그 땔감 바로 앞에 도끼와 함께 모탕이 놓여져 있었다. 점심상은 대접 하나 수저 한 벌 냉수 한 사발이 고작이어서 치우고 자시고 할 게 없었다. 점심상은 얼핏 봐도 묵나물이 아니면 햇산나물에 콩가루나 밀가루를 버무려 슬쩍 데친 악식 같아 조악하기 짝이 없었다. 물론 지금이 범보다도 더 무섭다는 보릿고개 때여서 양식이 동나 그럴 수는 있겠으나 아무리 그래도 노인네가 마소처럼 푸성귀를 주식으로 삼는 것 같아 마음이 아렸다. 노인들은 젊은이들과 달라 기력이 먹는 대로 간다는데 이런 거친 악식으로 어떻게 이 봄을 날지 걱정이었다. 그런데도 이상한 것은 노인의 살집이었다. 노인은 잠깐 봐도 홀앗이[407]로 산전을 일궈 먹고 살아 신역이 고되고 먹는 것도 거친 악식이어서 당연히 피골이 상접해 있어야 했다. 이럼에도 노인은 산해진미로 배를 채운 팔자 좋은 부잣집 영감마님처럼 피둥피둥 살이 쪄 있었다. 팔자 사나운 노인한테는 도무지 어울리지 않는 청승살[408]이었다. 여기다 또 노인은 한 뼘 이상 자란 부얼부얼한 삼각수(三角鬚)를 가지고 있었고 비록 봉두난발[409]의 쑥대머리이긴 해도 상투머리도 하고 있었다. 나이가 환갑을 넘은 늙은이가 외롭게 혼자 살며 궁상스레 끓여먹으면 이는 사궁(四窮)[410] 중의 하나요 또 환과고독(鰥寡孤獨)[411]에 속해 고약한 팔자로 치부하는데 이 노인한테서는 그런 궁기나 청승 따위는 찾을 수가 없었다. 그래서인지 청승살도 육덕(肉德)의 부티로 보였다.

"이보게 도령, 방에 누워 있는 저 도령 일어나면 요 앞 골짝에 가

놀게나. 거긴 요즘 산딸기가 지천이지. 난 새조밭 파던 거마저 파고 올 테니. 오늘 가는 건 무리니 돼지우리 같은 움막이지만 하루 쉬었다 내일 가시게"

노인이 숫돌에 갈던 낫을 지게 세장에 꽂으며 말했다. 이때 꽃님이가 배시시 웃으며 밖으로 나왔다.

"오올치, 저 도령 일어나셨군. 혼났지? 급체나 토사곽란보다 더 견디기 어려운 게 없어"

노인이 꽃님이를 보고 고개를 주억거렸다. 꽃님이는 그새 얼마나 죽살이를 쳤는지 얼굴이 핼쑥하고 눈이 퀭해져 있었다.

"그럼 잘들 노시게. 내 해지기 전에 올 것이니"

노인은 이 말과 함께 지게에다 괭이를 얹어지고는 대꼬바리에 또 담배를 쟁여물었다. 담배를 어지간히 좋아하는 노인이었다. 아니 노인은 대단한 용고뚜리412)였다.

하룻밤 자고 길을 떠나려던 상도와 꽃님이는 이날 이후 자그마치 닷새나 더 노인댁에 묵새기다 길을 떠났다. 처음에는 노인 말대로 하룻밤 자고 떠나려했는데 막상 자고나니 생각이 달라졌다. 뜻하지 않은 꽃님이의 급체로 하도 혼이 나 냉큼 길을 떠날 수가 없었다. 길을 가다 또 갑자기 체하기라도 하면 큰일이기 때문이었다. 그리고 절체절명의 위기를 넘기게 해준 노인을 고맙다는 인사 한 마디로 떠날 수는 없어 무엇으로든 은혜를 갚아야 사람의 도리다 싶었던 것이다.

상도는 노인의 만류에도 불구하고 꽃님이와 둘이 막옷으로 갈아입고 나무를 해 날랐다. 나무는 낫질도 서툴고 지게도 없어 등걸나무를 톱으로 자른 다음 칡으로 묶고 밀삐를 만들어 져날랐다. 꼭 까치집만

했다. 나무는 선 채로 말라죽은 강대나무보다 여기저기 죽어서 넘어진 진대나무로 해 날랐다. 진대나무는 지천으로 많았고 또 거리도 가까워 하루에도 예닐곱 짐씩 해 날랐다. 그러느라 상도와 꽃님이는 몸이 성한 데가 없었다. 손은 가시에 찔리고 얼굴은 나무에 긁히고 회초리에 맞아 피가 나고 멍이 들었다. 그래도 상도와 꽃님이는 재미있어 힘든 줄을 몰랐다.

닷새 동안 상도와 꽃님이는 많은 나무를 해 날랐다. 할 줄 모르는 나무를 애면글면 깜냥대로 해 나르다 보니 토적성산⁴¹³⁾에 진합태산⁴¹⁴⁾이었다. 노인은 이런 상도와 꽃님이가 고맙고 미안해 혼잣소리로

"이거 미안해 어쩌지? 뉘 댁 도령들인지는 모르겠으나 나한텐 귀한 손님인데. 그나저나 뭘 대접한다?"

하며 집 안팎을 돌고 윗방을 풀 방구리에 생쥐 드나들듯 하더니 씨오쟁이에서 신주단지처럼 모셔놓은 봉지 하나를 들고 나왔다. 두어 됫박 됨직한 쌀봉지였다. 몇 파수 후 돌아오는 선친 기고에 메를 짓기 위해 갈무리 해둔 젯메쌀⁴¹⁵⁾이었다. 노인은 보물 다루듯 조심조심 쌀을 꺼내 오랜만에 기름진 쌀밥을 지었다. 반찬은 냉이와 달래를 넣고 끓인 토장지개와 갓 뜯어온 산나물이었다. 산나물은 제일 맛있는 참나물을 비롯해 나물취, 미역취, 이밥취, 수리취, 곰취, 곤달비 같은 것이었는데, 끓는 물에 살짝 데쳐 된장에 버무린 것과 쌈으로 싸먹는 것 두 가지였다.

상도는 닷새 동안 몸은 고달팠지만 마음은 더없이 즐거웠다. 이는 꽃님이도 마찬가지여서 닷새간이 꿈같았다. 상도는 닷새 동안 꽃님이를 수남이라 불렀고 노인은 이런 꽃님이를 곱게 생긴 사내아이로 알

았다. 노인은 상도와 꽃님이가 동문수학 하는 동접간으로 알았고 한양으로 나들이를 같이 하는 고량자제로 알았다. 닷새 동안 상도는 꽃님이와 낮에는 나무를 해 날랐고 밤에는 고콜416)에 관솔불을 밝혀놓고 노인과 밤이 이슥토록 놀았다. 잠은 윗방에서 꽃님이와 같이 잤고 이불이 없어 군불을 많이 지피고 등걸잠을 잤다. 윗방은 노인이 거처하는 아랫방과 벽 하나를 사이하고 연해 있었는데 올망졸망한 시곗자루417)와 가마니, 그리고 허섭스레기와 잡동사니 따위가 이징가미418)와 함께 어지러이 널려 있었다. 방은 벽 한쪽 횃대에 난벌419)인 듯한 옷 한 벌과 든벌420)인 듯한 옷 한 벌의 난든벌421)이 걸려 있지 않았다면 영락없는 곳간이었다.

밤이 늦으면 몸 다는 건 측간가기였다. 측간은 싸릿가지 등속을 얼기설기 세워 만들어 놓았기 때문에 하늘은 물론 밖이 훤히 다 내다보여 용변보기가 여간 난처한 게 아니었다. 소변은 그래도 덜했지만 대변은 누가 보지 않아도 주눅이 들어 용변을 제대로 볼 수가 없었다. 그래 느긋하게 부춛돌422)에 앉아 하늘의 별만을 쳐다보며 일을 봐야 했다. 그런데 밤이 깊어 부엉이 우는 소리가 나거나 알 수 없는 밤새 우는 소리가 들리면 괜히 머리끝이 하늘로 쭈뼛 올라갔다. 부엉이가 우는 곳에는 반드시 눈 큰 짐승(호랑이)이 있다고 들었기 때문이었다. 여기다 또 승냥이라도 울면 모골이 송연해 오금까지 저려왔다. 노인은 이런 상도에게 어느 해던가 깊은 겨울밤 개호주423)가 내려와 요 윗집 김 씨네 개를 물어갔다 했고 어느 해 봄에는 또 어미 곰이 능소니424) 몇 마리를 데리고 저 아래 계곡으로 내려와 가재를 잡아먹었다는 둥 믿기지 않는 말을 하기도 했다. 그러나 어미 곰이 새끼 곰을 데리고 계곡으로 내려와 가재를 잡아먹었다는 이야기는 재미있고도 사실적(寫實的)이어서 그럴 수 있겠다는 개연성을 보여줬다.

어미 곰이 새끼 곰들을 데리고 계곡 도랑으로 가재를 잡아먹으러 내려오면 이날은 잘하면 어미곰과 새끼 곰 한두 마리는 잡는 날이었다. 어미 곰이 넓적한 큰 돌을 앞발로 들어 세우면 돌 밑에 가재들이 고물거리고 새끼 곰들은 허겁지겁 가재들을 잡아먹는다. 이때 꽁무니에 자귀를 차고 나무에 몰래 올라가 숨어 있던 사람이 벼락 치듯 큰 소리로 고함을 치면 어미 곰이 어마지두⁴²⁵⁾에 안고 있던 돌을 놓아버린다. 그러면 돌 밑에 들어간 새끼 곰은 돌에 깔려 죽고 어미 곰은 복수를 하기 위해 식식 거친 숨을 몰아쉬며 나무를 번개같이 올라오는데 곰이 발을 내밀 때마다 자귀로 발목을 찍어 자른다. 이렇게 앞발 두개를 다 자르면 그 큰 곰은 산천이 무너지듯 괴성을 지르며 땅으로 떨어져 길길이 날뛴다.

노인은 대꼬바리에 담배를 쟁여 문 채 천연덕스럽게 말했다. 상도와 꽃님이는 노인의 이런 이야기에 매료돼 밤이 깊어가는 줄도 몰랐다. 노인은 호랑이나 곰 같은 큰 짐승 느리⁴²⁶⁾는 여간해 사람의 눈에 띄지 않지만 한 번 띄었다 하면 십년감수로 혼쭐이 빠지고, 꿩이나 토끼 같은 작은 짐승 토록⁴²⁷⁾은 사람의 눈에는 잘 띄어도 십년감수로 혼쭐은 나지 않아 만만히 본다했다. 그런데 매구⁴²⁸⁾는 크지도 작지도 않지만 한 번 나타나면 온갖 요사스런 둔갑을 다 부려 사람의 혼을 홀랑 빼놓는다 했다. 매구는 요사스럽기 짝이 없는 요물로 여우가 천년을 묵어 변한다 했으니 무슨 둔갑인들 못 부리겠느냐 했다.

닷새째가 돼 길을 떠나려 하자 상도는 또 마음이 흔들렸다. 여기 눌러앉아 노인과 함께 살고 싶은 생각이 들어서였다. 어디 간들 밥

위에 떡 얹어놓고 기다릴 사람도 없는데 군이 역마살이 낀 듯 길을
재촉해 떠날 필요가 있을까 싶었던 것이다. 노인의 귀틀집 곁에 마가
리429)의 능애집430) 한 칸 마련하면 노인이 벗바리431)가 돼 줄 것이고
그러면 넘어진 자리에 쉬어가듯 꽃님이와 푸새밭432) 일궈 자급하며
산돌이433)로 살면 될 일이었다. 세상인심이 부라퀴처럼 흉악하고 모
지락스러워 잘코사니434)하는 인간이 많고 무따래기로 발김쟁이 하는
인간이 널브러져도 이를 주리팅이435)하는 사람이 드믄 세상에, 노인
은 이런 것과는 상관없이 원형이정(元亨利貞)436)의 사단(四端))437)대로
사는 사람 같아 믿을 수가 있었다. 살림 밑천으로 동부레기438) 한 마
리 사 기르다 코뚜레439) 꿸 엇부루기440)가 되면 작두도 하나 장만해
꽃님이는 쇠꼴 디디는 작모시441)가 되고 자신은 쇠꼴 먹이는 풀아
시442)가 돼 알콩달콩 살고 싶었다. 따비443)나 긁정이를 구해다 꽃님
이는 앞에서 끌고 자신은 뒤에서 밭을 갈아 씨를 붙이고 싶었다. 농
사 연모로는 지게, 낫, 톱, 도끼, 괭이, 쇠스랑, 삽, 도리깨, 개상, 갈
퀴, 호미, 삼태기, 바소쿠리에 새갓통444)과 귀때동이445) 같은 농구만
있으면 얼마든지 농투성이가 될 수 있을 것 같았다.

　　그런데 이상했다. 마음은 이곳에서 꽃님이와 산전 일구며 알콩달콩
살고 싶은데 발길은 어느새 행전에 신들메를 단단히 하고 행보 채비
를 서두르고 있었다.

　　그래, 가자! 미련 없이 가자!

　　상도는 어디든 또 가야한다고 생각했다. 가야할 이유가 무엇이고
목적이 무엇인지 확연히 알 수는 없어도 하여간 어디든 또 가야한다
고 생각했다.

　　"도령들 잘 가시게. 어느 세월에 다시 만나게 될지 모르겠으나 서

로 잊지나 마세. 이것도 인연이라면 인연이니 혹여 이 늙은이가 생각 나거나 이 근방 어디를 지나는 길처446)면 과문불입 마시게!"

노인은 뜯게447)나 다름없어 넝마처럼 너덜너덜한 옷을 입고도 천진 하게 웃었다. 그러며 자상한 할아버지가 손자에게 하듯 상도의 어깨 에 행자꾸러미448)를 지워줬다. 상도는 아침에 노인 몰래 윗목 삿사리 밑에 엽전 오십 냥을 숨겨놓고 나온 것을 잘했구나 했다. 간밤에 엽 전 오십 냥을 꺼내 노인 앞에 놓고 정표로 드리는 것이니 필요할 때 쓰시라 했지만 노인은 한사코 받지 않았다. 받지 않았을 뿐만 아니라 꾸중까지 하면서 이러면 이 늙은이를 욕보이는 것이라 했다. 그러며 노인은 산중무력일(山中無曆日)이라, 산속에서 세월 가는 줄 모르고 자연과 더불어 한가히 사는데 무슨 돈이 필요하냐며 대처에 나가는 도령들이나 요긴히 쓰라했다. 그러나 상도가 보기에 노인은 돈 쓸 일 이 많고 많았다. 우선 변변한 난벌과 든벌이 없어 난든벌의 옷부터 한 벌씩 사야했다. 아무리 산중무력일이라, 돈 쓸 일이 없다했지만 어 쩌다 저잣거리 한 번 간다 해도 새물내 나는 진솔 한 벌은 있어야 할 것이었다. 윗방 횃대에 난벌 한 벌과 든벌 한 벌이 걸려있기는 했 으나 든벌은 몰라도 난벌은 입고 나갈 수 없을 만큼 옷이 해져 남루 했다. 옷만이 아니었다. 이부자리도 저잣거리에 가 한 채씩 사 추운 겨울 등걸잠은 면해야 했다. 노인이 무슨 까닭으로 이 산으로 들어와 이 고생을 하는지 알 수 없고 또 이 산중으로 들어오기 전에는 어디 서 무엇을 했으며 처자 권속은 있는지 없는지 몰라도 닷새 동안 지켜 본 노인은 범사에 초탈한 이인(異人)449) 같아 속인처럼 옷 따위며 먹 는 것 따위에 연연할 사람이 아닌 듯했다. 나이가 환갑을 훨씬 지나 늙마에 들고 먹는 것도 거친 악식에 푸성귀면 팔자 사나운 늙은이라

할 수 있어 피골이 상접해 몸피가 제릅 같아야 하는데 노인은 이와 반대로 기름진 음식을 먹어 살이 찐 팔자 좋은 부잣집 영감마님 같이 얼굴이 부하고 귀티나 궁기라고는 눈곱만큼도 없었다. 그래 노인의 살은 팔자 사나운 늙은이가 가당찮고 터무니없게 찌는 그런 궁상맞은 청승살로 느껴지지 않고 되레 부하고 귀하게 느껴져 어떤 신비감마저 일었다. 여기다 또 부얼부얼한 삼각수까지 턱밑으로 한 뼘 넘게 늘어뜨렸으니 어찌 범연타 할 수 있겠는가. 노인은 이인이었다. 아니 방사(方士)[450]인지도 몰랐다. 노인은 성씨가 흰백(白)자의 백 씨요 이름은 어리석을 치(癡)자의 치였다. 그러니까 노인의 성명은 백치(白癡)인 것이다.

백치!

바보 백치. 천치(天癡)라고도 불리는 백치. 그러고 보면 백 노인은 일민(逸民)[451]인지도 모를 일이었다. 학문과 덕행이 뛰어나면서도 세상에 나서지 않고 묻혀 사는 일민. 숨어 사는 숲 속에 영욕이 없고(隱逸林中無榮辱) 도의가 있는 길에 염량이 없다(道義路上無炎凉) 했으니 백 노인은 아마도 무영욕 무염량의 은사(隱士)일시 분명했다.

그럴 것이다.

백 노인은 심장이불시(深藏而不市)로 사는 일민인 듯했다. 재주를 감춰 놓고 저자에 팔지 않는다는 심장이불시. 자기의 재능과 지위와 학문과 형적을 감춰 남이 모르게 사는 도회(韜晦). 큰 재주나 높은 학문이 있음에도 이를 세상에 팔지 않은 채 이름 없이 묻혀 사는 도광양덕(韜光養德). 이는 지인(至人)의 경지에 다다른 일민만이 가능한 일이어서 초세속적 고사(高士)나 지본(知本)의 수기자(修己者)가 아니고는 불가능한 일일터였다.

그렇다.

진정으로 재주가 많은 사람은 자신을 뽐내지 않아 겉으론 보면 마치 어리석고 치졸한 사람 같이 보인다. 이를 노자에서는 대교약졸(大巧若拙)이라 하는데 이와 비슷한 말로 대직약굴(大直若屈)과 대변약눌(大辯若訥)도 있다. 크게 곧은 사람은 마치 굽은 것 같고, 크게 말 잘 하는 사람은 마치 말더듬이와 같다 함인데 이도 역시 노자에 있는 말이다.

백 노인! 아니 백치 노인!

백 씨라는 성씨 밑에 어리석다라는 치자를 붙여 스스로 바보라 일컫던 백치노인! 초세속적 동양 고사와 일민만이 생활철학으로 삼는다는 도회와 심장이불시. 대교약졸과 대직약굴과 대변약눌 또한 지인의 경지에 다다른 지본의 수기자만이 할 수 있는 높은 세상의 일이었다.

벼랑 끝 사람들

    다람쥐꼬리 같은 알록달록한 밤느정이[452]가 온 동네를 뒤덮었다.

    동네뿐만이 아니었다. 산이고 들이고 할 것 없이 밤나무가 들어선 곳이면 싸아한 밤꽃 향기가 진동을 했다. 저잣거리도 예외가 아니어서 돈들막이나 등성이에는 밤느정이에서 토해지는 싸아한 향기로 어질증이 났다. 꽃멀미에 취해 어질증이 나듯 밤꽃 향기에 취해 머리가 띵해지기 때문이었다.

    "허어, 밤꽃 냄새로 과부들 또 바람나게 생겼군!"

    "누가 아니래. 과수는 뻐꾸기 울 때하고 밤꽃 필 때가 젤로 마음이 싱숭생숭하다는데!"

    밤나무가 수십 그루씩 군락을 이룬 곳이면 밤꽃 냄새로 코를 내두를 수가 없어 사내들은 코를 큼큼거리며 한 마디씩 했다. 밤꽃 냄새가 남자의 씨물 냄새와 같아 이 냄새를 맡는 과부는 바람나기 십상이라는 뜻이었다.

    마음이 싱숭생숭한 것은 과부만이 아니었다. 홀아비도 마음이 싱숭생숭 했고 멀쩡하게 마누라까지 있는 사내도 마음이 생숭거려 불두덩이 욱신거리고 자개미[453]가 근질거렸다. 다 그놈의 씨물내나는 밤꽃이 가져다 준 든장질[454]이었다.

그러나 이 든장질은 저잣거리 한터에 진을 친 남사당패들한테도 예외가 아니어서 연회를 제대로 할 수가 없었다. 몇 달 혹은 몇 년씩 계집 맛을 못 봐 육허기가 지다시피 한 패들한테 씨물내나는 밤꽃의 싸아한 향기가 바람에 실려와 계집 생각을 부채질하니 연회가 제대로 될 리 없었다. 더구나 구경꾼 중에는 얼굴이 반반해 눈맛[455]이나 눈흘레감[456]의 아낙들까지 눈웃음을 샐샐 흘리고 있으니 어찌 온전히 재주를 부릴 수 있겠는가. 한창 힘이 뻗쳐 그 놈의 양물이 발기라도 할 양이면 쇠가죽 같이 질기고 팽팽한 문창호지도 능히 뚫고, 드러누워 오줌을 누면 오줌줄기가 천장까지 죽죽 올라가 닿는 판에 계집 맛한 번 못 보고 국으로 불두덩만 싸잡아 쥐고 밤을 새다시피하니 이게 짜장 죽을 노릇인 것이다. 꽂아놓고 몇 번씩 파정을 해도 금세 또 발기를 해 다시 하고 싶은 팔팔한 나이에 무슨 형벌 받듯 몇 달 몇 년씩 여자맛을 못 보니 이놈의 눈도 코도 입도 귀도 없는 것이 불끈불끈 성질을 부려 견딜 수가 없는 것이다. 꼴에 굼밤타령한다고, 모양도 거무튀튀 불학무식하게 생긴 놈이 골을 내고 심술까지 부리니 같잖아 욕지기가 날 지경기지만 그러나 어쩌겠는가. 잘나도 내 낭군 못나도 내 낭군이니 입술을 깨물고 참을수밖에. 이왕 말이 났으니 말이지만 그래도 남진아비[457]들은 몇 달에 한 번씩 집으로 가 꿈에 중보듯 여편네를 품기라도 하지만 집도 절도 없고 여편네마저 없는 홀아비나 엄지머리총각[458]들은 마디마디 꼴리는 양물을 주체 못해 밤마다 용을 쓰며 한녘진 데로 가 도둑 용두질을 쳐댔다. 그러며 용갯물[459]이 나올 때마다 거친 신음성과 괴상한 소리를 황소처럼 질러댔다. 마디마디 꼴리는 양물을 잠재우려면 살꽃을 품거나 논다니와 살이라도 섞어

232

야 하고 그러자면 수월찮은 해웃값을 챙겨줘고 색줏집이라도 찾아가야 하는데 그놈의 해웃값이 턱없이 비싸 낭중 무일푼으로는 언감생심 찾을 수가 없는 것이다. 그러니 만만하고 돈 안 드는 용두질이라도 쳐 놈을 잠재울 수밖에 도리가 없는 것이다. 먹고 살기도 힘들어 걸핏하면 굶기를 부자 밥먹듯하고 잠도 물방앗간이 아니면 한둔460)으로 등걸잠을 자는 판에 어찌 감히 계집까지 품을 생각을 하겠는가. 더러운이 좋거나 인심이 후한 부잣집을 만나면 큰사랑이나 행랑채서 말뚝잠461)으로 밤을 새는 떼거지들 신세에 살꽃 품어 재미보거나 논다니와 살을 섞어 육허기를 면한다는 것은 불감청이언정 고소원462)이어서 생각조차 못할 일이었다. 한데도 이놈의 천둥벌거숭이463) 같은 물건이 물색없이 불끈불끈 일어나 눈치코치 없이 주책을 부리니 어이가 없다 못해 기가 차 뇌꼴스럽기464) 짝이 없는 것이다. 돌도 삭일 한창 나이에 생배를 곯아 허기지고 들피져서 눈앞에 별이 반짝이고 뱃속에서 쪼르륵 소리가 나는데도 후안무치한 욕정은 불고염치로 고개를 빳빳이 들고 일어나니 조화속이었다. 무슨 힘센 엘레지465) 삼신이 씌웠거나 육정(肉情)을 못 풀고 죽어 한이 맺힌 귀신이 뒤집어씌우지 않고서야 배고픔만도 서럽고 기막힌 일인데 어찌 항차나 육허기까지 가세해 사람을 이리 괴롭히는지 모를 일이었다.

　괴로움은 상도도 크게 다르지 않아 배고픔과 육허기를 함께 겪고 있었다. 상도의 나이 어언 열아홉 장정이요 그런 만큼 욕정과 육정도 진작에 느낄 나이였다. 그런데도 상도는 꽃님이를 손끝 하나 건드리지 않은 채 보물 아끼듯 귀히 아꼈다. 언제가 될지 모르지만 모가비466)를 비롯한 사당패 식구들이 지켜보는 가운데 작수성례(酌水成禮)467)의 장가처로 결발부부(結髮夫婦)468)가 되고 싶었다. 그때까지 상도는 꽃님이를 온전히 지키고 싶었다. 아니 지켜주고 싶었다. 상도는 이렇게 하는 것이 적어도 꽃님이에 대한 도리요 의무라 여겼다. 아무리 근본 모르는 사람들이 한데 모여 동가식서가숙[469]으로 천한 사당패놀이를 하고 살망정 오다가다 우연히 만나 근본도 모르고 사는 뜨게부부[470]처럼 그렇게 살 수는 없었다. 이는 상도도 상도지만 우선 꽃님이가 원치 않는 바였다. 그러므로 두 사람은 여기 대해 서로 이렇다 할 말 한 마디 주고받지 않았지만 이심전심으로 교통하고 있었다.

그랬다. 이는 두 사람만이 알고 느끼는 심심상인(心心相印)[471]이요 교외별전(敎外別傳)[472]이었다.

하늘재의 백치 노인과 헤어져 그 길로 남사당패가 된 상도와 꽃님이는 열세 살 소년에서 열아홉 살 청년으로 성장했고 꽃님이 역시 열세 살 소녀에서 열아홉 살 처녀로 성장했다. 그 새 육년이란 세월이 흘러갔던 것이다.

그날 하늘재의 백치 노인과 헤어져 부지거처 없이 걷던 상도와 꽃님이는 해동갑으로 어느 저잣거리에 떨어졌다. 저잣거리는 마침 남사당패들이 놀이를 벌이고 있었다. 놀이는 버나재비의 대접돌리기가 막 끝나고 살판쇠 곤두꾼이 두 손으로 땅을 짚고 뒤로 팔딱팔딱 재주를 넘는 연희가 시작되고 있었다. 그러나 이 연희는 곧 몸을 옆으로 돌아 떨어지는 옆시금과 몸을 공중으로 한 바퀴 날린 뒤 손을 땅에 짚지 않고 앞으로 떨어지는 앞시금의 놀라운 재주로 이어졌다. 사람들은 희한하기 짝이 없는 땅재주에 놀라 입을 딱 벌린 채 박수를 쳤다. 사당패들은 신이 나 풍물 한 마당을 놀더니 덧뵈기의 탈놀음과 덜미의 꼭두각시놀음을 선보였다. 그러며 잘 알아들을 수 없는 빠른 말의 사설로 아니리⁴⁷³⁾를 엮어대더니 뒤이어 "으이" "좋다" "얼씨구" "그렇지" 하는 추임새⁴⁷⁴⁾의 조흥사(助興詞)도 먹여댔다.

남사당놀이는 이러고도 무동의 동니, 어름사니의 줄타기 등의 재주를 부리고 나서야 끝이 났다. 줄타기는 그러나 한 발은 줄을 딛고 한 다리는 들고 앉았다 일어섰다 하는 외홍잡이부터 시작해 줄을 타고 앉았다가 줄 위로 올라섰다 하기를 반복하는 쌍홍잡이, 줄 한쪽으로 두 다리를 늘어뜨려 걸터앉았다 그 반동으로 줄 위에 올라서면서 앞으로 나아가는 옆쌍홍잡이, 줄을 타고 앉았다가 몸을 날려 줄 위에 쪼그려 앉는 겹쌍홍잡이, 그리고 줄에서 떨어질 듯 떨어질 듯 짐짓 실수를 해 보이며 앞으로 걸어가는 앞으로가기의 재주를 부리고 나서야 완전히 끝이났다.

상도와 꽃님이가 남사당패의 식구가 된 것은 이날 밤부터였다.

상도는 남사당놀이가 파하자 꼭두쇠⁴⁷⁵⁾ 모가비를 찾아가 식구 되기를 원했다. 모가비는 처음 난색을 표하며 반대를 했다. 남사당 노릇하기 어렵고 힘들어 그만두는 사람이 나날이 느는데 왜 이런 남사당이 되려 하느냐, 남사당이 되면 서럽고 배고파 고생문이 훤한데도 인간 대접 한 번 못 받아 양반 사대부와 권문세가는 물론 중인의 아전까지도 개돼지 취급을 한다, 이래도 남사당이 되겠느냐, 보아하니 두 사람 다 큰 고생 없이 자란 것 같아 살판의 땅재주 배울 시기는 놓친 것 같다, 그래도 굳이 남사당이 되겠다면 대접돌리는 버나부터 시작해 탈놀음의 덧뵈기 꼭두각시놀음의 덜미 등을 배워야 하는데 이것도 보통 어려운 게 아니어서 온갖 궂은일과 잔심부름을 다하는 삐리부터 시작해야 한다. 그래도 남사당이 되겠느냐 했다. 상도는 남사당의 식

구로 허락만 해 주신다면 어떤 고생 어떤 어려움도 참고 견디겠으니 받아만 달라 했다. 그러자 모가비가

"너희 뜻이 그렇다면 내 허락은 하겠다만 곧 후회할 게다. 고생이 좀 자심해야 말이지"

하며 고개를 절레절레 흔들었다. 이는 상도와 꽃님이를 남사당패의 식구로 받아들이긴 했지만 마뜩찮다는 뜻이었다. 그러나 상도는 이날 이후 혀의 침처럼 부닐며 모가비 정 씨가 시키는 대로 고분고분 일을 해 금세 모가비 정 씨의 눈에 들었다. 이는 물론 꽃님이도 마찬가지여서 쉬 모가비의 사랑을 받았다. 상도와 꽃님이가 모가비 정 씨의 신임과 사랑을 쉬 받은 것은 혀의 침처럼 부닐며 열심히 재주를 배워서이기도 했지만 무엇보다 상도의 면무식이 그 첫 번째 이유였다. 십수 명의 남사당패를 이끌고 안 돌아다니는 데 없이 돌아다녀도 모두가 성명 삼자 제대로 못 쓰는 까막눈들이어서 눈 뜬 장님으로 살았다. 그래 도나캐나476) 무시하고 어중이떠중이 능멸했다. 천민의 남사당으로 개 돼지 취급 받는 것도 서러운데 눈 뜬 장님으로 일자무식이고 보니 더더욱 사람 대접을 못 받아 금수 취급을 당했다. 상도는 남사당의 식구들 중 조상 제사가 들면 상자지향(桑梓之鄕)477)에 못 가는 안타까운 심사를 헤아려 지방을 써줘 주과포만 차려놓고 제사를 지내게 했다. 그래 식구들로부터 환영을 받았다. 이는 물론 상도부터 그렇게 해 아버지와 어머니의 기일 때마다 주과포만 차려놓고 제사를 모셨다. 물방앗간에서 자는 날은 물방앗간 한쪽에서 모셨고 부잣집 행랑방에서 자는 날은 행랑방 윗목 한쪽에서 모셨다. 상도는 자신이 이나마 글을 알아 면무식을 한 것은 온전히 김 대갓댁의 가령 덕이다 싶어 가령의 은혜가 하늘 같이 느껴졌다. 이는 꽃님이도 같은 생각이

어서 가령이 그지없이 고마웠다. 꽃님이는 겨울밤이면 김 대갓댁 두 노마님한테 읽어드렸듯 밤이 돼 남사당 식구들이 쉴 때면 고담책을 읽어 식구들 피로를 풀었다. 뿐만이 아니었다. 식구들 중 옷이 터지거나 단추가 떨어지면 꽃님이는 반짇고리에서 실패를 찾아 옷을 꿰매고 단추를 달았다. 이럴 때마다 상도는 꽃님이가 미뻐⁴⁷⁸⁾ 업어주고 싶었다. 그리고 꽃님이의 이 미쁜 행위는 달이 가고 해가 갈수록 점점 더 농밀해져 꽃님이가 열아홉 살이 되자 한 떨기 아리따운 부용 같아 깨물어주고 싶었다. 그러나 한편 걱정도 많아 늘 나무 끝에 앉은 새처럼 마음이 조마로웠다. 꽃님이가 열아홉 살로 한 떨기 꽃처럼 확 피어난데 대한 걱정이었다. 여자란, 더욱이 처녀란 익은 음식과 같아 먼저 먹는 사람이 임자가 된다는 속설이 있고보니 이게 사뭇 마음에 쓰였다. 식구들 모두가 꽃님이는 상도 색시여서 언젠가는 작수성례로 결발부부가 될 것으로 알고 있고 이는 또 모가비 정 씨가 오래 전에 꽃님이는 상도 색시니 그리 알고 함부로 대하지 말라 일렀지만 그래도 상도는 사기그릇을 안고 돌다리를 건너는 것 같아 마음 놓을 수가 없었다. 방을 따로 쓰는 것도 아니요 잠을 따로 자는 것도 아니어서 모두가 한 타령으로 공동생활을 하다보니 앉은 자리가 내 자리요 눕는 자리가 내 자리였다. 그래 상도는 늘 꽃님이를 벽쪽으로 바짝 눕히고 자신은 그 다음 자리에 누웠다.

이러구러 또 세월은 흘러 상도와 꽃님이 방년 스물한 살의 꽃다운 나이가 됐다. 그동안 상도는 덧뵈기의 탈놀이 가열⁴⁷⁹⁾에서 탈놀이의 뜬쇠⁴⁸⁰⁾가 돼 제 밑으로 삐리는 물론 가열도 몇 사람 거느리고 있었고 꽃님이는 삐리에서 가열이 돼 접시와 대접 돌리는 버나재비로 인기를 끌고 있었다.

이때 상도는 생각하고 있었다. 아니 결심하고 있었다. 열심히 재주를 익히고 경륜을 쌓아 줄꾼 어름사니가 되고 이인자의 부 우두머리 곰뱅이쇠가 되고 끝내는 우두머리 일인자 꼭두쇠가 돼 아버지와 어머니의 원혼이 어리중천을 외롭게 떠도는 김 진사(김정승)댁 마당에다 진을 치고 남사당놀이를 펼쳐야 된다고. 그래서 양반을 풍자하는 탈놀이 덧뵈기를 멋들어지게 벌여 첫째 마당 마당씻이, 둘째 마당 옴탈잡이, 셋째 마당 샌님잡이, 넷째마당 먹중잡이로 양반의 위선과 위악과 허위와 허세를 통렬히 고발해야 된다고. 그런 다음 김 진사의 늙은 아비 김 정승이 죽으면, 그 간을 꺼내 씹어 먹어도 설분이 안 될 불구대천지수의 그 김 정승이 죽어 장사를 지내면, 장사를 지내면······

상도는 주먹을 부르쥐고 이를 사려물었다. 그런 상도의 눈앞에 인면수심의 짐승 같은 김 정승의 면상이 떠오르고 억울하고 처참하게 죽은 어머니와 아버지의 곡두[481]가 떠올랐다.

오냐, 두고보자! 그 날은 기필코 올 것이다. 억울하고 비참하게 돌아가신 어머니와 아버지의 원한 갚는 그 날은 분명코 올 것이다. 이토록 와신상담 절치액완으로 일구월심 하는데 어찌 그 날이 오지 않으리. 지금 당장 그 철천지수 놈의 집 마당에서 남사당놀이를 한다해도 놈들은 이쪽을 알아보지 못할 만큼 세월이 흘러 안심하고 살 것이다. 그 새 강산이 한 번 바뀐다는 십 년에서도 이 년이나 더 지났으니 무슨 수로 이쪽을 알아보겠는가.

모가비 정씨의 말대로 남사당생활은 어렵고도 힘이 들어 비참을 극한 나날이었다. 우선 무엇보다 배가 고파 견딜 수가 없었다. 추수가 끝난 가을이나 겨울 삼동[482]은 그런대로 버틸 수가 있어 죽식간에 입

238

에 풀칠은 했다. 가을은 마당질이 끝난 직후라 여기 저기 낟가마니가 있고 겨울도 삼동은 이 낟가마니가 다 비워지지 않기 때문에 아침 밥 저녁 죽은 해결할 수 있었다. 쌀독에서 인심난다고 곡식 가마니나 있을 때 행하(行下)483)를 주고 남사당놀이를 구경하기 때문이었다. 그러므로 웬만한 부촌이나 장터, 또는 저잣거리는 곰뱅이가 쉬 트여 가을부터 겨울 삼동은 남사당패의 성수기라 할 수 있었다. 그런데 이 성수기가 해토머리의 따지기때와 함께 비수기가 돼 곰뱅이 트임이 막혀버린다. 범보다 더 무섭다는 춘궁이 시작되기 때문이었다. 내 땅 한 뼘 없이 평생을 남의 전장 부치며 근근득생 살아가는 애옥살이 작인들이 가을 아닌 봄에 무슨 수로 행하 주고 남사당놀이 구경을 할 수 있는가. 더욱이 남사당놀이는 양반이 아니면 부자, 부자가 아니면 세도깨나 쓰는 권세가가 들어와 놀아도 좋다는 허락이 떨어져야 하는데 해동이 돼 춘궁기가 닥치면 그때부터 남사당패들은 비로 쓸어버린 듯 볼 수가 없다. 모두가 살 길을 찾아 지남지북 헤어지기 때문이었다. 남사당패 중에는 가을에 다시 만나기로 약속하고 헤어지기도 하고 어떤 남사당패는 또 잠시 춘궁기만 넘기고 바로 만나자 약속하고 헤어지기도 하지만 그러나 한 번 떠나면 영영 돌아오지 않는 경우도 있어 떠남이 곧 해체를 의미하기도 했다. 그러면 모가비나 곰뱅이쇠가 새로 남사당을 만들거나 조직해야 하는데 이게 보통 어려운 일이 아니어서 한 번 해체되면 권토중래484)가 대단히 힘들었다. 이런 관계로 결기 있고 중심 있는 남사당은 이 안타까운 해체를 막기 위해 죽든 살든 운명을 같이하고 먹든 굶든 고락을 함께해 어떤 고난과도 맞섰다. 그러느라 죽음을 초극하는 고통 고초가 이만저만이 아니어서 기지사경을 헤맸다. 상도가 몸담고 있는 남사당이 바로 그런 남사당이

어서 죽어도 같이 죽고 살아도 같이 살자했다. 그러나 아무리 그렇게 동고동락을 약속하고 공생공사를 다짐해도 배고픔 앞에는 장사가 없어 식구들 몰래 야반도주하는 사람이 불무했다. 속담에 사흘 굶어 도둑질 안 하는 사람 없다 했듯 배고프면 비단옷도 한 끼 밥과 바꿔먹는 법이어서 금의일식(錦衣一食)이란 말이 생겼을 터이다. 배고픈 호랑이 원님 못 알아본다고, 배고픔 앞에는 체면도 체통도 없어 오직 밥만이 약이었다. 밥 생기는 일이라면 못할 일이 없어 범의 덫에도 들어갈 판이었다. 그래서 더러 남사당 식구 중 남장여인의 과년한 삐리나 가열은 양반이나 세도가 혹은 부잣집 바깥마님의 잠자리 요구에 못이기는 척 몸을 허락하고 옷 벗은 값 해의채(解衣債) 즉 행하를 두둑이 받아 굶어죽기 직전의 식구들을 살려 아사리 봄판을 넘기기도 했고 드물게 뜬쇠나 곰뱅이쇠가 얼굴이 반반한 제 여편네를 부자나 세도가한테 자녀(恣女)처럼 몸을 빌려주고 받은 와댓값485)으로 굶어죽기 직전의 춘궁기 식구들을 구해내기도 했다.

그러나 이는 썩 드문 일이어서 대개의 남사당들은 곰뱅이를 트기 위해 오늘은 이 저잣거리 내일은 저 장터를 유랑하며 풍물을 쳐댔다. 그리고 부촌이나 반촌 또는 세도가가 사는 동네에 들어가 행하를 싸게 줘도 좋으니 한 판 벌이게 해 주십사 해도 허락이 떨어지질 않았다. 몇몇 세력가나 부잣집을 제외하면 거의가 삼순구식이어서 허짓허짓486) 들피진 몸을 가누기도 힘든 판에 어느 시러베 양반 부자가 행하를 줘가며 판을 벌이라 허락하겠는가. 이럴 때는 조조처럼 간교한 조조간질래비487)가 수작을 걸거나 쥐알봉수488)처럼 꾀가 많아 참새 굴레 씌우는 사람이 곰뱅이를 트러해도 허락받기가 어렵다. 혹여 지략 지혜가 절등해 누리에 견줄 자 없는 천하무비의 제갈량이 지략을 짠다면 모를까 그 외에는 누구도 허락받을 수 없을 만큼 어려운 게 춘궁기의 곰뱅이트기였다.

상도는 이 절체절명의 어려움을 어떻게 이겨내야 하나 싶어 그 해결 방법을 백방으로 궁리하며 의견모했지만 이거다 싶은 묘안이 생각나지 않았다. 그러나 묘안이 아주 없는 것은 아니어서 마음먹기에 따라 이 어려움을 극복할 수도 있었다. 그것은 꽃님이와 함께 어진골 김 대갓댁을 찾아가는 일이었다. 어진골 김 대갓댁을 찾아간다면 상도는 들무새 일을 하면서 가동노릇을 하면 될 것이고 꽃님이는 안저지로 있으면서 동자아치 노릇을 하면 될 것이었다. 그러면 이런 참혹한 고생은 없어 생배 곯을 일은 없을 터였다. 그리고 김 대갓댁이 아닌 하늘재의 백치 노인을 찾아간다면 백치 노인의 귀틀집 곁에 마가리의 능애집 한 칸 짓고 푸새밭 일구면 백치 노인이 벗바리가 돼 울바자 노릇을 해줄 것이었다. 하지만 이는 차마 못할 일이었다. 아니 해서는 안 될 일이었다. 살아도 같이 살고 죽어도 같이 죽자는 식구들을 버리고, 먹어도 같이 먹고 굶어도 같이 굶자는 식구들을 등지고 떠날 수는 없었다. 그리고 또 김 진사 아니 김 진사의 아비 김 정승을 단죄하고 요정내기 위해서라도 남사당을 떠날 수는 없었다. 언제 죽을지 몰라도 좌의정을 사퇴해 낙향한 김 정승이 죽어 장사지내면 장사지내는 그날로 득달같이 달려가 쥐도 새도 모르게 요정을 내야하기 때문에 귀가 밝고 발이 빠른 남사당을 떠날 수가 없는 것이다. 이는 꽃님이도 알고 있는 터여서 상도의 마음과 크게 다를 바 없었다. 꽃님이는 상도로부터 억울하게 죽은 아버지 어머니 이야기를 들어 진작부터 황새목이 돼 그 날이 오기를 일구월심 기다리고 있었다.

열댓 명이나 되는 식구들이 냉이와 쑥부쟁이를 밀가루에 버무려 데쳐먹고 밀가루마저 떨어져 산나물을 비롯한 송피와 칡뿌리로 목숨을 연명하자 식구들은 하나같이 누렇게 황달이 들기 시작했다.

황달만이 아니었다. 몸이 멀겋게 붓는 부황까지 나 살을 누르면 고무판처럼 쑤욱쑥 들어갔다. 잠은 동네 중 제일 큰 집 행랑채나 주막 봉놋방, 그리고 종이나 머슴들 방을 찾아가 칠촌의 양자 빌 듯 빌어 몇 사람씩 끼어 동냥잠489)을 잤다. 그러느라 잠은 자리가 좁아 바로 눕지 못하고 모로 자는 칼잠이 아니면 꼿꼿이 앉아 자는 말뚝잠이었고 그것도 아니면 남의 발치에서 눈칫잠을 자는 발칫잠을 자야했다. 그러나 칼잠이든 말뚝잠이든 또는 발칫잠이든 방에서 자는 잠은 그래도 팔자(?)가 좋은 편이어서 지청구를 먹어가면서도 미련을 부렸다. 그런데 물방앗간이나 짚북데기 속에 들어가 자는 한둔잠은 비참하기 이를데 없어 완전히 비렁뱅이 신세였다. 날씨가 더운 하절기는 모기 등쌀에 잠만 설칠 뿐이나 날씨가 추운 동절기에는 바깥에 피워놓은 화톳불을 쬐다 들어와도 뼛속까지 어는 모진 추위에 잠을 잘 수가 없었다. 매서운 칼바람과 차가운 북풍한설이 몰아쳐 얼기를 잡을 수가 없기 때문이었다. 이런 경황에도 꼭두쇠 정 씨는 상도에게 축문을 쓰게 해 한 달에 두 번 초하루와 보름에 비나리490)를 지냈다. 성주와 천지신명께 제를 올려 액을 물리치고 운이 뻗쳐 식구들이 굶지 않고 무병하게 연희를 하게 해 주십사 하는 고사였다. 그러나 이럼에도 불구하고 비나리 고사는 효험이 없어 곰뱅이쇠 김 씨가 부촌과 반촌을 뻘때추니491)처럼 돌아치고 장터와 저잣거리를 바람난 수캐처럼 찾아다녔지만 어디 한군데 곰뱅이가 트이질 않았다. 이는 그러나 너무나 당연한 일이었다.

생각해보라.

먹을 것이 없어 초근목피로 연명하는 춘궁기기에다 작년은 가을농사가 대흉작이어서 여느 해보다 더 극심한 춘궁을 겪는판인데 누가 이런 기막힌 춘궁에 행하를 주고 남사당이 들어와 놀아도 좋다 허락하겠는가.

그렇지만 죽을병에도 살 약이 있고 하늘이 무너져도 솟아날 구멍이 있다더니 과연이었다. 아니 사흘 굶으면 먹을 것이 생기고 굶어죽기가 정승하기보다 더 어렵다는 말이 빈 말이 아니었다. 곰뱅이쇠 김 씨가 부촌과 반촌을 찾고 장터와 저잣거리를 돌아쳐도 아사리 봄판이라 단 한군데의 곰뱅이도 트지 못해 낙심천만하고 있을 때 부르듯 가마실 황 부자네서 연통이 왔다. 나흘 후가 황 부자 어른 환갑이니 환갑 전날부터 환갑 다음다음 날까지 한 댓새 멋지게 연희를 해주면 서운찮게 행하를 주겠노라는.

식구들은 고목생화처럼 단박에 기운이 나 행장을 수습했다. 가마실은 여기서 백여 리 허에 있으니 내일 아침 일찍 떠나면 오후 늦게는 당도할 거리였다.

식구들은 콧노래까지 부르며 각자 행구(行具) 챙기기에 바빴다. 한 번 연희도 아니요 하루 연희도 아닌, 자그마치 닷새 동안 계속 연희를 한다면 아침저녁으로 하루 네 마당씩 연희를 한다해도 스무남은 번은 할 것이었다. 그러면 모르긴 하되 이 봄을 날 수 있는 행하가 충분히 나올 지도 모를 일이었다. 더욱이 황 부자는 이름난 부자에다 별로 인색하지 않다는 소문이어서 적이나하면 이 봄은 험한 꼴 당하지 않고 넘어 갈 수 있을 것 같기도 했다. 그리고 무엇보다 닷새 동안 밥과 술과 떡과 고기를 배불리 실컷 먹을 수 있을 것 같아 춤이라도 덩실덩실 추고 싶었다. 이 세상 어천만사 중 뭐가 귀하니 뭐가 중하니 해도 먹는 것보다 더 귀하고 중한 게 어디 있던가. 그래서 자고로 사람(백성)은 이식위천(以食爲天)이어서 먹는 것을 하늘로 삼는다 하지 않았는가.

황 부자는 소문난 부자만큼 환갑도 떡 벌어지게 잘 차렸다. 듣기로 황 부자는 이번 환갑잔치에 돼지를 열 마리나 잡았고 소도 큰 열릅[492] 담불소[493]로 두 마리나 잡았다 했다. 술은 물경 쌀 석 섬 여섯 가마니나 빚어 원근 사방 백 리 안의 사람은 귀천의 차별 없이 누구나 청해 대접을 한다 했다. 그래 그런지 사람들은 잔치 전날부터 잔치 다음 날까지 사흘을 연일연야 구름처럼 모여들었다. 먹을 것이 없어 초근목피로 연명하고 그 후유증으로 온 몸이 띵띵 붓는 부황에 고주박처럼 맥없이 픽픽 나가떨어지는 판에 밥과 술과 떡과 고기를 양껏 먹을 수 있으니 어찌 사람들이 구름같이 모이지 않을 수 있겠는가. 여기다 또 향청에서 좌수가 나오고, 관아에서 현감이 찾아주고, 목(牧)에서 목사가 와 축하해 주고, 감영에서 관찰사까지 친히 초대에 응해 황 부자를 치하하자 잔치는 그 위의가 하늘을 찔렀다. 그도 그럴 것이 좌수나 현감만 와줘도 광영이라 할 일인데 목사와 감사까지 몸소 찾아주니 황 부자는 망조해 몸 둘 바를 몰랐다. 대저 관찰사가 어떤 사람인가. 도(道)의 으뜸 벼슬로 그 지방의 경찰권 사법권 징세권을 마음대로 주무르는 행정상 절대적인 권한을 가진 자로 생살여탈권까지 한 손에 움켜쥐고 있는 서슬 푸른 종이품 벼슬이 아닌가.

그리고 보면 재물과 양반이 참 좋기는 좋았다. 황 부자가 양반에다 재물이 많은 장자이니 망정이지 미천한 집안의 재물 없는 애옥살이

백성 같다면 종이품 관찰사에 현령은 고사하고 좌수 이방인들 찾겠는
가. 황 부자의 환갑잔치는 아흐레 동안이나 벌어졌다. 그 바람에 고리
떨음494)은 열흘째 되는 날에야 있었다.

아흐레 동안 수천 명의 손님을 치르느라 황 부자네 집은 말할 것
도 없고 온 동네가 인산인해였다. 소리깨나 한다는 기생들은 서로 질
세라 천구성 자랑을 했고 글줄깨나 읽은 선비들은 시회(詩會)로써 문
재(文才)를 뽐냈다. 그러나 뭐니뭐니 해도 남사당놀이가 단연 인기였
다. 널찍한 마당에 높다랗게 줄을 매고 그 줄 위에서 외홍잡이 쌍홍
잡이 옆쌍홍잡이 겹쌍홍잡이 앞으로가기 등의 아슬아슬한 줄타기를
할 때는 사람들이 모두 입을 딱 벌린 채 넋을 놓았다. 땅재주도 마찬
가지여서 옆시금과 앞시금을 할 때는 모두 야아 야아 하고 탄성을 발
했다. 접시와 대접 돌리는 버나놀이도 신기하기 짝이 없었고 덧뵈기
와 탈춤놀이도 양반을 골탕먹이는 것이어서 재미있고 통쾌했다.

뿐만이 아니었다. 무동놀이와 풍물놀이도 사람을 못 가게 붙들었고
북재비의 아니리와 추임새는 거나한 사람들의 어깨를 들썩이게 했다.

당초 닷새 가량 연희하기로 약속한 남사당 놀이는 아흐레 만에야
끝이 났다. 계속 찾아오는 손님 때문에 최 부자가 하루만 더 하루만
더 한 것이 아흐레가 된 것이다. 아흐레 동안 꼭두쇠 정 씨를 비롯한
식구 모두는 최선을 다해 연희를 했다. 물론 상도와 꽃님이도 최선을
다했다. 이 아흐레 동안 식구들은 주지육림과 고량진미로 함포고복
했다.

"근데 형님, 어째 아직 황 부자 어른한테서 아무 소식이 없지요?"

열흘째가 돼 잔치가 완전히 끝나고 고리떨음까지 다 마쳤는데도 황
부자가 행하에 대해 아무 말이 없자 곰뱅이쇠 김 씨가 꼭두쇠 정 씨

에게 물었다.

"글쎄. 오늘 중으로 무슨 말이 있겠지. 좀 기다려보자고"

꼭두쇠 정 씨가 눈을 거불거리며 입이 찢어지게 하품을 했다. 그동안 켜켜이 쌓인 피로가 하품으로 나오는 모양이었다.

"얼마나 줄까요 형님. 쌀 여남은 가마니 값은 줄까요?"

김 씨가 말하며 정 씨 앞으로 바투 다가앉았다.

"글쎄. 그것도 기다려보자고. 설마하니 그 정도야 안 주겠나"

정 씨가 대답하며 또 입이 찢어지게 하품을 했다.

"그렇지요 형님? 쌀 열 가마니 값은 주겠지요? 당초 한 댓새 연회해 달라 해놓고 그 댓새에서 나흘이나 더 해 아흐레 동안 놀아 줬으니 쌀 열 섬 스무 가마니는 내놔야 하잖겠어요?"

김 씨가 바른 손 주먹을 들어보이며 싱긋 웃었다. 잘만하면 아쉬운 대로 한 밑천 잡을 수도 있다는 표정이었다.

"좌우지간 곧 무슨 통보가 오겠지. 그러니 황 부자 어른 처분만 기다리자고."

꼭두쇠 정 씨가 이번에는 한숨을 토해내며 김 씨의 손을 그러잡았다. 그런 김 씨의 가슴은 아까부터 콩콩 뛰고 있었다. 얼마 후면 쌀 열 가마나나 스무 가마니를 돈이든 쌀이든 받을 것이고 그러면 가을은 물론 겨우내 식구들 양식 걱정은 안 하고 살 수 있겠다 싶자 가슴이 절로 콩콩 뛰었던 것이다.

황 부자네 가령 박 씨가 꼭두쇠 정 씨를 보자한 것은 이날 저녁나절이었다. 옳거니, 이제 행하를 줄 모양이군. 꼭두쇠 정 씨는 뛰는 가슴을 부여잡고 가령 박 씨가 기다린다는 주막으로 갔다. 그러나 정 씨는 박 씨로부터 상상외의 소리를 듣고 깜짝 놀랐다. 황 부자가 꽃님이의 살수청495)을 들라한다는 것이었다. 정 씨는 단호히 거절했다. 꽃님이는 상도의 정혼녀일 뿐만 아니라 머지않아 혼인할 사이므로 아무리 천한 남사당일지라도 함부로 살수청을 들 수 없노라 했다. 그러자 가령 박 씨가 화를 버럭 내며 황 부자 어른께서 살수청을 들라면 들일이지 천한 남사당 주제에 감히 거절을 하느냐, 굶어 죽게 된 것들을 불러다 밥에 떡에 술에 고기에 배터지게 먹여 놨더니 그 공도 모르고 거역을 하다니. 황 부자 어른 하자는 대로 얌전히 따르면 여태까지 놀아준 남사당패 행하 넉넉히 치고 해웃값 또한 두둑이 쳐 쌀 스무남은 가마 값은 주실 모양이던데, 이런 호박이 넝쿨째 굴러 떨어지는 복을 박차다니. 남사당패거리들 중에 자색이 뛰어난 여편네는 양반 세도가나 토호 장자가 살수청을 들라면 들고 잠자리를 요구하면 응하는 게 천한 남사당패의 신분이어서 여태껏 그렇게 해왔는데 누구 마음대로 무엄하게 거절하느냐. 왁댓값 받아 그 돈으로 굶어죽게 생긴 남사당패들 구한 계집이 어디 한둘인가. 좋은 게 좋은 법이다. 황 부자 어른 심기 건드려 이로울 게 하나도 없다. 그분이 하자는 대로 하라. 안 그러면 곤란한 일이 생길지도 모른다. 속담에 내 신세 생각해 후살이 간다고 다 누울 자리보고 발을 뻗어야 한다. 그러니 알아서 하라!

가령 박 씨는 으르고 뺨치며 시종 위협조였다. 꼭두쇠 정 씨는 난감해 아무 말도 못했다. 진퇴양난이었다. 아무리 남사당패의 우두머리 꼭두쇠라 해도 남의 아내 될 처녀를 마음대로 살수청들라 할 수는 없었다. 그렇다고 양반이자 장자인 황 부자의 심기를 덧들이기라도 한다면 어떤 결과가 올지 모를 일이었다. 그리고 죽도 밥도 안 돼 게도 구럭도 다 놓치는 결과를 초래할지도 모를 일이었다.

남사당패가 어디 사람이던가.

남사당패가 어디 인간이던가.

남사당패는 칠반천인이어서 행하를 안 주면 떼일판이요 왜 안 주냐고 따지고 대들면 불경죄로 매타작만 당할 뿐이었다. 꼭두쇠 정 씨는 상도와 상의해 통보해주겠노라 하고 자리를 일어났다. 그러나 상도와 어떻게 상의를 한단말인가. 드레질496)로 상도의 마음을 떠볼 수도 없고 연사질497)로 상도의 마음을 꾀어낼 수도 없잖은가. 그렇다고 들떼놓고498) 말하거나 허텅지거리499)로 말할 수도 없었다. 그렇다면 냅뜰성500) 좋고 거쿨진501) 곰뱅이쇠 김 씨와 상의할 수밖에 없었다. 식구들 중에는 곰뱅이쇠 김 씨가 거쿨질뿐만 아니라 거추꾼502)이기도 해 어려운 일을 상의하기에는 기중 나았다. 더욱이 상도는 인물로 보나 학식으로 보나 식구들 중 가장 출중한 한마루503)가 아닌가. 그런데 그런 한마루에게 좋지 못한 일을 함부로 그리고 섣불리 말할 수는 없지 않은가.

누가 하늘이 있다하는가

꼭두쇠 정 씨가 곰뱅이쇠 김 씨한테 황 부자네 가령 박 씨로부터 전해들은 이야기를 하자 김 씨는 한 마디로 꽃님이를 황 부자에게 보내야 된다 했다. 까짓 것 죽 떠먹은 자리요 한강에 배지나가긴데 무슨 열녀 열부라고 이런 천재일우를 놓치느냐 했다. 뛰어봤자 벼룩이요 날아봤자 풍뎅이라고 우리가 아무리 장창을 써봐야 인간 대접 못 받는 천한 남사당인데 뭘 따지고 자시고가 있느냐 했다. 지금 우리 형편이 산 진 거북이에 돌 진 가재가 아니라 반대로 산 밖에 난 범이요 물 밖에 난 고기여서 황 부자 말 한 마디에 식구 모두가 사느냐 죽느냐 할 판이므로 자칫 황 부자한테 밉보이거나 눈 밖에 나면 살아남지 못한다 했다. 그러니 형님이 꼭두쇠 자격을 발동해서라도 꽃님이를 황 부자한테 보내야 된다는 것이었다. 안 보내면 황 부자가 그것을 꼬투리 잡아 아흐레 동안 연희한 행하마저 안 줄지도 모른다 했다. 그러며 김 씨는 형님이 말하기 곤란하면 내가 곰뱅이쇠 자격으로 말할테니 그리 알라했다.

꼭두쇠 정 씨는 난감했다.

정 씨는 심정적으로는 김 씨와 같았지만 그렇다고 이 사실을 상도

와 꽃님이에게 말할 수는 없었다. 그러나 꽃님이를 황 부자한테 보내
든 안 보내든 양단간에 탁방을 지어야 했다. 이런 일이 남사당에서는
왕왕 있는 일이어서 새삼스럽지는 않았다. 그러므로 이를 보고 겪은
정 씨의 미립[504]으로는 꽃님이를 황 부자한테 보내야 된다는 결론이
었다. 그러나 꽃님이를 어떻게 황 부자한테 보낼 것인가. 꽃님이한테
이 사실을 말한다고 꽃님이가 황 부자한테 갈 사람도 아닐 것이고 이
사실을 안 상도도 가만히 있을 사람이 아니었다. 그러면 어찌 되는가.
일은 일대로 안 되고 척은 척대로 져 게도 구럭도 다 놓치고 말 것
이다.

꼭두쇠 정 씨는 어찌 해야 좋을지 몰라 발만 동동 굴렀다. 곰뱅이
쇠 김 씨는 정 씨가 못마땅해 상도를 정 씨 몰래 주막으로 데리고
가 그지간의 사정이 여차여차 하니 꽃님이를 황 부자한테 보내자 했
다. 어차피 뜬살이[505]의 타관바치들끼리 못할 말이 무엇이냐 싶었던
것이다. 다 된 죽에 코 빠뜨리기로 꽃님이만 받아들이면 그동안의 연
희 행하는 물론 해웃값도 수월찮이 받아 식구들이 한동안 배고프지
않게 살 것이었다. 그런데 해망쩍게[506] 굴어 황 부자한테 미움바치가
될 필요가 어디 있느냐 했다.

"뭐가 어쩌고 어째요?!"

잠자코 듣고 있던 상도가 소리를 벽력 같이 지르며 술상을 들어
김 씨의 얼굴에 뒤집어 씌웠다.

"잘 들으시오! 우리가, 우리 남사당패가 그따위로 개 돼지 같이 처
신하니 양반이나 부자들이 우리를 개 돼지 같이 취급하는 거요!"

상도는 자리를 박차고 일어나 고삐 풀린 찌러기처럼 길길이 날뛰
더니

"내 이놈의 늙은이를 당장!"

하며 튕그러지듯 밖으로 내달았다.

"아니 이사람 상도, 상도!"

김 씨가 뒤따라 나오며 상도를 불렀지만 상도는 선불 맞은 멧돼지처럼 앞만 보고 뛰었다.

"이사람 상도, 내 말 좀 들어. 내 말을 들어야 돼! 안 그럼 큰일나!"

김 씨가 뒤따르며 소리쳤지만 상도는 들은 척도 안 했다. 김 씨는 큰일났다 싶어 꼭두쇠 정 씨한테 달려가 전후 사정을 말했다.

"이거 큰일이구먼. 젊은 혈기에 앞뒤 안 가리고 대들지도 모르니"

정 씨는 김 씨를 이끌고 황 부자 집으로 가 무조건 황 부자 앞에 무릎 꿇고 용서를 빌 작정을 했다. 자칫 밉보이기라도 하면 행하조차 못 받을지도 모른다 싶어서였다.

"이보시오 황 부자 어른, 황 부자 어른 나오시오!"

행랑채 마당 솟을삼문 앞에 다다르자 상도는 식식 황소숨을 몰아쉬며 황 부자를 불렀다.

"황 부자 어른, 얼른 나오시오! 얼른 나와 이 놈과 얘기 좀 하십시다!"

상도는 계속 식식 거친 숨을 몰아쉬며 황 부자를 불렀다.

"웬 놈이 이렇게 소란을 떠느냐. 밖에 누구냐?"

잠시 후 얼굴을 내민 것은 황 부자가 아닌 가령 박 씨였다.

"아니 너는 남사당의 탈놀이 뜬쇠가 아니냐?"

가령 박 씨가 식식거리는 상도를 노려보며 퉁명스레 물었다.

"그렇소. 남사당 탈놀이 뜬쇠 상도요!"

"헌데 어쩐 연유로 어른마님을 찾는 게냐?"

"할 얘기가 있어서요!"

"할 얘기가 있으면 나한테 하라. 무슨 얘긴가?"

"황 부자 어른을 직접 만나 따져야 할 일이오. 황 부자 어른 나오라 하시오!"

상도는 한 자리에 못 박힌 듯 서서 큰소리로 왜장을 쳤다[507].

"아니 이런 발칙 방자한 놈을 봤나. 할 얘기가 있으면 나한테 하라지 않느냐!"

박 씨가 눈을 부라리며 호통을 쳤다.

"이것 보시오, 당신은 이 댁 가령이지 황 부자 어른이 아니잖소. 나는 황 부자 어른을 만나야 하오. 그러니 얼른 나오라 하시오! 안 나오면 내가 들어가겠소"

상도의 목소리는 점점 더 커졌다. 가복과 머슴들이 솟을삼문 앞 바깥마당으로 우 몰려들었다.

"아니 이놈 봐라. 뭐 당신? 이놈이 간뎅이가 배밖으로 나왔구면. 천한 남사당 주제에 감히 어디서 행패야 행패가. 이놈을 당장 끌어내라 당장!"

가령 박 씨가 얼굴에 경련을 일으키며 가복과 머슴들에게 명령했다.

"내 몸에 손대지 마시오. 누구든 내 몸에 손만 대면 가만두지 않겠소!"

상도가 두 주먹을 부르쥐며 아까보다 더 큰소리로 왜장을 쳤다. 이때

"뭐가 이리 소란스러운가 대체?"

하며 정자관을 쓴 황 부자가 솟을삼문 밖으로 얼굴을 내밀었다.

"예, 이놈이 무엄 방자하게도 어른 마님을 뵙자며 이렇게 왜장을

252

칩니다"

가령 박 씨가 두 손을 모아잡고 국궁을 했다.

"아니 이놈은 탈놀이 하던 남사당패가 아니냐?"

황 부자가 오다가다 난 염소수염을 거만하게 쓸어내리며 거드름을 피웠다.

"그렇습니다 어른 마님"

"그래, 무엇 때문에 나를 만나자고 하느냐. 까닭이 무엇이냐?"

황 부자가 어흠 어흠 헛기침을 몇 번 하고는 또 염소수염을 쓸어내렸다.

"몰라서 물으시오? 부자면 다요? 나잇살이나 자셨으면 나잇값을 하시오!"

상도가 고개를 **빳빳**이 들고 대들 듯이 물었다.

"그래, 내가 무엇을 안다는 게냐? 그리고 또 나잇값을 하라는 건 무엇이냐?"

황 부자가 뭐 이런 같잖은 놈이 다 있나 싶은지 피식 소리 없이 웃었다. 가령 박 씨가 국궁한 채로 황 부자 앞으로 와

"어른 마님, 이놈의 불손한 행짜508)에 상대마시고 안으로 드십시오. 개입에는 개 소리밖에 안 나오니 그리 아시고 들어가십시오. 무슨 일인지 소인이 처리하겠습니다"

박 씨가 연신 허리 굽혀 쩔쩔매며 황 부자를 안으로 들라했다.

"뭐요? 불손한 행짜에 상대 말라고? 개입에는 개 소리밖에 안 나오니 그리 알라고?"

상도가 뜸베질509)하는 부사리처럼 식식거리며 박 씨를 홉떠봤다.

"이놈을 냉큼 끌고 가지 않고 무엇하느냐?"

박 씨가 가복과 머슴들을 한 바퀴 훑어보며 소리쳤다.

"끌고가? 나를? 어림도 없다. 이놈들아!"

상도가 황 부자 앞으로 한 발 바투 다가섰다.

"황 부자 어른! 이제부터 내가 묻는 말에 바른대로 탄백(坦白)510)하시오. 안 그러면 오늘 우리 두 사람 중에 한 사람은 죽습니다!"

상도가 황 부자의 멱살이라도 잡을 기세로 따지고 들었다. 이때 꼭두쇠 정 씨가

"아이고 황 부자 어른 용서해주십시오. 죽을 죄를 졌습니다. 다 꼭두쇠 제가 덕이 없어 그렇습니다"

하고 황 부자 앞에 무릎을 꿇고 앉았다. 그러자 뒤이어 곰뱅이쇠 김 씨가 황 부자 앞에 부복하며

"어르신! 저희 천한 사당패가 불학무식해 그렇습니다. 만고에 보고 들은 게 없으니 금수와 다를 게 무엇이겠습니까. 하오니 저희를 불쌍한 금수와 다름없다 여기시고 부디 용서해주십시오 어르신! 저희가 인두겁만 썼다뿐이지 어디 인간입니까. 여북하면 개돼지보다 못한 취급 받으며 이 노릇을 하겠습니까 어르신!"

하며 넙죽 큰절을 했다. 보기에 따라서는 보통 능갈511) 여간 엉너리512)가 아니었다. 그리고 예사 너름새513)에 예사 너울가지514)가 아니었다. 그러나 이는 진실이었다. 평소 곰뱅이쇠 김 씨가 가지고 있는 진실이었다. 그러므로 이는 적어도 김 씨에게 있어 능갈이나 엉너리가 아니었고 너름새나 너울가지도 아니었다.

"아니 뭐가 어쩌고 어째요? 죽을 죄를 지었으니 용서해달라구요? 천한 사당패라 불학무식해 그렇다구요? 만고에 보고 들은 게 없어 금수와 다를 게 없다구요? 그러니 불쌍한 금수와 다름없다 여기시고

용서해달라구요? 그리고 또 우리가 인두겁만 썼다뿐이지 인간이 아니라구요? 여북하면 개돼지보다 못한 취급 받으며 이 노릇을 하겠느냐구요?"

상도는 꼭두쇠 정 씨와 곰뱅이쇠 김 씨를 뚫어지게 쏘아보며 거친 숨을 몰아쉬었다.

"도대체 죽을죄를 지은 사람이 누굽니까? 나잇살이나 자신 노인이 부와 세를 앞세워 남의 정혼녀를 맘대로 살수청들라 한 사람이 용서를 빌어야 합니까, 이게 무슨 짐승만도 못한 인간 이하의 파륜행위냐며 어그러뜨린 윤상을 따지러 온 정혼자가 용서를 빌어야 합니까. 천한 사당패가 불학무식하고 보고 들은 게 없어 금수와 다를 게 없으니 이런 사당패를 불쌍한 금수처럼 여겨 용서해달라며 스스로를 비하시키는데 누가 이런 남사당을 인간취급 합니까? 여기에 또 우리 남사당패가 인두겁만 썼다뿐이지 인간이 아니라며 여북하면 개돼지보다 못한 취급을 받으면서까지 이 노릇을 하겠느냐 하는데 이러고도 우리가, 남사당패가 인간 대접 받을 자격이 있습니까?

남사당도 사람입니다. 남사당이 뭐가 어때서 스스로 개돼지 운운합니까. 남사당은 직업입니다. 먹고 살기 위해 나선 직업입니다. 직업 앞에 무엇이 부끄럽습니까. 직업은 떳떳합니다. 직업은 당당합니다. 때문에 우리 스스로가 개돼지에서 풀려나야 합니다. 우리 스스로가 개돼지 취급 받는 것을 당연하다 생각하는데 양반 사대부들이 어찌 우리를 인간 취급하겠습니까. 우리는 이를 두들겨 부숴야 합니다. 인간은 누구나 다 똑같습니다. 잘나고 못난 차이는 있고 잘살고 못사는 차이도 있습니다. 그러나 귀하고 천한 사람은 없습니다.

이것이 하늘이 주신 천부인권(天賦人權)515)입니다. 그런데 하늘이 주신 이 천부인권을 인간들이 귀천으로 갈라 양반 상놈이라 이름 붙여놓고 법이라 하고 제도라 합니다. 그래서 이 법과 제도를 마치 무슨 천부인(天符印)516)처럼 써먹고 있습니다.

보시오! 그 비근한 예가 바로 여기 있는 황 부자 이 어른이요. 이 황 부자 어른이 글쎄 이 댁 가령 박 씨를 통해 해웃값을 서운찮게 줄 터이니 내 정혼녀를 수청들러 보내라 했소. 그래 양반은, 부자는 힘도 돈도 없는 상놈의 정혼녀를 함부로 이리위 저리위 하며 마음대로 데려다 잘 수 있소? 잘 수 있느냐 말이요!

여러분!

말좀 해 보시오. 내 말이 틀렸소, 힘 있고 세도 있다해서 남의 정혼녀를 데려다 잠자겠다는 황 부자가 틀렸소, 이런 황 부자의 조백(皁白)517)을 따지는 내가 틀렸소, 누가 말 좀 해보시오. 아니 황 부자 어른이 직접 말좀 해보시오! 내가 틀렸습니까, 황 부자 어른 당신이 틀렸습니까?"

상도는 외워둔 글귀를 내려읽듯 단숨에 술술 말했다. 그것은 폭포가 떨어지듯 거침이 없었고 물살이 흐르듯 막힘이 없었다. 그런데 이때 가령 박 씨가

"네 이노옴, 죽고 싶으냐? 여기가 어디라고 너 같이 천한 놈이 감히 함부로 주둥이질냐"

하며 상도의 귀뺨을 올려붙였다. 그러자 여기저기서

"남사당 주제에 간뎅이가 배 밖으로 나왔군!"

"하늘같으신 어른 마님께 덤비는 놈도 다 있으니 본 정신이 아닌 게로군!"

하고 수군댔다. 말하는 것으로 봐 황 부자 댁의 들때밀인 듯했다.

"너 이노옴! 당장 어른 마님 앞에 무릎 꿇지 못할까. 그리고 죽을 죄를 지었다고 고두사죄[518] 하지 못할까!"

가령이 다시 상도의 뺨으로 손이 올라왔다. 상도가 재빨리 가령의 손목을 잡아 비틀어 뒤로 떠다밀었다. 가령은 얼굴이 흙빛이 돼 뒤로 힘없이 나가떨어졌다.

"나를 건드리지 마시오! 나를 건드리면 당신들도 무사하지 못할 것이오. 어찌 당신들뿐이겠소. 황 부자 어른도 무사하지 못할 것이오. 그러니 나를 가만두시오!"

상도가 황 부자를 노려보며 양 팔을 둥둥 걷어붙였다. 이 때 꼭두쇠 정 씨가

"이사람 상도, 대관절 왜 이러나. 어른 마님 은혜가 태산 같아 두어 파수를 고량진미로 배를 채웠는데 그런 어른 마님께 행악[519]을 부리다니. 당장 무릎 꿇고 용서를 빌어!"

하자 곰뱅이쇠 김 씨도 덩달아

"그려. 어서 어른 마님 앞에 무릎 꿇고 빌어. 우리가 살고 죽는 건 오직 어른 마님께 달렸어. 그런 어른 마님께 이 무슨 행패야"

했다. 그러더니 두 사람이 동시에 황 부자 앞에 엎드려 수도 없이 절을 해댔다.

"이 밸도 쓸개도 없는 양반들아. 우리가 이따위로 저두굴신[520]하니 사람대접을 못 받는 거요. 우리 식구들 거기 서서 구경만 하지 말고 이 두 양반 좀 모셔가시오!"

상도가 눈을 부라리며 마당가에 서 있는 남사당패들을 쏘아보자 장정 서넛이 나와 꼭두쇠 정 씨와 곰뱅이쇠 김씨를 끌고 들어갔다.

"황 부자 어른 잘 들으시오. 그리고 내 말대로 하시오. 내 말대로

하면 여기서 무사히 끝나지만 그렇지 않으면 불행한 일이 생길 지도 모르오."

상도는 다시 말을 이었다.

"황 부자 어른! 먼저 사죄부터 하시오. 내 정혼녀를 살수청들라고 한데 대한 용서를 빌란말이오. 그리고 우리 남사당패들이 아흐렛 동안 연희한 행하를 주시오, 이 두 가지만 들어주면 나는, 아니 우리는 조용히 이곳을 물러날 것이오. 하지만 이게 안 받아 들여진다면 어떤 일이 벌어질지 우리도 모르오. 자, 어쩌시겠소?"

상도가 황 부자 앞으로 바짝 다가서며 따지듯 물었다. 그러자 이때 들때밀 속에서 장대한 키꼴의 장정 하나가 튀어나오며 몽둥이로 상도의 어깻죽지를 사정없이 내려쳤다. 사품에 상도는 "악" 하는 외마디 비명을 지르며 그 자리에 꼬꾸라졌다.

"뭐 이런 놈의 새끼가 다 있어. 남사당 놈 주제에 감히 하늘같으신 어른 마님께 이래라 저래라 하다니!"

키꼴이 거친 숨을 몰아쉬며 꼬꾸라진 상도를 짓이기기 시작했다.

"그러게 말이여. 이놈을 밟아라!"

"축생 같은 놈이 은혜도 모르고 감히 하늘같으신 어른 마님께 덤벼들어? 이런 놈은 죽여야 돼!"

키꼴이 상도를 발로 짓이기자 들때밀들이 "죽여! 죽여!" 하며 상도의 몸 위로 발길질을 해댔다.

"너희 남사당 놈들, 잘 들어라. 너희가 그동안 연희한 행하는 너희들 하는 꼴이 괘씸해 한 푼도 줄 수가 없다. 피죽도 못 처먹던 것들을 열흘 동안 밥에 술에 떡에 고기에 배터지게 처먹였으니 이것만으로도 너희 행하는 과분하다 할 수 있다. 그러니 이만할 때 조용히 물러들 가라. 안 그러면 더 험한 꼴을 당할 지도 모른다!"

가령이 눈꼬리를 바르르 떨며 목에 젓가락 같은 힘줄을 세웠다. 이 때 꼭두쇠 정 씨와 곰뱅이쇠 김 씨가 황 부자 앞에 황급히 무릎을 꿇으며

"어른 마님! 저희가 죽을죄를 지었습니다. 부디 노여움을 푸시고 하해 같으신 마음으로 용서해 주십시오. 이렇게 엎드려 빕니다!"

하고 비손질 하듯 손을 싹싹 비볐다.

"이것 보시오들! 죄를 짓고 용서를 빌 사람들이 눈군데 우리가 죄를 빈단 말이오. 자, 어서 일어들나시오. 우리가 이따위로 처신하니까 개돼지 취급당하는 거요. 자, 어서 일어들나시오!"

상도가 소리치며 비틀비틀 일어났다.

"그렇습니다 여러분! 잘못한 쪽은 우리가 아니라 저쪽입니다. 그러므로 용서와 잘못을 빌 쪽도 당연히 저쪽입니다. 그런데 어째서 우리가 용서를 빕니까. 여러분! 어서 일어나세요!"

꽃님이가 비틀비틀 일어나는 상도를 부액하며 황 부자를 노려봤다.

"황 부자 어른! 저희가 아흐렛 동안 연희한 행하는 주서야지요. 아까 가령께서는 우리가 하는 꼴이 괘씸해 행하는 한 푼도 줄 수 없다 하셨는데, 여기서 괘씸하다는 건 뭡니까? 황 부자 어른이 천한 남사당이라고 깔보고 저를 살수청들라는 걸 거절한데 대한 분풀이가 아닙니까. 그리고 피죽도 못 처먹던 것들을 열흘 동안 밥에 술에 떡에 고기에 배터지게 처먹인 것으로도 행하는 과분하다 하셨는데 그렇다면 아이들 손에 쥔 떡이 없잖습니까. 안 그렇습니까? 어른 마님. 제 말씀이 틀렸습니까?"

꽃님이가 황 부자의 눈을 똑바로 쳐다보며 조목조목 따졌다. 그러

나 이날의 판세는 처음부터 이미 판가름이 나 있었다. 상도와 꽃님이가 황 부자의 조백을 낱낱이 캐고 조목조목 따지자 궁지에 몰려 망신을 당하게 생긴 황 부자가 양반한테 무엄하게 덤벼든 불경죄를 적용, 상도와 꽃님이를 치도곤으로 다스려 부랴부랴 지경 밖으로 내쳤기 때문이었다. 이날 상도와 꽃님이는 양반을 능멸했다는 죄로, 그리고 양반한테 불경스레 대들었다는 죄로 장 백 대씩을 맞고 빈사상태가 돼 내침을 당했다. 남사당 식구들은 하늘이 원망스럽고 양반 부자가 저주스러워 이를 갈았다.

하지만 어쩌겠는가. 강약이 부동이라 대적할 수가 없는 것을. 신분의 귀천으로 때리면 짐승처럼 맞을 수밖에 없는 것을.

상도와 꽃님이는 명줄만 붙어있다 뿐이지 죽은 목숨이나 진배없어 몸이 축 늘어져 있었다. 이런 중에도 상도는 꽃님이를 들쳐업고 절룩절룩 걸었다. 그러며 양반은, 돈 많은 세도가는 사람을, 아무 힘도 없는 남사당을 이렇게 개패듯 패도 되는 것인지 하늘에 묻고 싶었다. 천지 만물을 주재하고 억조창생을 다스린다는 하늘에 묻고 싶었다. 상도는 아흐레 동안 연희한 행하를 한 푼도 못 받은 게 분하고 억울해 역장이 무너지는 것 같았다. 한두 차례도 아니요 하루 이틀도 아닌 자그마치 아흐레 동안 식구들이 죽기 기를 쓰고 연희를 했는데 행하 한 푼 못 받다니. 상도는 가물거리는 의식 속에서도 이를 사려물었다.

"오냐, 이놈의 황 부자 놈 어디 두고 보자. 내, 네 놈을 반드시 응징할 것이다!"

상도는 분기가 치밀어 이를 갈았다. 이는 꽃님이도 마찬가지여서 절치부심했다. 아니 꽃님이는 원통하고 절통하기까지 해 치를 떨었다.

아무리 세도가 등다락 같은 양반이요 부자라 할지라도, 그리고 아무리 힘없고 미천해 죽으라면 죽고 살라면 사는 남사당일지라도 과년한 처자를 그것도 어엿한 정혼자가 있는 당당한 처자를 살수청들라 한 것은 씻을 수 없는 모욕이요 치욕이었다. 게다가 아흐레 동안 식구들이 죽도록 연희를 했음에도 꽃님이가 황 부자한테 살수청을 들지 않고 무엄하게 대들어 불경죄를 범했다는 죄목을 뒤집어 씌워 행하 한 푼 안 준 채 엉덩이에 살점이 떨어지도록 곤장을 쳐 지경 밖으로 내친데 이르러서는 땅이라도 칠만큼 절통했다.

아, 이 원통을 어이할꼬!

아, 이 절통을 어이할꼬!

꽃님이는 절룩거리는 상도의 등에 업혀 소리 없이 울었다.

모진 것이 사람의 목숨인가?

곤장맞은 엉덩이에 살점이 떨어져 눕지도 앉지도 못한 채 달장근을 엎드려 살다시피 한 상도와 꽃님이는 햇보리의 보릿가을이 되자 기동을 하기 시작했다. 그동안 식구들은 동네 어구 비석거리 한터에 차일을 치고 인근동을 돌아다니며 날품을 팔아 구명도생했다. 황 부자네 동네 가마실서 백여 리 떨어져 있는 북촌에서였다. 식구들은 밀 보리 베는 일에서부터 밀 보리타작하는 마당질까지 가리지 않고 해 손놀릴 틈이 없었다. 어정칠월이라곤 해도 한창 보릿가을이라 이 집 저 집 손포가 달렸던 것이다. 식구들은 상도와 꽃님이만 빼고 다 나가 품을 팔았다. 그 바람에 품값으로 받은 삯값이 겉곡이지만 밀보리 합쳐 여남은 가마나 모였다. 품을 팔면 그 날은 주인집에서 밥을 먹여주었고 품값은 하루 겉곡 한 말씩을 받았기 때문에 차일 안은 곡식 가마니로 그득했다. 마침 날씨가 애옥살이 살기 좋은 하절기여서 차일생활도 할만했다. 식구들이 다 품팔이를 나가 아무도 없으면 상도와 꽃님이는 어느 외딴 유적지에 와 있는 듯 외로우면서도 더 할 수 없이 오붓해 행복감에 충일했다. 그러면서도 식구들 보기가 미안해 죄를 짓는 기분이었다. 그런데도 식구들은 미안하면 얼른 낫기나 하라라며 되레 상도와 꽃님이를 안심시켰다. 그러며 이제 곰비임비 건들마521)도 불 것이고 건들마가 불면 남사당도 제철을 만나 여기저기서 곰뱅이가 트일지도 모르니 기운을 차려야 한다했다.

식구들의 말은 적중해 아슬한 쪽빛 하늘에 새털구름이 일고 산내리 바람이 건들마가 돼 들녘마다 너울지던 어느 날, 북촌은 말할 것도 없고 고을 안에서도 한다한 권문세가 최 참판댁에서 한 사흘 결판지게 놀아달라는 연통이 왔다. 연희는 이쪽 남사당의 곰뱅이쇠가 마을의 양반이나 세도가를 찾아가 저두굴신으로 곰뱅이를 튼 게 아니라 저쪽 최 참판 쪽에서 먼저 찾아와 놀아달라는 것이어서 꼭두쇠를 비롯한 모든 식구들은 기분이 장히 좋았다. 기분은 그러나 최 참판댁이 훨씬 더 좋았다. 손이 없어 후사가 끊길 위험에 처해 있던 최참판댁에 대를 이을 손자가 그것도 삼대독자로 태어났으니 얼마나 기쁜 경사인가.

"여봐라 사흘 동안 잔치를 열 것이다. 고을 안 사람들은 다 청해 배불리 먹이고 남사당패도 불러 한 사흘 결판지게 놀게 해 잔치에 온 모든 이들을 즐기게 하라!"

신양(身恙)522)이 일찍 찾아와 나이 지명에 벼슬을 사임하고 향리에서 한운야학(閑雲野鶴)523)으로 유유자적(悠悠自適)524) 건강을 되찾은 최 참판은 일구월심 기다리던 손자의 출생에 세상을 다 얻은 듯 기뻐 흔열(欣悅)이 충일했다. 후사가 끊어져 자기 대에 집안이 문을 닫을지

262

도 모른다는 생각에 노심초사 피가 마르던 최 참판은 이제 죽어도 여한이 없다며 체통도 잊은 채 경중경중 춤을 췄다.

최 참판의 아들 최 진사도 고목이 생화한 듯 아들을 얻어 그 기쁜 농장지경(弄璋之慶)525)이 한량없었으나 아버지 최 참판 때문에 기쁜 내색 한 번 못하고 속으로만 기쁨을 삭였다. 최 진사는 약관부터 시작해 이립(而立)526)에 이르기까지 여러 번 과거에 응시했지만 벼슬복이 없는지 그때마다 번번이 낙방, 향시의 소과 진사시(進士試)에 겨우 합격한 뒤 향리에 머물고 있는 백두(白頭)의 환족(宦族)527) 선비였다.

최 참판의 명에 의해 사흘 동안 뻐그러지게 잔치를 벌인 최 참판댁은 잔치가 끝나고도 한동안 축하객이 연락부절 찾아와 득손(得孫)을 경하했다. 최 참판은 남사당패들이 놀아준 사흘간의 행하를 하루 쌀 세 가마니씩 쳐 모두 아홉 가마니의 쌀을 내놓았다. 보기 드문 행하였다. 식구들은 감격해 눈물을 흘렸다. 나무는 큰 나무 덕을 못 봐도 사람은 큰 사람 덕을 본다더니 과연이다 싶었다. 식구들이 그동안 날품을 팔아 벌어놓은 곡식이 여남은 가마니나 있고 여기에 다시 쌀 아홉 가마니가 생겼으니 천하의 부자가 된 듯한 느낌이었다.

그도 그럴 것이 상머슴의 일 년 새경이 고작 벼 열 가마니요 쌀로 받으면 그 절반인 다섯 가마니인데 사흘 동안 잘 먹고 잘 놀고 상머슴 일 년 새경보다 훨씬 많은 쌀 아홉 가마니를 행하로 받았으니 이런 횡재가 없었던 것이다. 그래 식구들은 최 참판에게 수없이 절을 했고 최 참판 댁에 대운이 뻗쳐 자자손손 입신양명(立身揚名) 하게 해달라며 풍물굿의 기원제를 올렸다.

최 참판의 파격 대우에 식구들은 모두 얼굴에 희희낙락 웃음꽃을 피웠다. 개도 딸 낳을 때가 있고 쥐구멍에도 볕들 날이 있다더니 사람이 살다보면 이런 날도 있구나 싶어서였다. 그러나 식구들의 이 웃음꽃은 곧 최 참판의 가당찮고 어이없는 전단에 여지없이 짓밟혔다. 최 참판이 양반이라는 세도를 앞세워 꽃님이를 소실로 삼겠다 통보해 왔기 때문이었다. 꽃님이를 소실로 삼으면 따로 쌀 열 가마니를 더 주겠다는 조건을 붙여서였다. 식구들은 단박에 서리 맞은 호박잎 꼴이 돼 어깨가 축 쳐졌다. 세상에 아무리 양반 세력이 대단해 못할 일이 없고 상놈은 무조건 양반이 하라는 대로 해 죽으라면 죽고 살라면 살아야 된다지만 어찌 남의 정혼녀까지 마음대로 이리위 저리위 할 수 있단 말인가.

최 참판이 꽃님이를 소실로 삼겠다하자 제일 먼저 분개한 사람은 상도였다. 상도는 치밀어 오르는 분노를 삭일 길 없어 이를 갈아붙였다.

"내 이놈의 영감태기를 당장! 이 축생 같고 짐승 같은 인간을 당장!"

상도는 이를 사려물고 최 참판한테로 달려갔다. 그러나 이는 처음부터 될 일이 아니어서 계란으로 바위치기였다.

"무엄 방자한 놈 같으니라고. 천하디 천한 남사당 놈이 하늘같으신 대감마님께 감히 대들어?"

양반이라는 세도를 앞세워 전횡하는 최 참판의 부당성을 조목조목 성토하며 조백을 따지자 가령이 가복들을 시켜 상도를 무릎꿇림시키고 어깨에 매질을 가하기 시작했다.

"이놈! 대감마님 말씀이 법이거늘 어디서 너 따위 천한 남사당 놈이 감히 불평을 해. 네 놈이 대감마님 말씀에 순순이 응하면 누이 좋고 매부 좋고 도랑치고 가재잡아 아무 탈이 없을 터인데, 왜 미련스레 긁어 부스럼 만들어 매를 자청하느냐"

가령이 눈을 부라리며 큰소리로 호통쳤다. 그런데도 최 참판은 얼씬도 하지 않았다.

"이것 보시오, 양반님들! 천지조판 이래 사람은 누구나 다 똑같소. 양반이라는 당신들이 귀천을 갈라 양반 상놈을 만들었지 하늘이 만든 건 아니요. 어서 최 참판나으리 나오라 하시오! 양반은, 높은 벼슬을 한 사람은 혼인할 남의 정혼녀를 소실로 삼아도 되는지 물어봐야겠소. 그게 양반법이고 사대부법인지 물어봐야겠소!"

상도는 무릎꿇림으로 매질을 당하면서도 할 말 다하며 가령을 똑바로 쳐다봤다. 이때 일각문 쪽에서

"그 매 당장 멈추시오! 대체 누가 하늘 무섭게 아무 죄도 없는 사람을 함부로 매질이오!"

하는 소리가 들렸다. 꽃님이었다.

"오라, 마침 오셨군. 여봐라, 그 분을 대감마님께 정중히 모시고 가라. 아니다. 내가 직접 모시고 가지!"

가령이 가복들에게 명하다 말고 꽃님이를 향해 허리를 굽혔다.

"네 이노옴! 뭐가 어쩌고 어째? 네가 직접 모시고 가겠다고? 누구 맘대로 나를 모시고 가겠다는 거냐!"

꽃님이가 가령의 얼굴에 침을 뱉으며 뺨따귀를 후려쳤다.

"잘 들어라. 너희가, 너희 양반들이 등다락 같은 세도로 우리 사당패를 부리고 때리고 죽일 수는 있을지 몰라도 마음까지 부리고 때리고 죽일 수는 없다. 그러니 최 참판 나으리께 일러 부끄럽게 생각한 흑심을 회개하라 이르라. 내가 이대로 죽어 손말명이 돼 어리중천528)을 떠돌면 떠돌았지 최 참판 나으리의 소실 될 일은 없을 것이다. 양반이면 양반답게 사대부면 사대부답게 살라하라!"

꽃님이가 가령을 똑바로 쏘아보며 또박또박 말했다. 상도가 그런 꽃님이의 말에 토를 달았다.

"잘들 들어라. 내 이르거니와 그 처자의 몸에 손끝 하나 대지마라. 어떤 놈이든 그 처자의 몸에 손대는 놈이 있으면 그놈은 나한테 죽을 것이다!"

상도가 꿇었던 몸을 벌떡 일으켰다. 서슬에 가령이 흠칫 놀라며 소리쳤다.

"아니 이것들이 뒈질라고 환장을 했나. 왜 지랄이여 지랄이!"

가령이 입에 게거품을 물고 주먹을 을러맸다. 상도가 재빠르게 가령의 손목을 잡아 비틀었다.

"어떤 놈이든 까불면 죽인다고 했지? 그러니 주먹 함부로 을러매지 말고 얌전히 있어. 우리 상것들은 불학무식해 한다면 하는 놈들이야. 서 발 막대 거칠 것 없는 게 우리 상것들이야!"

상도가 가령을 한쪽으로 떠다밀고 꽃님이를 끌어당겼다. 그런데 바로 이때 꼭두쇠 정 씨와 곰뱅이쇠 김 씨가 가령 앞으로 쫓아나와 용서해달라며 무릎을 꿇었다. 마당가에 서서 이 광경을 지켜보고 있던 나머지 식구들도 모두 가령 앞에 무릎을 꿇고 비대발괄 용서를 빌었다. 그러자 때는 이때다 하고 가복들이 일제히

"이것들을 죽이자!"

하며 몽둥이를 들고 나와 들고패기 시작했다.

"이놈을 죽여야 한다!"

"그렇다. 이년하고 같이 죽여야 한다!"

가복들은 상도와 꽃님에게 집중적으로 매질을 가했다. 고약하기 짝이 없는 들때밀들이었다. 상도와 꽃님이는 소나기처럼 퍼부어지는 뭇

266

매질에 곧 의식을 잃었다. 꼭두쇠를 비롯한 남사당 식구들이 손이 발이 되게 빌었지만 소용없었다. 가복들은 상도와 꽃님이를 개패듯 패고 쥐잡듯 잡아 실신한 후에도 몽둥이질을 계속했다. 상도와 꽃님이는 오뉴월 개백정한테 사정없이 두들겨 맞고 혀를 빼문 채 죽은 개꼴이 돼 축 늘어졌다.

남사당 식구들이 가복들에게서 몽둥이를 빼앗아 벌떼같이 일어난 것은 바로 이때였다.

"우리 남사당도 인간이다 쌍!"

"그렇다. 참는 것도 니기미 한도가 있다!"

식구들은 분기탱천 일어나 가복들을 이리 치고 저리 치며 번개 같이 돌아쳤다. 가복들은 여기 저기 추풍낙엽처럼 떨어졌다. 땅재주꾼 살판들은 팔딱팔딱 땅재주를 넘고 커다랗게 공중제비를 돌아 가복들의 정신을 홀랑 빼앗았고 어름사니 줄꾼들은 쌍홍잡이 흉내로 줄 위로 올라섰다 앉았다 하는 동작을 펴면서 공중높이 모두뜀을 뛰어 가복들의 혼을 뺐다. 가복들은 비로 쓴 듯이 마당에 널브러졌다. 자아시[529]로 땅재주와 줄타기에 난든집이 된 남사당들이고 보면 싸움에 이기는 것은 당연한 일이었다. 그러나 남사당들이 가복들을 때려눕혔다고 싸움에 이긴 것은 아니었다. 남사당들은 이기고도 져 종내 직사하게 두들겨 맞고 북촌을 쫓겨났다. 천하디 천한 상것들이 하늘같은 양반을 불경하게 욕보이고 무엄하게 능멸한 죄를 물어 양반 직권으로 장 오십 대씩을 쳐 쫓아낸 것이었다. 식구들은 여름내 날품을 팔아 번 여남은 가마니의 곡식과 최 참판이 손자 본 기쁨을 자축하기 위해 벌인 자축연에 사흘 동안 연희하고 행하로 받은 아홉 가마니의 쌀 중에서 당분간 끓여먹을 양식 여남은 말만 남기고 모두 저자의 시겟전에 통보해 처분하고 엉금엉금 기다시피 길을 떠났다. 그러나 식구들은 가다가 쉬고 가다가 쉬고 하느라 길이 더디고 느렸다. 식구 모두가 곤장 오십 대씩을 맞아 볼기 살이 해지고 떨어져나가 걸음을 잘 걸을 수가 없었기 때문이었다. 그래 식구들은 흡사 샅에 밤송이가 끼인 듯 엉거주춤한 자세로 어기적어기적 걸었다. 그런데다 또 각자 자기가 쓸 연모와 용구들은 자기가 지고 가야 했기 때문에 여간 힘든 게 아니었다. 하지만 이 모든 것은 의식을 잃고 말못하는 꽃님이에 비하면 아무것도 아니었다. 상도는 다행히 빠른 시간 안에 의식을 되찾아 엉금엉금 기다시피 하면서도 꽃님이를 업고 걸었으나 꽃님이는 그날 이후 여태껏 정신을 잃은 상태여서 말 한 마디 못했다. 그래 상도는 쉴 참이나 저녁 잠자리마다 꼭 젖먹이를 재우는 엄마처럼 꽃님이를 품에 안고 토닥거렸다. 그런가 하면 사방으로 쫓아다니며 용하다는 의원을 모셔다 진맥을 하고 침을 맞히고 약을 쓰고 했지만 별무효과였다.

"내 이 최 참판 놈을 반드시 단죄하리라! 내 이놈의 최 참판 놈을 기필코 응징하리라!"

상도는 욕식기육(欲食其肉)530) 이를 갈았다. 그러면서도 제발 꽃님이가 눈을 뜨고 정신이 돌아와 말을 할 수 있게 되기를 빌고 또 빌었다.

그러나 꽃님이는 운명이 다 했음인가, 매에 장사가 없어서인가. 하루 십 리도 걷고 오 리도 걸으며 넘어지는 자리가 쉬는 자리여서 그 자리에 차일을 친 채 풍찬노숙 하기를 보름. 그렇게 보름이 되는 날 밤에 꽃님이는 조용히 숨을 거뒀다. 상도의 품에 안겨 잠자듯 그렇게 숨을 거뒀다. 달이 찢어지게 밝은 밤이었다. 교교한 달빛이 천 길 만

268

길 건곤에 깊은 밤이었다. 풀숲에는 이름 모를 풀벌레가 쓸쓸히 울고 섬돌에는 귀뚜리가 애잔하게 우는 밤에 꽃님이는 끝내 눈 한 번 뜨지 못한 채 숨을 거뒀다. 이승에 남길 말 한 마디 못한 채 숨을 거뒀다. 상도에게 남길 말 한 마디 못한 채 숨을 거뒀다. 상도는 땅을 치며 꺼이꺼이 울었다. 식구들은 다리를 뻗고 섧게 섧게 울었다. 아, 이 죽음이 어찌 생로병사의 순서에 의한 인간사이랴. 아, 이 죽음이 어찌 원형이정의 사단(四端)에 의한 인간사이랴. 오, 불쌍한지고 부디 의학등선(依鶴登仙) 할지고! 오, 가련한지고 부디 하학승천(賀鶴昇天)할지고!

꽃님이의 죽음이 하도 기막히고 원통해 사흘 동안 목놓아 울다 어느 양지바른 산자락 한녘에 꽃님이를 묻은 상도는 비로소 고개를 들어 하늘을 우러렀다. 그러나 우러른 하늘은, 가없이 무변(無邊)한 지대무외(至大無外)531)의 광대한 하늘은 오늘도 높고 넓고 깊어 매양 푸르렀다. 양반한테 억울하고 원통하게 맞아 죽은 원혼이 어리중천을 헤매도, 살수청을 들지 않는다고 패고 소실로 들어오지 않는다고 때려서 그 모진 사매질에 맞아죽은 원혼이 구천을 떠돌아도 하늘은 몽따다로 내전보살해 내 알 바 아니라는 듯 푸르렀다. 때가 되면 꽃님이와 작수성례의 고천(告天)으로 장가처 해 남흔여열(男欣女悅)532)하려던 아름다운 꿈, 좋은 세상 만나면 속량(贖良)이 돼 하정배(下庭拜)533)의 남사당을 떠나 아들 딸 낳고 행복하게 살려던 소박한 꿈도 이제는 다 물거품이 돼 가뭇없이 사라졌다 생각하니 상도는 땅을 치고 넉장거리를 해도 시원치 않아 하늘을 향해 몸부림이라도 치고 싶었다. 그러나 한편 상도는 이게 다 하늘의 뜻인지도 모른다며 애써 체념하려 했다. 하지만 이 체념은 잠시일 뿐 다시 "아니야. 아니야!" 하며 세게 머리를 흔들었다. 무슨 하늘이, 무슨 하늘의 뜻이 이토록 잔인하고 무자비해 사람을 이 지경으로 만든단 말인가? 진정 하늘은 있고 하늘의 뜻 또한 있단 말인가?

사람은 누구나 똑같아 옷을 입고 밥을 먹고 잠을 자고 말을 하는데 왜 누구는 귀해 하늘처럼 떠받들고 누구는 천해 짐승처럼 취급받는가. 사람은 누구나 사지(四肢)가 같고 이목구비(耳目口鼻)가 같고 심지어는 똥오줌 누는 것도 같아 서로 털끝만큼도 다르지 않은데 어째서 하늘을 쓰고 도리질을 하는 양반이 생기고 개돼지 취급받는 천하디 천한 칠반천인이 생겼는가. 하늘이 태초에 뜻이 있어 양반 상놈을 따로 만들어서 양반은 똥오줌도 안 싸고 이슬만 먹고 신선처럼 선계(仙界)에서 살고, 상놈은 괴물처럼 생겨 예토534)에서 밤낮으로 똥오줌이나 싸대며 시도 때도 없이 고약한 냄새나 풍긴다면 혹시 모른다. 그렇다면 귀천이 스스로 구별돼 신분의 귀천상하가 있을 수도 있지만 천지조판 이래 사람은 누구를 막론하고 똑같이 생겨 조금도 다르지가 않다. 그런데 어찌 신분의 상하가 정해져야 하며 인간의 귀천이 정해져야 한단 말인가? 저 중국 진나라 말의 진승이란 사람이 왕후장상에 씨가 없다 한 것도 다 이 신분의 상하 귀천을 통탄해 한 말이 아닌가.

상도는 주먹으로 앙가슴을 치며 제발 갑오개혁(甲午改革)이 성공하기를 빌었다. 사람 위에 사람 없고 사람아래 사람 없다는 만민평등사상. 구습 타파와 양반제도 철폐를 외치며 일어선 갑오개혁. 상도는 이제야말로 양반 상놈의 반상 구별 없이 사람이면 누구나 똑같은 인권을 향유하며 사람 대접받고 살 수 있는 세상이 올지도 모른다 싶어 가슴이 부풀어 올랐다.

그랬다.

상도는 가슴의 심한 동계[535]를 느꼈다. 모든 구악 구습을 타파 철폐하고 새로운 문물제도를 받아들여 새 세상을 만들어야 한다며 개화파 내각에 의해 추진되고 있는 근대적 제도 개혁 갑오경장(甲午更張). 일명 갑오개혁이라고도 불리는 이 개혁은 세상을 송두리째 바꿀 수 있는 호기여서 백성들은 희망에 부풀었고 특히 하레[536]의 칠반천인들은 너무도 기쁘고 반가워 두 손 들고 환영했다. 그도 그럴 것이 평생을 종으로 살며, 아니 대를 이어 상놈으로 살며 인간 대접 한 번 못 받은 채 짐승 취급 받는 천민들이 양반제도의 철폐로 속량이 돼 반상의 구별과 차별 없이 똑같은 사람으로 대접 받고 살 수 있는 세상이 온다니 이런 초목산천이 놀라고 삼라만상이 경탄할 경천동지가 어디 있는가. 개화파에 의해 개혁 정강 14조가 만들어져 세상에 공포되자 백성들은 미친 듯 춤을 추며 경중경중 노루뜀을 뛰었다.

왜 안 그렇겠는가. 백성들에게 있어, 칠반천인들에게 있어 개혁 정강 14개조는 너무도 반갑고 기뻐 하늘같은 것이었다.

1, 대원군을 즉각 환국케 하고 청에 대한 조공을 폐지할 것.

2, 문벌을 폐지하고 인민평등권을 제정해 재능에 의해 인재를 등용할 것.

3, 지조법(地租法)을 개혁하여 간리(奸吏)를 근절하고 궁민(窮民)을 구제하며 국가재정을 충실히 할 것.

4, 내시부(內侍府)를 폐지하고 그 중 재능 있는 자를 등용할 것.

5, 국가에 해독을 끼친 탐관오리를 처벌할 것.

6, 각도의 환자(還子)를 영구히 폐지할 것.

7, 규장각을 폐지할 것.

8, 급히 순사를 두어 도적을 방지할 것.

9, 혜상공국(惠商公局)을 혁파할 것.

10, 유배, 금고 된 죄인을 다시 조사하여 석방할 것.

11, 4영(營)을 합쳐 1영으로 하고, 그 중 장정을 선발하여 근위대를 설치할 것.

12, 모든 국가 재정을 호조(戶曹)에서 관할케 하고 그 밖의 재무관 청은 혁파할 것.

13, 대신과 참판(參贊)은 매일 의정부에서 회의하여 정령(政令)을 공 포, 시행할 것.

14, 의정부 육조(六曹)의 일체 불필요한 관청을 혁파하고 대신과 참 찬이 협의 처리할 것 등이었다.

이상에서와 같은 개혁 정강 14개조는 온 나라의 백성과 천민이 모 두 소망하고 갈구하는 것들이어서 절대적인 지지를 받았다. 그러나 이 개혁은 개화파에 의해 일어난 것만이 아니어서 갑오농민전쟁과도 맥을 같이 했다. 농민전쟁은 전라도 고부의 농민 봉기가 그 시발점이 었는데, 이는 조병갑(曺秉甲)이라는 고부 군수가 온갖 학정을 저지르 고 농민들을 동원해 만석보(萬石洑)라는 보 밑에 새 보를 증축하면서 일어났다. 조병갑은 농민들에게 임금 한 푼 주지 않고 오히려 부친의 비각을 세운다는 명목으로 금품을 강제로 징수, 물세를 턱없이 비싸 게 받고 세금을 과중하게 부과하는 등의 가렴주구(苛斂誅求)537)로 학 정을 자행했다. 이에 견디다 못한 농민들은 낫, 괭이, 삽, 쇠스랑, 지 겟작대기 따위를 들고 봉기했고 이 봉기는 결국 동학 농민운동의 직 접적인 원인이 됐다. 농민군은 폐정개혁 12개조를 선포하고 관군(정부 군)과 싸웠는데 그 12개조는 다음과 같다.

1, 도인과 정부 사이에는 묵은 감정을 씻어버리고 서정에 협력한다.

2, 탐관오리의 죄목은 조사하여 엄징한다.

3, 흉포한 부호들은 엄징한다.

4, 불량한 유림과 양반들을 징벌한다.

5, 노비문서를 태워버린다.

6, 칠반천인의 대우를 개선하고 백정 머리에 씌우는 평양갓(平壤笠)을 벗게 한다.

7, 청춘과부의 재가를 허락한다.

8, 무명잡세는 모두 폐지한다.

9, 관리 채용은 지벌(地閥)을 타파하고 인재 위주로 한다.

10, 외적과 내통하는 자는 엄징한다.

11, 공사채를 막론하고 지난 것은 모두 무효로 한다.

12, 토지는 평균으로 분직케 한다는 것 등이 농민군이 내건 폐정개혁의 내용이었다.

아, 그러나 국운이 쇠했음인가, 하늘이 외면했음인가. 온 나라 안의 백성이 그렇게도 열렬히 환영하고 지지하던 개혁은, 특히 농기구를 들고 요원의 불길처럼 일어난 농민전쟁은 강약이 부동으로 결국 관군에 패해 비참한 패배를 가져왔다.

백성들은 땅을 쳤다. 자자손손 인간 대접 한 번 못 받고 하고한날 개돼지처럼 하대 받던 칠반천인들은 하늘을 우러러 가슴을 쳤다. 그러며 10여 년 전에 일어났던 갑신정변(甲申政變)이 성공했어야 했는데 안타깝게도 3일천하로 끝난 것에 패해 앙천부지 했다. 김옥균(金玉均) 박영효(朴泳孝) 등 개화당이 민 씨 일파를 몰아내고 청국과의 종속관계를 청산, 혁신적인 정부를 세우기 위해 일으킨 거사 갑신정변. 거사는 이틀 후 민 씨 일파의 수구당과 청나라 군대의 반격을 받아 실패로 끝났지만 이는 그러나 민주주권국가 건설을 지향한 이 나라 최초의 정치개혁운동이란 점에서 주목할 만했다. 그러므로 한국사를 살펴볼 때 정치세력으로서 근대적 개혁 문제를 최초로 제기한 것은 개화파라 하지 않을 수 없다. 북학사상을 계승한 이들은 문호 개방을 전후해 박규수(朴珪壽), 오경석(吳慶錫), 유대치(劉大致) 등을 중심으로 그 움직임이 보다 적극화되기 시작했고 김옥균, 홍영식(洪英植), 박영효, 서광범(徐光範), 서재필(徐載弼) 등 젊은 양반계급 지식인들을 핵심으로 정치세력을 형성, 정부의 개화정책을 뒷받침했다. 그러나 임오군란(壬午軍亂)을 계기로 민 씨 정권의 친정 수구정책은 날이다르게 횡포를 더해갔고 청국은 군대를 주둔시켜 조선의 식민지 지배를 획책함에 따라 개화파의 정치적 위기는 높아져갔다. 이에 개화파는 앞에서 말한 대로 정변을 통해 민 씨 정권을 무너뜨리고 청국과의 종속관계를 청산할 것을 결정해 거사를 일으켰다. 이때 마침 월남 문제를 둘러싸고 청국과 프랑스 간에 전쟁이 터져 청국이 패배함으로써 조선에 대한 간섭이 악화됐다. 그러나 임오군란 이후 냉담했던 일본 공사가 다시 고개를 들고 접근하기 시작했다. 이를 계기로 개화파는 일본 공사의 후원을 확인하고 때는 이때다 싶어 계획한 대로 우정국 개국 축하연을 빌미로 거사를 일으켰으나 실패로 끝나고 말았다. 이리하여 개화당은 이 강산 삼천리 방방곡곡에 개화의 물결이 밀려와 먼동이 트기도 전에 무참히 허물어지고 말았다. 참으로 원통하고 또 원통해 감선(減膳)538)할 일이었다. 참으로 절통하고 또 절통해 곡지통(哭之痛)539)할 노릇이었다.

찾아온 설원지추(雪冤之秋)540)

　부모님 산소를 찾아 성묘를 마친 상도는 봉분을 쓸어안고 한없이 울었다. 복받치는 설움이 물마처럼 밀려와 울음을 터뜨렸다. 20여 년 동안 한 번도 성묘를 못해 오늘이 오기를 일구월심 참고 기다리며 단 하루도 망운지정(望雲之情)541)을 잊지 않던 상도는 성묘를 마치자 참 았던 눈물이 봇물터지듯 쏟아졌다.

　얼마나 애타게 기다리던 오늘이던가.

　얼마나 사무치게 그리던 오늘이던가.

　상도는 봉분을 끌어안고 깨벌레 나대듯 몸부림쳤다. 아버지가, 그리고 어머니가 금세라도 나타나 "오, 상도 너 왔느냐?" 하며 반길 것 같아 더더욱 서러웠다.

　얼마 동안이나 봉분을 쓸어안고 통곡했을까. 한 식경은 좋이 오열 하고서야 상도는 몸을 일으켰다. 산소는 덕이 아버지가 지극 정성 돌 봐서인지 퇴락한 데라고는 단 한군 데 없었다. 벌초는 물론 해마다 했을 것이고 사초도 청명 한식 때 여러 번 했는지 떼가 잘 살아 있 었다. 상도는 문득 덕이 아버지가 보고 싶었다. 덕이 어머니도 보고 싶었다. 그리고 덕이도 보고 싶었다. 마음 같아서는 당장 달려가 만나고 싶었다. 그러나 상도는 지호지간542)의 거리에도 그렇게 할 수 없는 것이 안타까웠다. 우선 시간이 없었다. 설령 시간이 있다 해도 '그 일'을 해치우기 전에는 아무도 만날 수가 없었다. 그리고 무엇보다 이 길로 곧장 꽃님이 무덤으로 쫓아가 설원(雪冤)을 약속하고 가마실로 가야했다. 황부자 장사가 내일이라니 늦어도 내일 밤 자정쯤에는 '그 일'을 해치워야 한다. 보고 싶은 사람이야 어찌 덕이네 뿐인가. 어진골의 김 대갓댁 두 노마님도 뵙고 싶고 하늘재의 백치 노인도 뵙고 싶었다. 그런데 어쩌면 김 대갓댁의 두 노마님과 하늘재의 백치 노인은 이미 고인이 됐을지도 모를 일이었다. 벌써 십오륙 년이라는 세월이 흘렀으니 십중팔구는 고인이 됐을 것이었다. 예로부터 사람은 칠십까지 살기가 드물어 인생 칠십 고래희라 했는데 어찌 지금껏 고인이 되지 않을 수 있겠는가. 세 분 다 생존했다면 팔십 객들인 것을.

그러나 상도는 '그 일'을 마치면 어진골 김 대갓댁의 두 노마님과 하늘재의 백치 노인을 찾아볼 생각이었다. 명이 길어 생존했다면 만날 수 있고 명이 짧아 고인이 됐다면 못만날지라도 하여간 찾아볼 작정이었다. 그리고 금골의 덕이네는 기회를 봐 찾아야 될 것 같았다. 이는 아무래도 김 정승이 죽은 후라야 될 것이었다. 이 김 정승도 미구불원 죽을 것이고 그러면 김 정승도 황 부자처럼 '그 일'을 당해야 할 것이었다.

이십여 년 만에 처음 찾은 부모님 산소를 성묘 한 번으로 떠나려니 상도는 죄스럽고 참괴해 발길이 떨어지지 않았다. 그러나 어쩌겠는가. '그 일'을 끝내고 다시 성묘를 오더라도 오늘은 시각을 다퉈 산소를 떠나야 했다. '그 일'을 해치우기 전에는 남의 눈에 띄어 좋을 것이 없었다. 괜히 까마귀 날자 배 떨어지듯, 의심 받을 짓은 할 필요가 없었다. 오얏나무 밑을 지날 때는 갓을 고쳐 쓰지 말아야 하고, 오이밭을 지날 때는 신을 고쳐 신지 말아야 한다. 매사는 불여튼튼이어서 군 게(蟹)도 다리를 떼고 먹어야 탈이 없어 일이 매기단하게 매조지543)가 된다.

이십여 년 간 한 번도 부모님 산소에 성묘를 오지 않다가 오늘 갑자기 성묘를 하고 성묘한 다음 날 자정에 머지않은 곳 가마실에서 '그 일'이 벌어진다면 의심 받기 십상이었다. 상도는 누가 볼세라 산소에 하직 인사를 올리기 급하게 꽃님이 무덤을 향해 날다시피 뛰었다. 식구들한테는 급한 일로 며칠 다녀올 데가 있으니 연희 잘하라 일렀기 때문에 아무도 눈치 채지 못했을 것이다. 심지어 부 우두머리 곰뱅이쇠 박 씨한테도 그냥 급한 일이 있어 어디 좀 다녀온다고만 해 식구들은 상도가 무슨 일로 어디를 가는지 땅띔도 못했다. 곰뱅이쇠 박 씨는 꼭두쇠인 상도보다 열 살이나 나이 많아 불혹이 됐어도 늘 상도한테 복종하며 일에 꾀를 부리거나 노랑소리544) 한 번 하는 법이 없었다. 그러면서도 행동이 거쿨지고 두름성545)이 있어 뒷갈망을 잘하고 거기다 헙헙하고546) 늡늡한 성격에 냅뜰성까지 있는 거추꾼이어서 믿고 나다닐 수가 있었다. 이런 박 씨는 또 두루춘풍547)에다 재치도 있어 웬만한 어려움은 신소리548) 하나로 어연번듯 해결했다. 이럼에도 박 씨는 꼭두쇠 자리를 상도한테 넘기고 자신은 곰뱅이쇠를 고수했다. 이유는 간단해 사람은 앉을 자리 설 자리를 알아야 한다는 것이었다. 나같이 무식한 째마리549)가 우두머리 꼭두쇠가 되면 브롯되게550) 꼴값을 해 집구석 망치기 십상이라며 상도가 나이는 비록 여남은 살 적지만 식구들 중 제일 유식하고 잘 생겼는데다 사람 됨됨이도 가장 반듯하니 꼭두쇠는 당연히 상도가 돼야 한다했다. 선임 꼭두쇠 정 씨와 곰뱅이쇠 김 씨가 물러나던 작년 봄이었다. 이때 박 씨는 어름사니의 일인자 뜬쇠로 소싯적 배운 솜씨를 깊은 산 속에 묻은 채 화전을 일궈 먹고 살았는데 꼭두쇠 정 씨의 곡진한 삼고초려(三顧草廬)[551]로 세상에 나와 남사당 식구가 돼 오늘에 이르렀다. 그러고 보면 박 씨는 지인(至人)이 아니면 지본(知本)의 수기자(修己者)나 가능할 수 있는 도회(韜晦)[552]를 은일하게 실천한 일민(逸民)이라 할 수 있다.

삽에 비파소리 나게 달려 꽃님이 무덤에 닿은 상도는 부모님 산소에서와 같이 봉분을 쓸어안고 슬피 울었다. 해는 어느새 서산마루에 달랑 올라앉아 있었다. 저잣거리 장터까지는 잼처[553] 간다 해도 해동갑으로는 이미 늦은 시각이었다. 여기서 저잣거리 장터까지는 이십 리가 실해 진둥걸음으로 간다 해도 두어 식경 나우[554] 걸릴 거리였다.

상도는 꽃님이의 무덤을 쓸어안고 울고 또 울었다. 해는 이제 높은 산꼭대기에 희미한 잔양만 떨궈놓고 서산을 꼴깍 넘어갔다. 그러자 기다리기라도 한 듯 재넘이가 '솨아' 여울물 소리를 내며 불어왔다. 마을 뒷산에서 불어내리는 산내리바람이었다. 이때 멧새 몇 마리가 둥지를 찾아가는지 뭐라고 요란하게 짓떠들며 포록포록 날아갔다. 아마 하루의 피곤을 잠재우기 위해 편히 쉴 안식처로 귀소[555]하는 모양이었다.

상도가 꽃님이의 무덤을 끌어안고 울던 울음을 그치고 고개를 들어 몸을 추스른 것은 주위에 어둑발이 내릴 무렵이었다. 상도는 꽃님이 무덤 앞에 무릎을 꿇고 앉아 맹세하듯 독백했다.

꽃님아!

내 사랑 꽃님아!

내 가슴 깊은 곳에 영원히 살아 묻혀 있는 사랑하는 꽃님아!

지금부터 내 말을, 내가 하는 말을 잘 들어 가슴 깊이 새겨야 한다.

꽃님아!

이제 때가 됐다. 아니 때가 왔다. 하늘이 무심치 않아 설원할 기회를 주셨다. 그 놈이, 그 간을 꺼내 씹어 먹어도 설분이 안 될 황부자 놈이 며칠 전에 죽어 내일이 장례다.

꽃님아!

내 사랑 꽃님아!

기뻐해다오. 우리가 이 날을 얼마나 학수고대 바라고 노심초사 기다렸나.

꽃님아!

나는 내일 밤 황부자 그 놈한테로 간다. 그 놈의 묘를 파 목을 자르기 위해, 피가 뚝뚝 떨어지는 그 놈의 목을 잘라 네 원혼 앞에 바치기 위해 그 놈의 산처로 간다. 격회가 군기 전에 무덤을 파 시퍼렇게 날이 선 도끼로 놈의 목을 댕강 잘라 꽃님이 너에게 먼저 바치고 그 놈의 목을 담보로 그 놈의 자손들과 흥정해 거액과 맞바꿀 것이다. 그래서 헐벗고 굶주리는 불쌍한 우리 식구들 난든벌 한 벌씩 해 입히고 배불리 함포고복 시킬 것이다. 그러니 꽃님아! 조금만 참아다오. 내일 밤 자정이면 우리의 구수(仇讐)[556) 황 부자 놈이 부관참시(剖棺斬屍)[557)로 응징될 것이다. 뿌린 대로 거두는 자업자득으로 단죄될 것이다.

하지만 꽃님아!

어찌 또 황 부자 그 놈 뿐이겠나. 금골의 불공대천지수[558) 김 정승

놈과 북촌의 철천지수[559] 최 참판 놈도 장례 당일이나 그 다음 날 자정에 무덤이 파헤쳐져 목이 잘릴 것이다. 그러면 그 놈들도 흥정을 해 거금을 받아낼 것이다. 김 정승 놈 목은 물론 아버지와 어머니께 먼저 갖다 바칠 것이고 최 참판 놈의 목은 꽃님이 너한테로 진동한동 달려올 것이다. 그 두 놈, 김 정승 놈과 최 참판 놈도 미구불원 죽을 것이니 보갚음이야 받아 놓은 밥상이다. 그 두 놈이 사는 금골과 북촌에 귀밝고 발빠른 염알이[560]를 심어놨으니 죽는 그 날로 득달같이 기별이 올 것이다.

꽃님아!

내 사랑 꽃님아!

우리가 박행해 이승에서는 비록 결발부부로 남흔여열을 못했지만 저승에서만은 반드시 결발부부로 남흔여열하자!

꽃님아!

내 사랑 꽃님아!

사위에 땅거미가 내려 어둠이 한 겹 두 겹 장막을 치자 상도는 저 잣거리 장터를 향해 잰걸음질을 했다. 장터까지는 이십 리가 실했으므로 길은 초간했다. 상도는 고개를 들어 하늘을 우러렀다. 물 먹은 하늘은 먹장구름으로 낮게 드리워져 있었다. 내일 밤도 제발 지금처럼 먹장구름이 하늘을 뒤덮기를 바라며 상도는 두 주먹을 부르쥐었다. 먼 데 어디서 개 짖는 소리가 컹컹 들려왔다.

천둥의 개걸음으로 장터에 닿은 상도는 객점을 찾아 막걸리와 밥 한 상을 시켜먹고 일찌감치 잠자리에 들었다. 내일은 밤을 새워야 할지도 모르므로 푹 자둬야 할 것 같았다. 그러나 잠이 영 오지 않아

전전반측으로 날밤을 새우다시피한 상도는 닭이 두 홰를 친 다음에야
눈을 붙였다. 아침은 늦으막이 점심 겸 먹고 저녁은 막걸리를 곁들여
해거름에 든든히 먹었다.

"자, 이제 결행만 남았다!"

이를 굳게 사려 문 상도는 대장간을 찾아 삽과 괭이를 사고 도끼
는 날이 시퍼렇게 설 때까지 숫돌에 갈아 거적에 둘둘말았다.

"이놈! 이 황 부자 놈! 물은 트는 대로 흐르고 죄는 짓는 대로 간
다!"

거적을 매고 다른 객점을 찾은 상도는 밤이 이슥할 때까지 술을
마시다 삼경 초(三更初)는 됐지 싶자 객점을 나섰다. 하늘은 여태도
먹장구름으로 낮게 드리워져 있었다.

"이놈! 기다려라! 내가 간다! 네 놈을 육시하러 내가 간다! 네 놈을
참수하러 내가 간다!"

사위는 만뢰가 죽은 듯 적요해 무덤 속 같았다.

어휘풀이

- 작가의 말 -

1) 사람이나 물건 가운데 가장 못된 찌꺼기
2) 견문이 좁아 세상 물정을 모르고 저 혼자 득의양양함을 이르는 말
3) 깊은 진리를 간결하게 표현한 말이나 글
4) 겨우 날기 시작한 어린 새
5) 갓 태어난 어린 새의 다 자라지 못한 약한 깃
6) 안타깝게 애틋하다
7) 애처롭고 불쌍하여 차마 보기 어려운 데가 있다.
8) 어찌할 도리가 없다
9) 조금도 부끄러워하는 기색이 없고 비위가 좋아 뻔뻔한 모양
10) 앞으로 나오라 뒤로 들어가라 시키다
11) 조선 시대에 구별하던 일곱 가지 천한 사람
12) 천자의 위(位). 곧 제위의 표지로서 하느님이 내려 전한 세 개의 보인(寶印)
13) 몹시 야물고 암팡스러운 사람. 또는 자신에게 이로운 일이면 기를 쓰고 덤비는 사람
14) 눈동자가 비뚤어지게 옆으로 흘겨보는 눈
15) 기회를 놓치지 않고 재빠르게 붙잡아 이용하다
16) 이익을 좇아 발밭게 덤비다
17) 자신의 이익을 위해 쓰는 교묘한 수단
18) 너그럽고 시원스럽게 말로 떠벌려서 일을 주선하는 솜씨
19) 얼렁뚱땅하여 교묘히 남을 속이는 수단
20) 속물근성
21) 일을 주선하거나 치다꺼리하여 주는 사람
22) 뒷배를 보아주는 사람
23) 권력자 밑의 심부름꾼
24) 남모르게 자기들끼리만 짜고 하는 약속이나 수작
25) 청렴결백한 선비
26) 절조(節操)를 굳게 지켜 세속과 구차스럽게 화합하지

아니함

27) 남을 속이는 꾀

28) 쩨쩨한 수단이나 방법

29) 당호(堂號) 이름. 고기 잡고 나무하고 공부하는 집이라는 뜻

30) 서재 이름. 꿈을 먹고 사는 방이라는 뜻

31) 책의 둥지. 서재를 낮춰 이르는 말

32) 글로 적어두는 일

-본문 내용-

1) 그, 그자

2) 밤 열한 시 반부터 오전 영시반까지 시간 끝 무렵

3) 태백성(太白星)

4) 신이 벗어지지 않도록 신을 발에다 동여매는 끈

5) 가든하게 거두어 싸다

6) 아래 위를 뾰족하게 깎아 만든 나무못

7) 은혈 못

8) 일의 뒤끝을 깨끗하게 맺다

9) 넓은 빈터

10) 손에 익어서 생긴 재주

11) 성질이 보기에 독살스럽고 야멸친 데가 있다

12) 반찬 없는 맨밥

13) 밥 한 그릇과 반찬 한두 가지만으로 간단히 차린 밥상

14) 부귀한 집에서 고량진미만 먹고 귀엽게 자라나서 고생을 모르는 젊은이

15) 예전에 여자들이 나들이 할 때 얼굴을 가리느라고 머리에서부터 길게 내리 쓰던 옷

16) 예전에, 부녀자가 나들이할 때, 내외를 하기 위해 머리와 몸 윗부분을 가리어 쓰던 치마

17) 잔뜩 먹고 배를 두드림

18) 굶주려서 몸이 몹시 여위고 기운이 약해지다

19) 성격이 너그럽고 활달하다

20) 아주 귀찮게 구는 말이나 행동을 싫증 내지 않고 잘 받아 주는 일

21) 남에게 인정이나 붙임성, 포용성 따위를 가지고 대하는 성질

22) 악공(樂工)과 광대를 통틀어 이르는 말

23) 가마꾼. 가마 메는 사람

24) 갖바치

25) 상여꾼. 상여를 메는 사람

26) 초벌. 같은 일을 여러 차례 거듭해야 할 때 맨 처음 대강 해 낸 차례

27) 두벌. 초벌 다음에 두 번째로 하는 일

28) 만도리. 그해의 벼농사에서 마지막으로 논의 김을 매는 일

29) 물건이 거듭 쌓이거나 일이 계속 일어남을 나타내는 말

30) 한 달을 한정해 하는 머슴살이

31) 판소리 창법에서, 타고난 명창의 틔어 나오는 소리

32) 산으로부터 내리 부는 바람

33) 지겟작대기의 맨 위에 있는 아귀진 곳

34) 사정(射精)

35) 기운을 차리지 못하다

36) 정액(精液)

37) 수음(手淫) 자위(自慰)

38) 비역을 하는 짓을 낮잡아 이르는 말. 비역~사내끼리 성교하듯이 하는 짓

39) 비역

40) 비역

41) 비역

42) 비역

43) 육욕에 걸신이 들리다. 육욕 욕정에 굶주리다

44) 창녀

45) 웃음과 몸을 파는 여자를 속되게 이르는 말

46) 행실이 바르지 못한 여자를 낮잡아 이르는 말

47) 밥상을 나르거나 잔심부름을 하는 어린아이

48) 예전에, 상류 집안에서 요강 닦는 일을 맡아하던 종

49) 마님 베게 맡에서 이야기책을 읽어주던 계집종

50) 성적 충동으로 인하여 야릇하고 잡스럽게 구는 모양

51) 여자끼리 성교를 흉내 내는 짓

52) 청혼한 남자가 죽어서 시집도 가 보지 못하고 과부가 됐거나, 혼례를 했으나 첫날밤을 치르지 못해 처녀로 있는 여

자

53) 지게에 매여 있는, 지게를 지는 끈

54) 땅, 돌, 나무, 따위를 잘못 건드려 지신(地神)을 화나게해 재앙을 받는 일

55) 흰 옷 입은 사람들이 매우 많이 모인 모양을 이르는 말

56) 바쁘거나 급해서 몹시 서두르며 걷는 걸음

57) 이야기나 일이 질서가 없어 갈피를 잡지 못하는 것을 이르는 말

58) 관을 묻은 뒤에 구덩이 위에 덮는 널조각

59) 온몸에 뒤집어써서 바름

60) 액체 속에 들었던 소금기가 엉겨 생긴 찌끼

61) 무덤의 분상 뒤를 용의 꼬리처럼 만든 자리

62) 네 활개를 벌리고 뒤로 벌렁 나자빠짐

63) 악에 받치거나 감정이 몹시 격해지거나 할 때 기를 쓰면서 자기의 몸을 부딪거나 내어 던짐

64) 오랫동안 외지에서 벼슬하던 사람이 친부모의 산소에 가서 성묘하던 일

65) 불공대천(不共戴天). 하늘을 함께 이지 못한다는 뜻으로, 이 세상에서 같이 살 수 없을 만큼 원한이 깊음

66) 하늘에 사무치는 크나큰 원한

67) 수없이 베어 여러 동강을 내어 참혹하게 죽임

68) 죄인의 목을 베어 높은 곳에 매달아 놓던 형벌

69) 정당한 대우를 받지 못할 때 권리를 주장하기 위해 심술을 부리는 성질

70) 흙을 모아 쌓아서 임시로 간략히 만든 무덤

71) 권문세가에서 집안의 고용인들을 지휘, 감독하고 집안일을 두루 살펴 관리 하던 사람

72) 어(魚) 자와 노(魯) 자를 구별하지 못할 만큼 무식함

73) 조선시대에 구별하던 일곱 가지 천한 사람

74) 임금의 사위에게 주던 칭호

75) 가난에 쪼들리어 애를 써가

며 사는 살림살이

76) 오전 한 시부터 세 시까지의 첫 시각

77) 왈짜들이 어울려 이룬 무리

78) 자갈이나 돌이 많은 길에 이빨처럼 뾰족하게 나온 돌 조각

79) 험한 벼랑길에서 바위 같은 것을 안고 겨우 돌아가게 된 곳

80) 험한 산길에서 바위 같은 것에 등을 대고 겨우 돌아가게 된 곳

81) 호랑이를 달리 이르는 말

82) 사람을 몹시 앓게 한다는 귀신

83) 모질고 사나운 귀신. 야차(夜叉)

84) 캄캄한 밤에 갑자기 나타나 쳐다보면 쳐다볼수록 한 없이 커지는 귀신

85) 키가 크고 우락부락하게 생긴 사람을 이르는 말. 범강과 장달은 중국의 '삼국지연의'에 나오는 인물로서, 그들의 대장인 장비를 죽였음

86) 알면서도 모르는 체하고 가만히 있는 사람

87) 삼십일 동안 아홉 끼니 밖에 먹지 못한다는 뜻으로, 몹시 가난함

88) 겁을 먹은 사람이 하찮은 일에도 놀람을 이르는 말

89) 백 리쯤 되는 땅을 다스릴 만한 재주

90) 임금이 나라에 공이 많은 70세 이상의 늙은 대신에게 하사하던 궤(几)와 장(杖)

91) 너무 당황하거나 급해 어찌할 줄을 모르고 갈팡질팡함

92) 너무도 가혹해 차마 말할 수가 없음

93) 밀담을 하려고 곁에 있는 사람을 물리침

94) 매우 중요한 일

95) 관아에서 잡인의 출입을 금지하던 일

96) 섶에 몸을 눕히고 쓸개를 맛본다는 뜻으로, 원수를 갚거나 마음먹은 일을 이루기 위해 온갖 어려움과 괴로움을 참고 견딤

97) 이를 갈고 팔을 걷어붙이며 몹시 분해함

98) 두 뺨과 턱에 세 갈래로 난 수염

99) 강상 즉 삼강오륜을 어긴 범죄

100) 적은 양의 음식으로 시장기를 면함

101) 가마를 메는 사람

102) 돌이 많이 흩어져 있는 비탈길

103) 자갈이나 뾰족한 돌이 많이 있는 곳

104) 마음에 차지 않아 시들하다

105) 예전에 오가는 길손이 음식을 사 먹거나 쉬던 집

106) 너더분한 일을 잘 마무름

107) 남을 꾀어 후리느라고 늘어놓는 말이나 짓거리

108) 광산에서 광석을 긁어모으거나 파내는 데 쓰는 연장

109) 물건을 담아 나르는, 배낭같이 생긴 농기구

110) 담배의 순을 말려서 썬 것. 질이 낮고 독하다

111) 뜸이 들기 전에 밥을 푸는 일

112) 해 질 무렵 멀리 보이는 푸르스름하고 흐릿한 기운. 남기(嵐氣)

113) 바닥이 깊고 물길이 좋아 기름진 논

114) 산에서부터 내리 부는 바람

115) '……이랑 함께'의 뜻을 나타내는 보조사

116) 나무를 패거나 자를 때 받쳐 놓은 나무토막

117) 아무것도 넣지 않고 맹탕으로 끓인 물

118) 말에 오르거나 내릴 때 발돋음 하기 위해 대문 앞에 놓은 큰 돌

119) 정식으로 식사를 하기 전에 요기나 입가심으로 음식을 조금 먹음

120) 지옥

121) 사람이 죽은 뒤에 심판을 받는 곳

122) 몸이 여위어 살이 빠짐

123) 놀라거나 겁에 질려 기운이 다 빠짐

124) 기운이 없이 꾸벅꾸벅 조는 모양

125) 장대비

126) 비가 겨우 먼지나 날리지 않을 정도로 조금 옴

127) 바르지 못하고 요사스러운 것이 바른 것을 건드리지 못함

128) 혼기가 찬 처녀가 죽어서 된 귀신

129) 이경(二更)을 오야(午夜)의 하나로 이르는 말

130) 자정(子正)

131) 비가 많이 와서 강물이 넘쳐흘러 육지 위로 침범하는 일

132) 비가 많이 와서 땅 위에 넘쳐흐르는 물

133) 밤 열한 시부터 오전 한 시까지의 첫 시각

134) 삼경을 오야의 하나로 이르는 말

135) 이유 없이 남의 말에 반대하기를 좋아하는 성격

136) 남의 일에 함부로 훼방을 놓음

137) 일을 짓궂게 훼방함

138) 장대처럼 굵고 거세게 좍좍 내리는 비

139) 줄곧 한 가지에만 붙박이로

140) 한 순간도 끊어지지 않고

줄곧 내리는 비

141) 노끈을 드리운 듯 줄기차게 내리는 비

142) 비가 많이 와 사방에서 물이 콸콸 쏟아져 나옴

143) 송장이 썩어서 흐르는 물

144) 농민들이 농번기에 농사일을 공동으로 함

145) 남사당패가 마을에 들어와서 놀이를 벌여도 좋다는 허락을 받다

146) 햇보리가 날 때까지의 보릿고개를 넘기는 동안

147) 남의 막일을 해 주며 사는 사람

148) 지주를 대리해 소작권을 관리하는 사람의 집

149) 초봄에 얼었던 흙이 풀리려고 하는 때

150) 얼었던 땅이 녹아서 풀리기 시작함

151) 마름이 소작료를 받을 때 수북하게 되어 받는 섬

152) 벼를 평말로 편편하게 됨

153) 지주가 소작인에게 소작료를 수확량의 절반으로 매기는

일. 반작(半作) 반타작.

154) 산의 나무나 풀 따위를 함부로 베지 못하게 단속하는 땅이나 산

155) 초여름에 일구는 화전. 푸새를 낫으로 베 말린 다음 불을 지르고 거기에 메밀 농사를 짓는다

156) 산과 들에 나서 자라는 풀

157) 그릇 위까지 수북하게 담은 밥

158) 땅에 박힌 채 썩은 소나무의 그루터기

159) 씨앗을 담아 두는 짚으로 엮은 물건

160) 이익

161) 장리(長利)로 빌려주거나 또는 장리로 갚기로 하고 꾸는 쌀

162) 억울한 사연을 하소연하며 간절히 빎

163) 흉년 따위로 기근이 심할 때 식사대용으로 먹는 야생식물

164) 메꽃의 뿌리

165) 백합과의 여러해살이풀

166) 환영(幻影)

167) 채 익기 전의 벼나 보리를 미리 베어 떨거나 훑는 일

168) 아직 덜 여물어서 물기가 많고 말랑한 곡식 알

169) 일찍 익은 곡식이나 여물기 전에 훑은 곡식으로 추수 때까지 양식을 대어 먹는 일

170) 세력 있는 집의 오만하고 고약한 하인

171) 남자는 지고 여자는 인다는 뜻으로, 가난한 사람들이 살 곳을 찾아 이리저리 떠돌아다님

172) 높이 날고 멀리 달림

173) 시루는 이미 깨어졌다는 뜻으로, 그릇된 일을 뉘우쳐도 소용없음을 이르는 말

174) 무엇을 말하다가 매몰스럽게 핀잔당하다

175) 눈동자가 비뚤어지게 옆으로 할겨보는 눈

176) 일이 뜻대로 안 돼 골을 내는 증세

177) 칼, 괭이, 호미 따위의 자루 속에 들어박히는 뾰족하고

긴 부분

178) 대대로 문벌이 높은 집안

179) 놀이나 잔치 또는 그 밖의 일로 여러 사람이 모이는 일

180) 기찰군관

181) 대대로 벼슬을 지내는 집안

182) 운명을 걸고 단판걸이로 승부를 겨름

183) 촌백성

184) '농부'를 낮잡아 이르는 말

185) 백성을 질긴 생명력을 가진 잡초에 비유해 이르는 말

186) 서로 번갈아 하기

187) 서로 번갈아들다

188) 무고한 사람을 가둬놓고 쉼 없이 갈마들면서 억지자백을 받아내는 일

189) 죄인을 기둥에 묶어 사금파리를 깔아 놓은 자리에 무릎을 꿇게 하고 그 위에 압슬이나 무거운 돌을 얹는 고문

190) 지은 죄를 사실대로 바로 말함

191) 온갖 형벌을 주어 가며 죄를 자백하게하다

192) 자기 주견 없이 이래도 응 저래도 응 하는 사람

193) 힘주는 맛이나 억짓손이 몹시 세다

194) 허술한 데가 없이 야무지고 알차다

195) 이익을 좇아 발발게 덤비다

196) 동작 따위가 재고 빠르다

197) 사물에 어두워 아는 것이 없고 똑똑하지 못한 사람

198) 줏대가 없고 흐리멍텅한 사람

199) 쥐는 힘이 억세어서 호락호락하지 않은 손아귀

200) 얼렁뚱땅하여 교묘히 남을 속이는 수단

201) 자신의 이익을 위해 쓰는 교묘한 수단

202) 엉너리로 사람을 그럴듯하게 꾀어넘기는 솜씨

203) 몹시 야물고 암팡스러운 사람

204) 못된 짓을 하며 마구 돌아다니는 사람

205) 삼강오상(三綱五常)에 맞지 않는 재앙이나 사고

206) 죄 지은 사람을 벌하기 위해 끌고 다니면서 망신을 시킴

207) 죄지은 사람을 멍석에 말아 놓고 뭇매를 가하던 일

208) 잘못을 징계하기 위해 회초리로 볼기나 종아리를 때림

209) 무서워서 머리를 싸 쥐고 얼른 숨음

210) 이래라저래라 시키다. 앞으로 나오라 뒤로 들어가라 시키다.

211) 이쪽 저쪽을 돌아봄

212) 죄인의 볼기를 치던 형벌

213) 하루하루 품삯과 음식을 받고 일을 하는 품팔이 일꾼. 또는 그 일꾼을 부리는 일

214) 뱀이나 전갈을 보듯이 싫어함

215) 지방 관아에 속한 형리의 우두머리

216) 급히 열어보라

217) 아무렇게나 되는대로

218) 남녀의 정교(情交)

219) 자연계에서 나는 온갖 소리

220) 빗지 않아서 더부룩한 머리

221) 길게 자라서 더펄더펄한 아이의 머리

222) 털이 많이 나서 험상궂게 보이는 수염

223) 남모르게 틈틈이

224) 부드럽고 날씬해 간드러지다

225) 남녀가 함께 이불속에서 성적으로 희롱함

226) 하는 행동이나 말이 갑작스럽고 터무니없는 모양

227) 남녀 간의 성교를 절구질에 빗대어 말하는 비어

228) 여자를 괴롭히는 놈

229) 우악살스레

230) 듣는 이를 조금 낮춰 이르는 이인칭 대명사. 하오할 자리에 쓴다

231) 남의 환심을 사기 위해 어벌쩡하게 서두르는 짓

232) 시장에서 곡식을 파는 노점

233) 시장에서 파는 곡식의 시세

234) 재산 세력이 있는 집안의 자손으로 집안의 재산을 몽땅 털어먹는 난봉꾼

235) 포도청에서 죄인의 목을 졸라 죽이던 일

236) 교기(驕氣). 남을 업신여기고 잘난체하며 뽐내는 태도

237) 남편이 있는 여자. 유부녀

238) 남몰래 드나들며 남편 행세를 하는 남자

239) 이혼하고 처녀 행세를 하고 있는 여자

240) 기생 창기와 관계를 하고 그 대가로 주는 돈

241) 불을 켜놓고 남녀가 성교하는 일

242) 사대부가의 부부가 관계할 때 몸 일부를 가림

243) 음모가 나지 않은 어른의 음문(陰門)

244) 거웃이 없는 여자

245) 아무것도 걸치지 않은 두 다리 사이

246) 성교할 때 여자가 남자에게 쾌감을 주려고 아랫도리를 요리조리 놀리는 행위

247) 애처롭고 불쌍해 차마 보기 어려운 데가 있다.

248) 권력이 있는 자가 사사로이 사람을 때리는 짓

249) 나무의 꼭대기 줄기

250) 너그럽고 시원스레 말로 떠벌려서 일을 주선하는 솜씨

251) 남과 잘 사귀는 솜씨. 붙임성이나 포용성 따위를 이름

252) 민첩하다

253) 자신의 이익만 챙기는 사람. 기술이나 비법 따위를 자기만 알고 남에게 알려 주지 아니하는 사람

254) 아궁이의 불을 담아 옮길 때 부삽 대신 쓰는 도구

255) 하도 졸라서 본의 아니게 억지로 하게 되다

256) 음경(陰莖)

257) 웃음과 몸을 파는 계집의 몸뚱이

258) 남녀가 육체적으로 관계하는 즐거움

259) 농가에서 농사일, 특히 논매기의 만물을 끝낸 음력 7월에 날을 받아 동네가 하루를 즐겨 노는 일

260) 나라가 태평하고 풍년이 듦

261) 풍년이 들어 농부가 태평한 세월을 즐기는 노래

262) 번화한 큰 거리에서 달빛이

연기에 은은하게 비치는 모습을 나타내는 말로, 태평한 세상의 평화로운 풍경을 이르는 말

263) 빨래하여 이제 막 입은 옷에서 나는 냄새

264) 고미와 보꾹 사이의 빈 곳

265) 빗살이 굵고 성긴 큰 빗

266) 오래도록 빨지 않은 빨랫감에서 나는 쉰 듯한 냄새

267) 노비 문서

268) 노비의 신분을 풀어 양민이 되게 함

269) 나라에서 유능한 젊은 문신들을 뽑아 휴가를 주어 독서당에서 공부를 하게 하던 일

270) 부질없이 짧은 거리를 오락가락 거닐다

271) 성질이 몹시 사나운 황소

272) 머리로 잘 받는 버릇이 있는 황소

273) 악이 받치거나 감정이 몹시 격해지거나 할 때 기를 쓰면서 자기의 몸을 부딪거나 내어 던짐

274) 스스로 목을 매어 죽음

275) 잘 우는 개구리

276) 사람이나 짐승을 함부로 참혹하게 마구 죽임

277) 죄를 지은 사람이 죽음. 또는 죄를 지은 사람을 죽임

278) 곡식 따위를 되는 말의 하나. 네모가 반듯하다

279) 모말의 아가리 위에서 무릎을 꿇려 무릎이 모말의 아가리에 끼이도록 하던 형벌

280) 숨이 끊어질 때의 모진 고통

281) 요사스러운 산 귀신

282) 논두렁과 밭두렁을 따라서 난 꼬불꼬불한 좁은 길

283) 잔치와 같은 큰일이 있을 때 음식을 만드는 곳

284) 거적으로 싼 송장

285) 지게로 져다가 장사 지내는 송장

286) 겨우 날기 시작한 어린 새

287) 갓 태어난 어린 새의 다 자라지 못한 약한 깃

288) 합장(合葬)

289) 몇 집씩 모여 있는 작은 마을

290) 물건을 등에 지고 다니며 하는 장사

291) 방물을 팔러 다니는 여자

292) 여러 나그네가 한데 모여 자는, 주막집의 가장 큰 방

293) 인정 없다를 낮잡아 이르는 말

294) 부유한 집에서 자라나 세상의 어려운 일을 잘 모름

295) 두 손을 비비면서 신불(神佛)에게 소원을 비는 짓

296) 신(神)에게 비손할 때 고하는 말

297) 바쁘거나 급해서 몹시 서두르는 모양

298) 잡초가 무성하고 거친 길

299) 뽕나무의 열매

300) 참꽃. 진달래

301) 나무에 올라가서 물고기를 구함

302) 조는 모양

303) 몹시 힘에 겨운 일을 이루려고 갖은 애를 쓰는 모양

304) 마소의 귀에서 턱밑으로 늘여 단 방울

305) 개암나무의 열매

306) 밤이나 도토리 따위의 속껍질

307) 나무에 달린 과일 따위를 떨어뜨리기 위해 던지는 짤막한 몽둥이

308) 방향이 없이 이리저리 함부로 부는 바람

309) 몹시 강한 바람

310) 두 손을 마주 잡아 공경의 뜻을 나타냄

311) 앓는 사람의 시중을 들어줌

312) 이미 생식력이 다한 늙은이가 회춘을 위해 동침하는 젊은 여자 혹은 젊은 남자

313) 남녀사이에 육체적으로 관계하는 정

314) 참고하기 위해 글로 간단히 적어 둠

315) 삼강(三綱)과 오상(五常)을 아울러 이르는 말

316) 누에고치보다 작게 집을 짓고 겨울을 나는 나방류의 집. 밤나무나 대추나무에 달려 있다.

317) 둥글고 얄팍한 돌을 물위로 탐방탐방 뛰어가게 던지는 일

318) 갈림길이 많아 잃어버린 양

을 찾기 어려움

319) 뒤로는 산을 등지고 앞으로 는 물에 면해 있음

320) 장안에서 제일 잘 지은 집

321) 항상 꾸벅꾸벅 졸거나 잠을 자는 병

322) 창고를 보살피고 지키는 사람

323) 원앙을 수놓은 베게

324) 비취색의 비단 이불

325) 겉잠

326) 깊이 들지 못하고 자주 깨 는 잠

327) 아주 깊이 든 잠

328) 한 번도 깨지 않고 푹 자 는 잠

329) 좁은 공간에서 바로 눕지 못하고 옆으로 자는 불편한 잠

330) 남의 발이 닿는 쪽에서 불 편하게 자는 잠

331) 너무 피곤해 아무데서나 쓰 러져 자는 잠

332) 아무것도 덮지 않고 자는 잠

333) 비좁은 방에서 여럿이 모로

334) 밤새도록 깨지 않고 온전히 자는 잠

335) 물을 긷고 잡역을 하던 노비

336) 옷과 이부자리를 만들던 노비

337) 이야기책을 전문적으로 읽 어주던 사람

338) 보드랍고 화창한 바람

339) 물오른 버드나무 가지의 껍 질을 비틀어 만든 피리

340) 낮은 언덕

341) 어찌할 도리가 없다

342) 쩨쩨한 수단이나 방법

343) 알고 있으면서 일부러 모르 는 체하다

344) 꽃의 아름다움이나 향기에 취해 일어나는 어지러운 증세

345) 옥같이 고은 풀에 핀 구슬 같이 아름다운 꽃

346) 이른 봄에 살 속으로 스며 드는 듯한 차고 매서운 바람

347) 말소리에 풀이 죽고 기운이 없다

348) 남의 살과 서로 맞닿았을
때 느끼는 느낌

349) 소나기가 한 번 지나가는
동안. 곧 매우 짧은 시간

350) 센 바람과 함께 휘몰아치
는 비

351) 볕이 나 있는 날 잠깐 오
다가 그치는 비

352) 석양을 받은 먼 바다의 수
평선에서 번득거리는 노을

353) 띠의 애순

354) 안타깝게 애틋하다

355) 다섯 손가락을 이르는 말

356) 형제나 자매 사이의 우애심

357) 매우 친밀하고 가까운 사이

358) 일을 하다가 중도에서 그침

359) 논밭 사이로 난 길

360) 이랑이 매우 긴 밭

361) 밤 아홉 시부터 열한 시까
지의 시각 끝자락

362) 밤 열한 시부터 오전 한
시의 그 첫 시각

363) 물가의 모래벌판에 돌이 섞
여 있는 곳

364) 산지나 구릉지에서 구불구

불한 골짜기 안을 따라 흐르
는 하천

365) 하천이 평탄한 지역을 흐를
때 흐름의 속도가 느려서 약
간의 장애에 부딪혀도 흐름의
방향을 바꿔 구불구불하게 흐
르는 일

366) 사람이 별로 가지 않는 외
진 곳

367) 밤에 성적으로 여자를 괴롭
히는 남자

368) 생김이나 행동이 사랑을 느
낄 정도로 귀엽다

369) 살아나갈 계획

370) 제가끔

371) '열다섯 살'을 달리 이르
는 말

372) 남이 개구멍으로 들이밀거
나 대문 밖에 버리고 간 것을
데려와 기른 아이

373) 엄지손가락과 가운뎃손가락
을 힘껏 벌린 길이

374) 안개보다는 조금 굵고 이슬
비보다는 가는 비

375) 남의 막일을 힘껏 도움

376) 집안 심부름을 하는 사내아

이 종

377) 어린아이를 보살펴 주는 일을 하는 여자 하인

378) 어린아이를 업어주며 돌보는 여자 하인

379) 밥 짓는 일을 하는 여자 하인

380) 깊이 들지 않은 잠. 수잠

381) 남편 있는 여자가 다른 남자와 정을 통하는 것

382) 남의 비밀을 들추어 널리 퍼뜨림

383) 울이 깊고 앞 코가 작은 가죽신

384) '간질' '지랄병'을 달리 일컫는 말

385) 폐병, 간질, 문둥병, 등 하늘로부터 벌을 받았다는 병

386) 가는 곳을 정하지 않고 발길 가는 대로 한 걸음 한 걸음 천천히 걷는 모양

387) 느릿느릿

388) 들이 넓고 논밭이 많은 고장

389) 걸음을 걸을 때 가든하게 하기 위해 발에서 무릎 아래까지 감는 헝겊 띠. 행전

390) 허박다리 윗부분의 림프절이 부어 생긴 멍울

391) 주변성

392) 산 속에 죽어서 넘어지거나 쓰러져 있는 나무

393) 선 채로 말라죽은 나무

394) 큰 통나무를 '井'자 모양으로 귀를 맞춰 층층이 얹고 그 틈을 흙으로 메워 지은 집

395) 너새집. 기와처럼 얇은 돌 조각으로 지붕을 올린 집

396) 참나무의 두꺼운 껍질로 지붕을 인 집

397) 갈대를 엮어서 만든 자리

398) 삼대.

399) 엄지손가락 요골 쪽 손톱 뒤 모서리에서 1푼 뒤에 있는 우묵한 곳

400) 길이 여러 갈래로 통한 곳

401) 탁 트인 벌판

402) 물건을 얹어 놓기 위해 방이나 마루 벽에 두 개의 긴 나무를 가로질러 선반처럼 만든 것

403) 그릇 따위를 얹어 놓기 위해 부엌의 벽 중턱에 드린 선반

404) 안쪽에 여러 줄로 고랑이 지게 돌려 파서 만든 함지박

405) 옆으로 길게 뻗어 나간 나뭇가지를 땔나무로 이르는 말

406) 땔나무의 하나. 잡목의 우죽

407) 살림살이를 혼자 맡아 꾸려 나가는 처지

408) 팔자 사나운 노인이 어울리지 않게 찐 살

409) 머리털이 쑥대강이 같이 텁수룩하게 마구 흐트러짐

410) 네 가지 궁한 처지. 곧 늙은 홀아비와 늙은 홀어미, 부모 없는 아이, 자식 없는 부모

411) 늙어서 아내 없는 사람, 젊어서 남편 없는 사람, 어려서 어버이 없는 사람, 늙어서 자식 없는 사람을 이르는 말

412) 지나치게 담배를 많이 피우는 사람

413) 흙이 쌓여서 산이 됨. 진합태산과 같은 뜻

414) 작은 것도 많이 모이면 큰 것이 됨

415) 제사 때 올릴 밥을 지으려고 마련한 쌀

416) 관솔불을 올려놓기 위해 벽에 뚫어 놓은 구멍

417) 곡식이 들어 있는 자루

418) 질그릇의 깨어진 조각

419) 나들이할 때 입는 옷이나 신발

420) 집 안에서만 입는 옷이나 신발

421) 외출할 때 입는 옷과 집 안에서 입는 옷

422) 부출 대신 놓아서 발로 디디고 앉아서 뒤를 보게 한 돌

423) 범의 새끼

424) 곰의 새끼

425) 무섭고 놀라서 정신이 얼떨떨한 판

426) 사슴, 곰, 범 따위의 큰 짐승

427) 꿩, 토끼처럼 작은 종에 속하는 산짐승

428) 천 년 묵은 여우가 변한다는 짐승

429) 막처럼 비바람 정도만 막는 일

430) 너새집. 얇은 돌 조각으로 인 집

431) 뒷배를 보아주는 사람

432) 풀이 넓게 깔려 있는 땅

433) 산에 익숙한 사람. 산속에 살면서 사냥과 약 캐는 일을 업으로 삼는 사람

434) 고소하게 여기는 일. 주로 미운 사람이 불행을 당한 경우에 하는 말

435) 부끄러움을 아는 마음

436) 하늘이 갖추고 있는 네 가지 덕. 사물의 근본 원리

437) 사람의 본성에서 우러나오는 네 가지 마음씨. 곧 인(仁) 의(義) 예(禮) 지(智)

438) 뿔이 날 만한 나이의 송아지

439) 소의 코청을 꿰뚫어 끼는 나무 고리

440) 아직 큰 소가 되지 못한 수송아지

441) 쇠꼴 또는 퇴비를 썰 때 작두를 디디는 일

442) 쇠꼴 또는 퇴비를 작두에 먹이는 일

443) 풀뿌리를 뽑거나 밭을 가는 데 쓰는 농기구

444) 귀때가 달린 바가지에 손잡이를 단 그릇

445) 귀때가 달린 동이. 오줌을 거름통에서 퍼 담아 논 밭 여기저기 준다

446) 가는 길의 근처

447) 해지고 낡아서 입지 못하게 된 옷

448) 먼 길을 가기 위해 꾸리어 싼 보따리

449) 재주가 신통하고 비범한 사람

450) 신선의 술법을 닦는 사람

451) 학문과 덕행이 있으면서도 세상에 나서지 않고 묻혀 지내는 사람

452) 밤나무의 꽃

453) 겨드랑이나 오금 양쪽에 오목한 곳

454) 어떤 마음이 일어나도록 충동질하다

455) 눈으로 보고 느끼는 기분

456) 어떤 상대와 눈요기로써 성교하는 일

457) 아내가 있는 사내. 유부남

458) 평생을 총각으로 지내는 사람

459) 용두질 끝에 나오는 정액

460) 한데에서 밤을 지샘

461) 꼿꼿이 앉은 채로 자는 잠

462) 본디부터 바라던 바여서 마음속으로는 간절하지만 감히 청하지 못함

463) 철없이 두려운 줄 모르고 함부로 덤벙거리거나 날뛰는 사람

464) 보기에 아니꼽고 얄미우며 못마땅한 데가 있다.

465) 개자지(狗腎)

466) 남사당패의 우두머리. 꼭두쇠

467) 물 한 그릇만 떠 놓고 혼례를 치른다는 뜻으로, 가난한 집안의 혼례를 이르는 말

468) 총각과 처녀가 혼인해 맺은 부부

469) 동쪽 집에서 밥 먹고 서쪽 집에서 잠잔다는 뜻으로, 일정한 거처 없이 떠돌아다니며 지냄을 이르는 말

470) 정식으로 결혼을 하지 않고 오다가다 우연히 만나 함께 사는 남녀

471) 말없이 마음과 마음으로 뜻을 전함

472) 부처의 가르침을 말이나 글에 의하지 않고 바로 마음에서 마음으로 전하여 진리를 깨달음

473) 판소리에서 창을 하는 중간 중간에 가락을 붙이지 않고 이야기 하듯 엮어 나가는 사설

474) 판소리에서 장단을 짚는 고수가 창의 사이사이에 흥을 돋우기 위해 삽입하는 소리. '좋지' '얼씨구' '흥' 따위. 조흥사(助興詞)

475) 남사당패의 우두머리

476) 하찮은 아무나. 또는 무엇이나

477) 여러 대 조상의 무덤이 있는 고향

478) 믿음성이 있다

479) 남사당패 구성원의 하나. 뜬쇠 밑에서 재주를 익힌 사람

480) 남사당놀이에서 각 놀이 분야의 우두머리

481) 환영(幻影)

482) 겨울의 석 달

483) 놀이가 끝난 뒤에 기생이나 광대에게 주는 보수

484) 어떤 일에 실패한 뒤 힘을 가다듬어 다시 그 일에 착수함

485) 자기 아내를 딴 남자에게 빼앗기고 그 사람으로부터 받는 돈

486) 기력이 없어서 걸음을 몹시 비틀거리며 걷는 모양

487) 조조처럼 간교해 보이는 사람

488) 잔꾀가 많고 약은 사람

489) 동냥질 하듯 빌어서 자는 잠

490) 남사당패가 곡식과 돈을 상 위에 놓고 비는 고사

491) 어려워함이 없이 제멋대로 짤짤거리며 쏘다니는 계집아이

492) 담불

493) 소의 열 살을 이르는 말

494) 잔치 뒤에 수고한 사람끼리 남아서 한 잔 먹는 일

495) 몸으로 드는 수청. 곧 여인네가 관아에 가서 정조를 바치는 것

496) 사람의 됨됨이를 떠보는 일

497) 교묘한 말로 남을 꾀어 그의 속마음을 떠보는 일

498) 꼭 집어 바로 말하지 않고

499) 상대편을 꼭 집어내어 바로 말하지 않고 하는 말을 낮잡아 이르는 말 '제기' '네기' 따위

500) 내뛸성

501) 몸집이 크고 말이나 하는 짓이 씩씩하다

502) 일을 보살펴 주선하거나 거들어 주는 사람

503) 남보다 훨씬 뛰어남. 걸출 (傑出)

504) 경험을 통해 묘한 이치나 요령이 생김

505) 떠돌이 생활

506) 영리하지 못하고 아둔하다

507) 쓸데없이 큰 소리로 마구 떠들다

508) 심술을 부려 남을 해롭게 하는 행위

509) 소가 뿔로 물건을 들이받는 짓

510) 숨김없이 있는 그대로 말함

511) 얄밉도록 능청을 떪

512) 남의 환심을 사기 위해 어벌쩡하게 서두르는 짓

513) 너그럽고 시원스레 말로 떠벌려 일을 주선하는 솜씨

514) 남과 잘 사귀는 솜씨

515) 자연법에 의해 사람이 태어나면서부터 가지고 있는 권리

516) 천자(天子)의 위(位). 곧 제위의 표지로서 하느님이 내려 전한 세 개의 보인(寶印)

517) 검은 색과 흰색. 곧 옳고 그름.

518) 머리를 조아리며 잘못을 빎

519) 모질고 나쁜 짓을 행함. 또는 그런 행동

520) 머리를 숙이고 몸을 앞으로 굽힘

521) 남쪽에서 불어오는 초가을의 선들바람

522) 신병(身病)

523) 한가로이 떠도는 구름과 들에 노니는 학이라는 뜻으로, 아무 매인데 없는 한가로운 생활

524) 속세를 떠나 아무 속박 없이 조용하고 편안하게 삶

525) 아들을 낳은 즐거움

526) 나이 서른 살을 달리 이르는 말

527) 대대로 벼슬을 지내는 집안

528) 이승도 아니고 저승도 아닌 허공 한 가운데

529) 어릴 때부터

530) 그 사람의 고기를 먹고 싶다는 뜻으로, 원한이 매우 깊음을 이르는 말

531) 더할 수 없이 커서 바깥이 없음

532) 부부 사이가 화평하고 즐거움

533) 신분이 낮은 사람이 양반을 뵐 때 뜰 아래서 하던 절

534) 더러운 땅이라는 뜻으로 '이승'을 달리 이르는 말

535) 심장의 고동이 심해 가슴이 울렁거리는 일

536) 종

537) 세금을 가혹하게 거둬들이고 무리하게 재물을 빼앗음

538) 나라에 변고가 있을 때 임금이 몸소 근신하는 뜻으로 수라상의 음식 가짓수를 줄이

던 일

539) 목을 놓아 매우 슬프게 욺

540) 원통함을 풀어 없애야 하는 긴박한 시기

541) 자식이 객지에서 고향에 계신 어버이를 생각하는 마음

542) 손짓해 부를 만큼 가까운 거리

543) 일의 끝을 단단히 단속 마무리하는 일

544) 속은 그렇지 않으면서 겉으로만 남의 비위를 맞추며 하는 소리

545) 주변성

546) 활달하고 융통성이 있으며 대범하다

547) 누구에게나 좋게 대하는 일

548) 상대편의 말을 슬쩍 받아 엉뚱한 말로 재치 있게 넘기는 말

549) 사람이나 물건 가운데서 가장 못된 찌꺼기

550) 시건방지다

551) 인재를 맞아들이기 위해 참을성 있게 노력함. 중국 삼국 시대에 촉한의 유비가 남양에

은거하고 있는 재갈량의 초옥으로 세 번이나 찾아 갔는 데서 유래함

552) 재능이나 학식 따위를 숨겨 감춤

553) 어떤 일에 바로 뒤이어 거듭

554) 조금 많이

555) 새나 동물이 둥지로 돌아감

556) 원수

557) 무덤을 파고 관을 꺼내 시체를 베거나 목을 자름

558) 하늘을 같이 이지 못하고 같은 세상에 살 수 없을 만큼 깊은 원한을 가진 원수

559) 하늘에 사무치도록 한이 맺히게 한 원수

560) 남의 사정을 몰래 알아냄

누가 하늘이 있다 하는가

인쇄일 초판 1쇄 2009년 9월 28일
        2쇄 2018년 10월 14일
발행일 초판 1쇄 2009년 10월 1일
        2쇄 2018년 10월 20일

지은이 강 준 희
발행인 정 찬 용
발행처 새미
등록일 1987.12.21, 제17-270호

서울시 강동구 성내동 447-11 현영빌딩 2층
Tel : 442-4623~4 Fax : 442-4625
www.kookhak.co.kr
E-mail : kookhak2001@hanmail.net
ISBN 978-89-5628-531-3 *03800
가 격 15,000원